本书在国家社会科学基金一般项目（"朝鲜朝后期文人对中国明清小品文的接受与传播研究"，项目编号：14BWW021）结项成果基础上修改、完稿。

小品文东渐

任晓丽 ◎ 著

北京大学出版社

图书在版编目(CIP)数据

小品文东渐 / 任晓丽著. —— 北京：北京大学出版社，2025.1
（文学论丛）. ——ISBN 978-7-301-35397-4

Ⅰ . I264.8

中国国家版本馆 CIP 数据核字第 2024HV3761 号

书　　　名	小品文东渐
	XIAOPINWEN DONGJIAN
著作责任者	任晓丽　著
组稿编辑	张　冰
责任编辑	刘　虹
标准书号	ISBN 978-7-301-35397-4
出版发行	北京大学出版社
地　　　址	北京市海淀区成府路 205 号　100871
网　　　址	http://www.pup.cn　　新浪微博：@ 北京大学出版社
电子邮箱	编辑部 pupwaiwen@pup.cn　总编室 zpup@pup.cn
电　　　话	邮购部 010-62752015　发行部 010-62750672　编辑部 010-62759634
印　刷　者	大厂回族自治县彩虹印刷有限公司
经　销　者	新华书店
	650 毫米 ×980 毫米　16 开本　20.5 印张　350 千字
	2025 年 1 月第 1 版　2025 年 1 月第 1 次印刷
定　　　价	88.00 元

未经许可，不得以任何方式复制或抄袭本书之部分或全部内容。
版权所有，侵权必究
举报电话：010-62752024　电子邮箱：fd@pup.cn
图书如有印装质量问题，请与出版部联系，电话：010-62756370

前　言

朝鲜朝（1392—1910）前期和中期一直奉行程朱理学的文学观，即宣扬先秦两汉的经典史书和唐宋古文的二元化。朝鲜朝后期的特殊社会文化背景及明清小品文的涌入，使得小品文在朝鲜朝兴起，从而深刻地影响了朝鲜朝后期的文风。朝鲜朝后期小品文大家的文学观发展成为以中人（指中产者，即朝鲜朝时期居于贵族与平民之间的医官、译官、乡吏等）为接受主体的"性灵论"，在一定程度上促进了朝鲜民族文学的发展。

明清小品文作为一个经典的文学类型，一方面继承了中国古代散文的优秀传统，另一方面受小说、稗官杂记、戏曲等通俗文学的影响，被创造性地赋予了独立的艺术品性，成为一种富于个性色彩和自由气息的文体。万历以后的晚明是小品文发展的全盛时期，这一时期以袁宗道、袁宏道、袁中道三兄弟为代表的公安派及以钟惺（1574—1624）、谭元春（1586—1637）为代表的竟陵派作家更是冲破复古主义的束缚，以"独抒性灵，不拘格套"等极具个性的文学主张，把明清小品文的创作推向鼎盛。其中，公安派的文学理论及其所创作的小品文东传至朝鲜半岛后，对许筠、李用休、朴趾源、李德懋、朴齐家、李钰和卢兢等朝鲜朝后期文人产生了重要影响。从总体上看，韩国学界近年来对小品文的研究呈上升势头，而中国国内有关明清小品文的研究与其他领域相比则显得有些冷僻，除少数几个大作家不断被研究外，多数作家、作品和文学现象鲜有人问津，或见一两篇新的题目，又属偶然涉及，至于有关明清小品文的国别文化影响研究，更是尚未开展。

本书从朝鲜朝后期文人对公安派、竟陵派文学理论的学习过程，及其所创作的小品文的文体特征、生态思想、美学价值、文学史意义等方面进行系统研究，全方位挖掘朝鲜朝后期文人对中国明清小品文的接受与传播，希望借以引起学界对明清小品文域外文学影响研究的关注。

目　录

第一章　绪论……………………………………………………… 1

第二章　明清小品文的兴起及其文学特征……………………… 6
　　第一节　小品文的概念 ………………………………………… 7
　　第二节　明清小品文兴起的社会文化背景 …………………… 8
　　第三节　明清小品文的文学特征 ……………………………… 18

第三章　朝鲜朝后期明清小品文的流布………………………… 23
　　第一节　朝鲜朝后期的社会文化背景 ………………………… 24
　　第二节　明清小品文的涌入 …………………………………… 29
　　第三节　朝鲜正祖的"文体反正" …………………………… 36

第四章　朝鲜朝后期文人对明清小品文的接受与创作………… 43
　　第一节　朝鲜朝后期文人对明清小品文的认知与阅读 ……… 45

第二节　朝鲜朝后期文人对明清小品文理解的深化及批评实践
　　　　　　………………………………………………………… 126
　　第三节　朝鲜朝后期文人对明清小品文的积极接受 ………… 172

第五章　朝鲜朝后期小品文的文体特征…………………… 239
　　第一节　朝鲜朝后期盛行的文体 …………………………… 240
　　第二节　朝鲜朝后期小品文的文体特征 …………………… 243

第六章　朝鲜朝后期小品文的生态思想及美学意蕴……… 273
　　第一节　简短却具叙事性的形式之美 ……………………… 274
　　第二节　静雅奇趣浓烈抒情的内容之美 …………………… 277
　　第三节　强调人格平等的人本思想 ………………………… 284
　　第四节　物我一体、人物性同的生态观 …………………… 287

第七章　朝鲜朝后期小品文的文学史意义………………… 292

第八章　结语……………………………………………… 305

参考文献……………………………………………………… 313

第一章 绪 论

在源远流长的中国文学长河中,汇聚着先秦散文、唐诗、宋词等文学主流,也融进了明清小品文这条涓涓支流。可以说,小品文以其清新、隽永的风格为这条辉煌灿烂的长河注入了无限生机与活力。公安派和竟陵派文人创作的小品文不仅在国内影响一时,在域外也有着深远影响:江户时代后期的日本文坛受到了公安派的影响,朝鲜朝中期的许筠(1569—1618)、申钦(1566—1628)等也购买、涉猎包括袁宏道文集在内的中国书籍,并尝试使用俗语进行小品文的创作,主张脱离礼教束缚,注重个性表达。18世纪上半叶小品文文学虽然得到了发展,但许筠的主张在当时的文坛未能引起共鸣,真正执着于小品文创作的作家并未出现,小品文的创作也未形成气候。18世纪中叶以后,随着明清小品文的大举流入,朝鲜朝京畿地区才出现了李用休(1708—1782)、朴趾源(1737—

1805)、李德懋（1741—1793）、朴齐家（1750—1805）、李钰（1760—1813）、卢兢（1737—1790）等积极进行小品文创作的作家群。尤其是以李德懋为首，李凤焕（1710—1770）、柳得恭（1748—1807）、朴齐家、尹可基（1747—1801）等文人，把对社会的改革意识及超凡的艺术感觉，通过小品文的创作表现出来。伴随着小品文成为议论、创作的热点，"文以载道"的传统观念逐渐被破除，朝鲜朝后期的文坛兴起了新的文风。

目前国内关于小品文的研究，不乏诸如研究其本体审美性的《论明清小品文的审美特色》（余小平，《语文学刊》，2008），《"静"的同与异：儒释道思想对晚明小说的影响分析》（王晓光，《湖南大学学报》，2009），研究文学传统纵向影响的《谈雅舍小品与明清小品文的内在精神联系》（贾蕾，《湖北大学学报》，2006），《中国小品文审美范式的嬗变》（汪小林，《湖南城市学院学报》，2008）等期刊论文，及专著《小品高潮与晚明文化》（尹恭弘，华文出版社，2001），《晚明小品研究》（吴承学，江苏古籍出版社，1998）等，但也都是单纯从中国文学的角度进行研究，国内真正把朝鲜朝文人与小品文纳入考察视野的，有曹春茹的《朝鲜文人论袁宏道》（《南京理工大学学报》，2009），及陈冰冰的《朴趾源文学与中国文学之关联研究》（北京大学出版社，2017）。此外，刊登在《苏州大学学报》的《韩国朝鲜后期诗坛接受袁枚诗学之状况》（崔日义，2010）从诗学的角度对朝鲜朝文学受清代文学的影响进行了探讨，这些为本书的研究提供了一定的参考。

第一章 绪 论

在韩国，对小品文体的研究肇始于20世纪90年代，研究从文本资料的收集和整理起步，先后出版了朝鲜朝中期文人许筠的《闲情录》，朝鲜朝后期文人李用休的《惠寰李用休散文全集》、李钰的《李钰全集》等，朝鲜朝后期文人创作的小品文得到了较为全面的发掘与系统的整理，为日后研究提供了厚重的资料基础。但是，由于历史的原因，小品文曾被视为"不稳的文学"，朝鲜朝正祖还认为，假如放任该文体泛滥，且不说文风，连国民的心性都会被污染，下令实施了"文体反正"政策。于是，对于既不占朝鲜文学的主流、又被曲解没有得到正名的小品文的研究较少。韩国学界在近三十年来掀起对小品文的研究热，比如金声振的《朝鲜朝后期小品体散文研究》（1991，釜山大学），金均泰的《李钰的文学理论与作品世界的研究》（1985，首尔大学），安大会的《朝鲜朝后期小品文的实质》（2003，太学社）等，在小品文研究领域取得了一定的研究成果。

综观国内外的先行研究，尽管学者做了十分有益的探索，但是关于朝鲜朝后期小品文文体特征和美学特色的研究，缺乏宏观的系统研究和深入的理论观照，尤其是明清小品文在朝鲜朝后期的传播过程及其影响，仍是一个尚待研究的领域。本书试图把18—19世纪中叶朝鲜朝文人对明清小品文的接受与传播研究，置于比较文学的理论视阈下，予以理论观照和作品分析，探究朝鲜朝后期文人对明清小品文的接受与传播，从而阐明该时期的小品文在韩国文学史上占据的地位和呈现的意义。

那么，在中国文学诸多的散文形式中，为什么把明清小品文在朝鲜朝的传播作为研究对象？明清小品文在本国文学史上所占据的地位如何？中国历代文学绵延不绝地传入朝鲜半岛，其中明清小品文的传入在韩国文学史上具有怎样的意义？尤其是朝鲜朝后期文人对明清小品文是如何认知、接受、批评并进行创作的？这些都是本研究所要解决的问题。

明代小品文是历经晚明时期的万历、天启、崇祯七十年，由当时文坛的主流——"前后七子"[①]坚持摒弃摹拟和涂饰，主张"性灵"文学的产物，又被称作晚明小品、杂记、稗史小品等。

公元4世纪高僧鸠摩罗什翻译佛经《般若经》时最早使用"小品"这一名称，其后，在士大夫文人日常的文字生活中占据着比较重要的位置的，以身边琐碎杂事为素材的记录文学或杂记也被称作小品，又叫随笔或杂感。这种小品文体一经传入，即为朝鲜朝文坛注入了新的文风，至朝鲜朝后期，给文坛带来了巨大变化。尤其是18世纪中后期，小品文这种新的文体的风格及其新颖的主题和素材，深受当时文人的喜爱，究其原因，有审美心理的内因，也有社会思潮的外因。

朝鲜朝后期文人所接触的明清小品文有专门的书目，他们竞相购买、传阅，尤其是擅写散文的作家在嗜读的同时，充分利用小品文这一文体尝试创作，并不断地寻找新的主题和素材，推动了明清小品文在朝鲜朝的进一步传播。同时，因为朝鲜朝后期文人创作的小品文中融入了当时社会生活的内容，同时，他们对这一新文体的

---

① 明代文坛以李梦阳、何景明、李攀龙、王世贞等人为代表的前后七子共十四人，主张振兴散文、诗歌，反抗迂腐的八股文和枯燥的台阁体。

探索也丰富了明清小品文文学的创作及理论体系。

　　朝鲜朝对小品文的论争大约始于17世纪初，17世纪前半期论争的焦点集中在唐宋古文与秦汉古文的创作方法，至18世纪，传统古文与小品文的创作方向成为新的焦点。引起这种论争的是朝鲜朝后期欲摆脱骈体文的僵硬和浮华，呼唤秦汉以前纯正文学回归，同时又追逐小品文这一新文体的文学思潮。这是因为，性理学的文学观在朝鲜朝五百年间一直占据着特殊的统治地位，伴随着性理学文学观的秦汉古文或拟古文一直是不可小觑的文体，其文学价值也一直得到统治者及其御用文人的认可和维护，其稳固的地位也是不会轻易被撼动的。因此，小品文在朝鲜朝后期历经论争甚至受到打压，其文学地位从未得到认可。朝鲜朝的小品文体自诞生之日起就被指责为"不稳的文学"而饱受质疑的目光，最终也没能免于被否定、被质疑甚至被扼杀的处境，这是与朝鲜朝社会内部复杂的政治文化相关联的。尽管如此，小品文依然在17世纪以后朝鲜朝文学中占有一席之地，毋庸置疑地成为一种不可忽视的文学体裁。

第二章　明清小品文的兴起及其文学特征

　　大凡一种文学体裁，其诞生都是基于一定的社会文化背景的，小品文也不例外。自明代中期以后，社会经济的发展及意识形态的变化给文学带来了深刻的影响。无论是诗歌、散文，还是小说、戏曲，都呈现出冲破礼教束缚、提倡个性释放、肯定人的欲望、重视真情实感的风气。此外，晚明小品之所以兴盛，还有文学内部的原因，那就是一方面继承了中国古代散文的优秀传统，另一方面受小说、稗官杂记、戏曲等通俗文学的影响，被创造性地赋予了独立且颇富雅趣的艺术品性，从而借短小、洗练的篇幅和不受任何思想和理念所限制的笔触，反映日常生活及身边琐事，成为一种富于个性色彩和清新、自由气息的文体。

第二章 明清小品文的兴起及其文学特征

第一节 小品文的概念

关于"小品文"这一概念,目前学界尚没有明确的定义,"小品"这一名称并不始于明清时期,而是来自更早时期的佛学,原本指佛经的两种译本。在东晋十六国时期,高僧鸠摩罗什翻译了《般若经》并将该经分为两种译本,较详细的一种为27卷本,被称为"大品般若",较简略的一种为10卷本,被称为"小品般若"。因此,"小品"是相对"大品"而言的,也即小而简的意思。小品作为一种文体始出现于六朝,以《世说新语》为代表,山水小品和抒情小品是其主流;后来凡是短篇杂记之类的文章,皆被称为"小品"。题材的包容性与体裁的自由性可以说是小品文的主要特点,尺牍、游记、日记、序跋、辞赋、小说等文体也都被视为小品,如晚唐盛行的讽刺小品,宋代的苏轼、黄庭坚以其灵动的笔墨写成的小品,都形成与大品相抗衡的影响力。源远流长的小品文在中国文学发展史上历经几度兴衰,至明末,小品又开始盛行,包括随笔、杂文、日记、书信、游记、序跋、寓言等,其形式活泼,内容多样,其中抒写"性灵"的游记小品和描写事物、记录事件的杂感小品最具代表性。"晚明"这个时间概念与"小品"这个文体概念相结合,体现了中国古代散文史上文体的深刻变革。①

晚明小品作家的文化性格大致可分为两种类型:一种是虽然出仕,但其思想的重心、感情的趋向实际上体现着超脱的生活态度和

---

① 尹恭弘:《小品高潮与晚明文化》,北京:华文出版社,2001年,第1页。

洒脱的心境；另一种是一生从未出仕，一门心思地投入各种创作活动，从中寻找精神寄托和精神自由。①以袁宗道、袁宏道、袁中道三兄弟为代表的公安派，擅长写山水小品，是晚明小品作家的领军人物；以钟惺和谭元春为代表的竟陵派也是晚明小品文学园地里的耕耘者，他们在公安派的基础上另辟蹊径，创造了幽深孤峭的艺术风格。

　　肇始于六朝的小品文文体之所以至晚明时期才得到长足发展，与该时期的社会文化背景，与其独特的社会思潮和社会现实有着密切的关系。可以说，明代是小品文概念的成熟期，文学先驱们赋予小品文以精神魂魄和灵性，才使得小品文具有强大的生命力和艺术魅力。明末和清初则是小品文创作的旺盛期。

　　鉴于明末清初小品文作家及其作品比较繁多，本书把朝鲜朝后期文人对公安派文学理论及其小品文的接受作为主要考察对象，梳理朝鲜朝后期小品体散文的形成、发展过程。

第二节　明清小品文兴起的社会文化背景

　　刘勰在其《文心雕龙·时序》中写道"文变染乎世情，兴废系乎时序"，即文学的变化与时代思潮有密切的关系，文体的兴盛和衰退与时代的变化紧密相连。元朝时，汉族在政治、经济、文化

---

① 尹恭弘：《小品高潮与晚明文化》，北京：华文出版社，2001年，第1、第21—22页。

第二章 明清小品文的兴起及其文学特征

等方面受到压制,中原汉文化受到了蒙古及其他民族文化的排挤,朱元璋建立明朝后,为除去蒙古人的残余势力,在政治、经济、军事、文化等方面采取了一系列措施。其中最为引人注目的便是以程朱儒学理论为基础,复兴传统儒学,力推朱熹的注译,排斥其他学者对儒家经典的注释,甚至科举取士的文章形式也一定要是八股文。

明代初期实施的文化政策,使得大批文人参与到这一文化运动中,其规模和影响远远超出前代任何时期,不但达到了强化集权统治的目的,还基本实现了学术和文化的复兴。在这样的时代背景下,明代的君主或皇族无不关注诗文的创作,不仅仅是停留在感兴趣的层面,还不时参与诗文或歌曲的创作,形成了鼓励文学创作、善待优秀作家文人的风潮,从而使得文人辈出。但该时期的文学并没有像唐、宋文学那样获得较高评价,这是因为明初的文人就文学的精神层面而言远远不及唐宋文人。

这一局面的出现与明代初期施行的科举制度不无关系。事实上,永乐朝以后,一直被奉为文学典范的古文和词开始出现衰退的倾向,文人开始转向由宋代的经义设定了格式的、被称为"制艺"或"时文"的八股文。八股文是替圣人立言,有较强的阐释经典和传注的意味,比之于内容更注重形式,其结果自然是束缚人们的思想感情,阻碍文学的发展。

自永乐至成化年间,明朝的统治趋于稳定。国家政权的稳固与文风有着相当密切的关系，此时出现了由权臣创制的"台阁体"①。这种文体没有任何创意和个性，仅仅是游离于现实之外的文人互相应酬敷衍、为明朝歌功颂德的工具。文人将四书五经或几篇诗文奉为经典，对八股文趋之若鹜，用毫无生机可言的"台阁体"称颂太平盛世，文风浅陋。这促成了明英宗代以后迥异于前代文风的复古主义文学思潮的兴起，可以说，复古主义文学思潮兴起的根本原因是当时的社会背景，更直接的原因是"台阁体"的泛滥。

　　复古主义文学运动的主导者是以李梦阳（1473—1530）、何景明（1483—1521）为首的"前七子"和以李攀龙（1514—1570）、王世贞（1526—1590）为首的"后七子"。他们标榜"文必秦汉，诗必盛唐"，复古主义和拟古主义形成明代文学的主流。

　　"文必秦汉，诗必盛唐"这一口号意味着由"复古"走向"古"。按照他们的主张，汉之后无"文"，盛唐之后无"诗"，文人若想在文学上取得成就，读盛唐以后的作品是不行的，秦汉、盛唐的文章大家和诗人的风格各异，后世的文人要一一地模仿、学习才能达到一定的境地。可以说，主张复古主义的文人没能全面理解文学与时俱变的发展规律，只是在"拟古"中追从优秀的文学。由于这种文学主要从历史文献中选取素材，并不反映社会现实生活，文学创作的动力日渐衰微，只能流于形式。因此，他们所主张的复古主义与韩愈、柳宗元的文学有着本质的不同，所取得的成就

---

① 台阁体指的是明永乐至成化年间的一种文学创作风格，"台阁"是指当时的内阁或翰林院。台阁体作品内容贫乏，多为应酬之作，缺乏自我内心情感和社会关怀，成为粉饰太平的工具。

第二章 明清小品文的兴起及其文学特征

也不可同日而语。在复古主义的文学思潮下很难期待优秀的文学作品及作家的出现。

明嘉靖年间的文坛出现了一系列新的变化——出现了以王守仁、杨慎、沈周、文徵明（1470—1559）等为代表的作家。他们强调创作的自主性，在其诗文中表现出与拟古主义的文风迥然不同的倾向，其文学观中也透露出较强的反对李梦阳、何景明所主导的文风的思想意识。其中王慎中（1509—1559）和唐顺之（1507—1560）高举反拟古主义的旗帜，强调文学的时代性和作家的个性，指出作家应该直接刻画真情实感，不能因循拟古主义者所推崇的严守声律或雕琢文句，作品应同时包含内容、思想和感情。在当时拟古主义文学风靡的社会现实中，这种文学理论是颇具进步性的。当时具有这种进步文学思想的文人还有茅坤（1512—1601）和归有光（1506—1571）。

拟古主义诗文的庸俗和虚伪令人生厌，加之当时进步学术思想的影响，反拟古主义的文学思潮不可能终结在某一文人的文学主张上，而是形成了一种新的文学运动，尤其是文人关于文风又重新展开了论争。徐渭（1521—1593）对"前后七子"倡导的拟古文风深为不满，作了尖锐的批评："人有学为鸟言者，其音则鸟也，而性则人也。鸟有学为人言者，其音人也，而性则鸟也。此可以定人与鸟之衡哉？今之为诗者，何以异于是。不出于己之所自得，而徒窃于人之所尝言，曰某篇是某体，某篇则否，某句似某人，某句则否。此虽极工逼肖，而已不免于鸟之为人言矣。"①汤显祖（1550—1616）在《玉茗堂文集》中提到，模仿别人的文字无异于假文，强调文章之妙在于"自然灵气"，不在步趋形似之间。如果说这些主张来自对当时文风的批判，那么从文学的本质层面来说，则涌动着要革新当时文坛的一种思潮。

高举革新运动旗帜的文学派别有唐宋派、公安派和竟陵派。唐宋派的代表人物有王慎中、唐顺之、茅坤和归有光等。如果说"前后七子"崇尚秦汉时代的文学，主张拟古的话，那么唐宋派则是反对拟古，主张继承、发展唐宋时期的文学。唐宋派由学习秦汉文学转为学习欧阳修（1007—1072）和曾巩（1019—1083），主张写文章时应避用晦涩难懂的词汇，语句要顺畅易懂。唐宋派的文学主张较之以前显然有了很大进步。他们反对复古派一味"拟古"的风潮，重视描写作家感情和思想的创作技巧，认为文章应如实表达心中所想，即所谓直抒"心源"或"胸臆"。可以说这些用语蕴含着道学家的思想，比如，茅坤认为：

> 世之文章家当于六籍中求其重心者之至而深于其道，然后从而发之为文。②

世上的文章大家，应从六籍当中寻求矜重之心，得道之后再

---

① 徐渭：《徐渭集》（第二册），北京：中华书局，1983年，第519页。
② 茅坤：《复陈五岳方伯书》，玉芝山房稿（卷三），《四库存目丛书》，集部第106册。

第二章 明清小品文的兴起及其文学特征

写文章。即道是文章之源,道兴盛了,文章自然兴盛。唐宋派立足于道学的这种文学论不可能从根本上撼动复古派。也许正因为唐宋派自身的弱点,他们尽管指出了复古派的弊端,却没能从根本上改革文坛的弊端。即便如此,唐宋派的散文成就还是超过了"前后七子",他们的散文创作给后世以较大影响,清代的桐城派即继承了唐宋派的传统。

公安派的中心人物是袁宗道、袁宏道、袁中道三兄弟,公安派因袁氏三兄弟出生于湖北公安而得名。"三袁"均为李贽的弟子,早期在思想上受李贽的直接影响。徐渭、李贽、焦竑、汤显祖是公安派的先导人物,李贽是核心。李贽受反儒学的阳明左派的影响较深,他批判封建体制的欺骗性,力推肯定人的生活欲望的"童心说"。

阳明学派在王阳明去世后,围绕着理论与实践这一问题分为许多学派,阳明左派的中心人物是李贽和焦竑。李贽文学论的主体是"童心说",这代表了对当时文坛持批判态度的一种文学思潮。李贽认为一切的根本是"童心",即"真心""赤子之心",是一种如孩童心地般纯真无邪的、纯粹的状态。因此,"童心"不可丢,如若丢弃了童心,也就失去了"真心",失去了"真心",也就失去了"真人",人若不能成为真正的人就会丢掉根本。他还指出,当"童心"受到妨害时,写出的文章既不美,也无神韵,只能是一种假饰,只有出于童心,才能写出真正的文章。其主张从下面这段话中可以得到印证:

苟童心常存，则道理不行，闻见不立，无时不文，无人不文，无一样创制体格文字而非文者。①

李贽还谈道：

然则匹夫无假，故不能掩其本心；谈道无真，故必欲划其出类：又可知矣。②

这段话意为，百姓与道学无关，百姓的本心无须像道学家那样加以掩饰，显得玄妙莫测。因此，若想求得"童心"或"本心"，必须到平民百姓中去寻找，在道学家那里难觅其踪。唯有百姓才具有真性情，也只有在百姓之中才能写出真正的诗文。李贽的这一主张成为后来公安派重视市民文学的理论依据。

公安派生活的时期是封建专制体制已暴露出腐朽性和不合理性、逐渐失去凝聚力和威信的晚明时期。这一时期，皇帝昏庸，贤臣被贬，经济凋敝，民不聊生。一些士大夫远离朝政、归隐田园，读书人开始关注自我，向内心取材，注重写真情。公安派的崛起可谓士大夫阶层中欲摆脱封建专制统治束缚的一股不可阻挡的新生力量。

"公安三袁"中袁宏道受李贽影响最大，文学成就也最高。他在文学上高举反复古主义、反形式主义的旗帜，提出了"独抒性

---

① 李贽：《童心说》，《焚书》，呼和浩特：远方出版社，2012年。
② 李贽：《何心隐论》，《焚书》，呼和浩特：远方出版社，2012年。

灵，不拘格套"这一文学主张。"性灵"指人的思想或个性，写文章应该出于真情实感，一味模仿别人不可能创作出真正的文学，公安派的"性灵说"与李贽的"童心说"一脉相承，均强调独创性与真实性。同时，公安派还强调文学的时代性和个性，认为语言和文学是不断变化、发展的，文学创作应使用当代的语言，具备独创的精神，反对追从陈腐的法则或虚伪的装饰，反对盲目崇尚古人的文章。袁宏道认为："夫古有古之时，今有今之时，袭古人语言之迹，而冒以为古，是处严冬而袭夏之葛者也"[①]；袁中道也认为："天下无百年不变之文章"[②]，两人的观点均阐明了模仿、因袭古人是违背时代进步的行为。袁宗道在给丘长孺的《北游稿》序文中写道："其诗非汉魏人诗，非六朝人诗，亦非唐初盛中晚人诗，而丘长孺氏之诗也。"[③]丘长孺没有把汉魏、六朝、盛唐等前代的文学作为典范，创作表现自己个性的诗，这既是对丘长孺诗歌的评价，也反映了袁宗道所追求的文学观。"公安三袁"的文学思想在当时的文坛挣脱了创作者思想上的束缚，深刻反思了"前后七子"的文学观，给传统文学带来了巨大的冲击。此外，袁宏道还赞扬《水浒传》比《史记》更为奇变，相比之下便觉得"六经非至文，马迁失

---

① 袁宏道：《雪涛阁集续》，《袁宏道集笺校》，钱伯城笺校，上海：上海古籍出版社，2018年。
② 袁中道：《花雪赋引》，《珂雪斋集》，钱伯城笺校，上海：上海古籍出版社，1989年，第459页。
③ 袁宗道：《北游稿小序》，《白苏斋类集》，钱伯城笺校，上海：上海古籍出版社，1989年，第136页。

组练"①。这一观念推动了明清民间文学和通俗文学的发展。

竟陵派的代表人物是钟惺和谭元春,因他们出生于湖北竟陵(今称天门)而得名。竟陵派的文学主张与公安派的文学理论基本一致,但更多的是反对拟古倾向。竟陵派批判"前后七子"的拟古是将古人极为陈腐、极为狭小、极为烂熟的部分轻易变为自己的观点。他们认为自古善于作诗的人无不具有性灵之心,即便"一情独往",仍会"万象俱开"。与公安派的"性灵论"相比,竟陵派的性灵有些偏狭,他们认为那些表现诗人的"幽情单绪"和"孤行静寄"的作品才"具有性灵之美"。

在竟陵派的作品中,看不到公安派的自由旷达,只能看到孤僻的情怀。如谭元春在谈到诗人应该表达自己的"孤怀"和"孤诣"时说:

> 譬如狼烟之上虚空,袅袅然一线耳,风摇之,时散、时聚、时断、时续。②

钟惺也谈道:

> 诗,清物也,其体好逸,劳则否;其地喜净,秽则否;其

---

① 袁宏道:《听朱生说水浒传》,《袁宏道集笺校》,钱伯城笺校,上海:上海古籍出版社,1989年,第418页。

② 谭元春:《诗归》。

境取幽，杂则否；其味宜淡，浓则否；其游止贵旷，拘则否。

这种对"逸净幽旷"诗的意境的追求，可以说是唯心主义的创作观，完全与社会现实脱节，只能让人冷眼远观。竟陵派还效仿唐代诗人贾岛（779—843），主张应从前人的作品中寻找含蓄、奥妙的表达，考察前人的诗句以得到性灵。

在语言表达上，竟陵派反对平易，不惜用险字、险韵来制造晦涩怪异的语句，与钱谦益（1582—1664）所说的"幽深孤峭"如出一辙。竟陵派破坏了语言的自然美，但作为公安派文学主张的延续，同样在明后期反拟古文风中起到了进步作用，对晚明小品文的大量问世有一定的促进之功。

如上所述，一个时代的文学有一个时代的特色：先秦两汉的散文质朴自由，不受格式拘束，有利于反映现原生活、表达思想；六朝骈体文追求遣词造句的形式和技巧之美；唐宋散文依然秉承"文"要"载道"。而至晚明时期，经济和思想领域发生了急剧变革，市民阶层日益要求个性解放，产生于这样的时代变革潮流中的公安派和竟陵派文学，得以在文学思想及语言上发生了一反传统的、巨大的变化，能够敢于向传统的"载道"观文学提出异议，同时强调文学独特的价值和艺术性，在利用小品文体进行创作时，重视作家的个性，不拘于形式，在创作风格上体现出迥异于以前的、新的文化取向。

---

① 钟惺：《简远堂近诗序》，《文仄集》。

第三节　明清小品文的文学特征

汉代有赋，唐代有诗，宋代有词，元代有曲，一代有一代的文学。以小说和晚明散文为代表的明末文学呈现出较为强烈的"俗话"特征，明末士人崇尚自由的写作风气，注重对日常生活中艺术情趣的追求。这一时期，基于上述社会文化背景产生、发展的小品文，摆脱了"载道"的束缚，使散文发展成为一种自由的文体，不仅在晚明文学发展进程中占据着一席之地，也代表了晚明散文所具有的时代特色。总的来说，以轻松、通俗为审美追求的明清小品文具有以下文学特征：

第一，从文体的形成来看，受以欧阳修、苏轼作品为代表的宋代散文的影响较大；从文体特征来看，小品文具有寓言的哲理性、笑话的谐谑性、诗歌的抒情性。明末的王纳谏最早将"小品"概念移植到文学中，在他编选的《苏长公小品》中就曾称赞苏轼的散文小品："寐得之醒焉，倦得之舒焉，愠得之喜焉，暇得之销日焉，是其所得于文者，皆一晌之欢也，而非千秋之志也。"[①]明清小品文与主流正统文学之间的区别，正是这种在写作动机上的"一晌之欢"与"千秋之志"的差异。学苏热潮和对苏轼散文小品的盛赞也表明晚明文人已经认识到小品文充满娱乐趣味的特点，而且自此后出现的大量小品文作品中也不难看出，前代苏轼之文所蕴藉的惬意

---

① 苏轼撰，王纳谏编，《苏长公小品》卷首，北京大学图书馆藏明万历辛亥章万椿心远轩刻本。

第二章 明清小品文的兴起及其文学特征

之感、闲暇度日之慨与晚明小品之文风有遥相呼应的承袭关联。袁中道在《答蔡观察元履》中也盛赞苏轼的小品文："今东坡之可爱者，多其小文小说，其高文大册，人固不深爱也。使尽去之，而独存高文大册，岂复有坡公哉？"①

第二，题材的选择很自由，范围广泛，但"真"是其精髓和灵魂。小品文所涉及的题材有山水景物、人物、掌故、时令风俗、书画艺术、市井杂谈、家庭琐事、亲朋故友、个人情怀等，内容多为率真地表达作家的个性气质和闲适的生活，不加矫饰，无道学之气，真情至性。所以，明清小品文是一种"真性情"文学，语真、情真、人真。如李贽倡导"童心说"，认为出于"童心"之"绝假纯真"之文，方是"天下之至文"。"公安派"成员之一的江盈科曾以"情真而境实，揭肺肝示人"称赞袁宏道文章的真性情，袁宏道本人也称自己的越中诸游记"无一字不真"。

第三，对"情"和"趣"的追求。晚明文人在感受自然与人生时所产生的奇思妙想和浪漫情怀是小品文的精神和精华之所在，他们善于将生活琐事写得亲切自然，是致力于"载道之文"的前代文人所难以达到的一种宁静淡泊的境界。小品文创作要求情趣盎然、新鲜多姿、诙谐幽默，表现的是悠然闲适、轻松自在、风雅清逸的生活情趣，多是文人的漫笔为之和偶然所得。正如陈继儒（1558—1639）的《太平清话》有云："凡焚香、试茶、洗砚、鼓琴、校书、候月、听雨、浇花、高卧、勘方、经行、负暄、钓鱼、

---

① 袁中道：《珂雪斋集》，钱伯城笺校，上海：上海古籍出版社，1989年，第1045页。

对画、漱泉、支杖、礼佛、尝酒、晏坐、翻经、看山、临帖、刻竹、喂鹤，皆一人独享之乐。"晚明文人讲究雅致，追求悠闲的生活状态，所以他们创作的小品文也处处洋溢着对日常生活中艺术情趣的追求。比如公安三袁小品文早期主要的审美标准就是尚"趣"，他们的创作中多是表现对个体生命自适与自由的向往和追求。陆云龙在《明人小品十六家·叙袁中郎先生小品》中就曾评价说："率真则性灵现，性灵现则趣生。"[1]袁宏道在《叙陈正甫会心集》中也论述了关于"趣"的审美观点："世人所难得者唯趣。趣如山上之色，水中之味，花中之光，女中之态，虽善说者不能下一语，唯会心者知之。夫趣得之自然者深，得之学问者浅。当其为童子也，不知有趣，然无往而非趣也……"[2]袁宏道从性灵出发，于自然与生活中体悟出人生之"趣"，并将其引向了审美之"趣"。

第四，创作手法新鲜、灵动、多样。晚明小品摆脱了支配文坛的既有的文体格式，追求新奇，其文学形式没有固定的格式，在继承传统散文的实用性和逻辑性之外，又独具艺术品性，创造出多样的文体风格，游记、序跋、尺牍即是其代表。现当代的一些学者也对明清小品文进行了分类，比如赵伯陶在《明清小品：个性天趣的显现》中认为，在论辩、序跋、书说、赠序、传状、碑志、杂记、箴铭、颂赞、哀祭十种文章类别中，都可以找到小品文的踪迹。明

---

[1] 陆云龙等选评：《明人小品十六家》，杭州：浙江古籍出版社，1996年，第56页。

[2] 袁宏道：《袁宏道集笺校》卷十《叙陈正甫会心集》，钱伯城笺校，上海：上海古籍出版社，1989年，第463页。

第二章 明清小品文的兴起及其文学特征

清小品文按照内容可以分为抒情、咏物、山水、传记、论学、寓言、幽默、科学、历史九种。罗筠筠在《灵与趣的意境——晚明小品文美学研究》中也对晚明多样性的小品文文体风格进行了总结，她认为小品文包括具有一定艺术性和审美价值的杂记、游记、祭文、序跋、日记、寓言、传记、尺牍、笔记、诗话、书画题跋、清言等作品。按照内容则可以分为五类，分别是：对大自然中审美意象的捕捉和概括，关于文学艺术创作与欣赏的精辟见解，对社会审美风尚与日常生活美的描述，对人生境界的品味和对人生幽思的抒发，对人物风姿和生活情趣的鉴赏。

第五，篇幅短小，短而隽，小而秀，小而奇，小中寓大，精巧细致。陈继儒在《〈盛明小题选〉序》中说，小品文"微火可以焚邓林，寸肤可以雨天下"。晚明唐显悦在给《媚幽阁文娱》作序时曾引郑元勋的一句名言："'小品一派，盛于昭代。幅短而神遥，墨希而旨永，野鹤孤唳，群鸡嗓声；寒琼独采，众卉避色。是以一字可师，三语可椽；与子斯文，乐曷其极？'"① 这里郑元勋把小品文比作天下洋洋大观文章中的野鹤与寒琼，能使群鸡嗓声、众卉避色，也是赞扬小品文小而精、短而利的特点。陆云龙在《翠娱阁评小札简小引》中对小品文"小中见大"的特点说得更为透彻："寸瑜胜尺瑕，语刺刺而不休，何如片言居要？况乎损尺牍为寸笺，亦宜敛长才为短劲。故敛奇于简，尝如米颠卷石，块峦而具有岩鹫；敛锐于简，当如徐夫人匕首，纤锋而足制死命；敛巧于简，当如棘

---

① 黄卓越：《闲雅小品集观》，南昌：百花洲文艺出版社，1995年。

端之猴,渺末而具诸色相;敛广于简,当如一泓之水,涓涓而味饶大海。"①在陆云龙看来,小品文虽篇幅短小,却小而精,具有"寸瑜胜尺瑕"的优点。明清小品文尽管不像关乎国家大事、理学精义的"大品"那样气势磅礴,却并不因其短小而浅显平淡。

---

① 陆云龙:《翠娱阁评小札简小引》,《翠娱阁评选行笈必携》,明崇祯四年峥霄馆刊本,第541页。

第三章　朝鲜朝后期明清小品文的流布

　　从国别文化交流学层面来说，由于地缘的关系，中国与朝鲜半岛的文化交流源远流长。当朝鲜半岛处于朝鲜朝时期，中国正值明、清时期。这一时期，朝鲜朝与中国在政治上建立的密切关系促进了两国文化的交流与发展，尤其是18世纪中后期中国的书籍大量涌入朝鲜半岛，深刻地影响了朝鲜朝后期的文风。

　　18世纪后半期至19世纪前半期，朝鲜朝社会、政治、经济和文化急剧变革，而文学思想和文学体裁随时代的变迁发生变化则是历史的必然。正如明清小品文的兴起、兴盛与中国当时的社会现实、社会风尚乃至社会思潮的影响分不开一样，邻邦朝鲜朝亦如此。朝鲜朝前期和中期一直奉行性理学的文学观，提倡所谓"古文的文体",也即标榜先秦两汉的经典史书和唐宋古文的二元化。"随着明末清初小品文集的传入,朝鲜朝的文风受到了冲击,尤其是在散文领域引起了极大的反响,成为18世纪后半期朝鲜朝文坛文学论争的核心问题,即便说18世纪以后凡是追求独特个性、渴望创新的朝鲜朝后期的文人或多或少均受到小品文的影响也不为过。"[①]他们广泛阅读明清文集,同时利用小品文体自由抒发胸臆,以抒情性、清新的语言给当时的文坛带来了崭新的风气。

那么,中国明清小品文之所以能在视唐宋古文为正统的朝鲜朝文坛传播、流布,是基于怎样的社会文化背景呢?

第一节 朝鲜朝后期的社会文化背景

商品货币经济在朝鲜朝后期得到了前所未有的发展,性理学也渐渐丧失了其作为社会指导理念的地位。商品经济的发展,经世致用、利用厚生实学学风的吹拂,公安派、竟陵派文学的影响,明清书籍的大量涌入等,是18世纪中后期小品文在朝鲜朝后期盛行的主要原因。

一、商品货币经济的发展

朝鲜朝后期,农业技术的发展促进了生产力的提高,进而促

[①] 安大会:《朝鲜后期小品文的创作与明清小品文》,《中国文学》2007年第53辑,第186—200页。

第三章 朝鲜朝后期明清小品文的流布

进了商业、手工业及矿业的发展，与此同时，商品经济也随之发展起来，于是，近代资本主义生产关系开始萌芽。这一时期，随着生产力的发展，农民阶层开始分化解体。绝大多数农民沦为贫农，新兴的"庶民地主"或"经营型富农"扩大了经营规模，他们雇佣劳动力，种植以销售为目的的农作物，传统的自给自足的农业逐渐转向商业性农业。商业性农业的发展进一步促进了农业技术的发展，棉花等手工业原料产量的提高又促进了手工业及小规模自耕农的小商品生产，为资本主义生产关系的产生创造了历史性的前提条件。不仅如此，随着手工业的发展，生产手工业原料的矿业也一并得到了发展，民营矿业因之应运而生。于是，逐渐富裕起来的商人和两班贵族得到政府的许可，开始投资矿业。因此，资本家、经营者、被雇佣劳动力，这三者之间形成了资本主义的生产关系。随着商业性农业及手工业的发展，商业领域也开始出现了新的变化，那就是对外贸易及城市商业人口不断增加，出现了被称作"私商"的自由商。至18世纪末，自由商业活动的规模有所扩大，出现了掌控着商业资本的大商人，松商、湾商①等即是其代表。随着商业的发展，传统的以大米或布料等为主的物物交换手段发生了很大的变化，金属货币"常平通宝"开始在全国范围内流通，甚至可以称之为信用货币的汇票也被大商贾广泛使用。货币及汇票在全国范围内的流通又促进了商品的生产及流通的发展。

---

① 朝鲜朝时期开城地区的商人被称为"松商"，平安道义州地区的商人被称为"湾商"。

二、思想领域的变化

商品货币经济的发展是封建社会体制解体、资本主义生产关系形成的决定性因素。朝鲜朝后期，随着商品货币经济的发展，社会思想和文化领域也出现了一些新的变化。在思想领域，性理学逐渐丧失了其作为指导思想的统治地位，挑战传统性理学秩序的实学思想业已抬头并成长起来。实学家们主张进行多样化的社会改革，毋庸置疑，在朝鲜朝社会向新的社会阶段迈进的过程中，实学思想及其理念起到了重要的作用。

朝鲜朝的实学是17世纪初在中国实学思潮的影响下，受来自中国的西方自然科学的影响并基于以往本国自然科学之成果产生的。朝鲜朝的实学思想反映了两班阶层中的进步学者坚持实事求是的研究学问方法。随着封建社会的没落，受经由中国传来的西方科学文化的影响而觉醒了的朝鲜朝实学家，为解决当时社会所面临的现实问题，主张渐进地改良社会。他们认为，政治体制的稳定与农民生活的安定息息相关，田制改革是根治社会混乱的根本，因此极力主张推行田制改革。朝鲜朝前期的税制是以农民均等地占有土地为前提的，农民占有土地的不均等现象出现，使得朝鲜朝前期的税制出现了极端的矛盾。这一时期，农民的收入主要来自土地，在公平分配土地时，租税是以土地为单位，或者以户为单位实行摊派制，租税的公平性是没有什么大的问题的。但在土地分配不均等的条件下，租税负担的不公平性就显现出来了，其中尤其以贡品和军布问题最为突出。农民负担的不公平迫使统治阶层谋求税制的改革，在这种情况下颁布了大同法和均役法①。传统的税收制度是以户和人为单位实施的，而大同法和均役法是为了改变这种传统的税收制度，谋求以土地为单位进行相对公平的征税，其结果却有悖于原本的意图，不得不进行相应的社会变革。传统的租税制度是收取政府需要的实物，是自给自足式的，并没有刺激商品的流通。将农民剩余的产品以租税的形式加以征收，反而抑制了商品的流通。实施大同法和均役法后，大米被用于代替收取的租税，政府需要的现物可以到市场上去购买，这样就刺激并促进了商品的流通，为资本主义萌芽的产生提供了契机。随着商品货币经济关系的形成，朝鲜朝后期的身份制度也随之发生了急剧的变化。两班贵族因为经济实力的日益衰减，社会地位逐渐呈下降趋势，而译官、医官、胥吏等中人阶层随着经济实力的提升也强烈谋求社会地位的提升。在这一时期，社会矛盾日益突出，经济上逐渐没落的两班贵族开始对性理学产生了怀疑。于是，他们对性理学的政治理念和思想进行了反思，已经意识到仅凭性理学的政治理念和思想已不能解决现存的社会矛盾及民生问题。与此同时，通过经济实力平稳上升的中人阶层也致力于争取应有的身份地位的提高，并且把矛头指向现存的社会制度。总而言之，在朝鲜朝后期，朝鲜朝社会在政治、经济、文化等领域，新的理念和新的思想业已抬头并发展起来，出现了学风以及世界观多元化的现象。

朝鲜朝后期的文学思想受实学思潮的影响，与前期的文学思想相比呈现出不同的形态。朝鲜朝前期性理学的文学，将追求道以及

---

① 许南维：《朝鲜后期文学思想研究》，诚信女子大学博士论文，1995年。

修身养性过程中所体会到的喜悦和烦恼,形象化地表现在诗文中,离现实很遥远。李瀷(1681—1763)、丁若镛(1762—1836)、朴趾源、朴齐家等实学派学者摆脱了性理学文学,彻底剖析、批判了当时病态的社会现象和社会矛盾。实学派文学超越了修身养性的范畴,反映社会现实问题,并致力于匡济天下。

三、文化领域的变化

在文化领域,该时期商品货币经济得到了前所未有的发展,形成了一定的消费阶层,在一定程度上促进了丰富多样的民众文化的兴盛,也使得部分两班贵族的文化日益趋向大众化,这些因素都成为让人们更多地去关注民众文化的契机。不仅如此,中人阶层希望通过朝鲜朝英祖大王的"通清运动"①以谋得官职,从而提升自己的身份地位,但大多会因为身份差别难以寻求到出仕之道。朝鲜朝正祖曾这样评价中人阶层:

> 所谓中人之名,进不得为士夫,退不得为常贱,自分落拓,无意于实地。间或有薄有才艺之人,不堪伎俩之所使,辄生妄想,专尚好新,所与学习者非从事于经学之人也。只知有明清诡怪之体,以至稗官杂记,无不矻矻孜孜。②

---

① 通清运动是朝鲜朝后期中人阶层(介于两班贵族与平民之间的阶层)要求获得上层官职而进行的主张废止身份差别的运动。

② 转引自具教贤:《晚明与朝鲜后期的小品文创作背景研究》,《中国语文学研究会中国语文学论集》(第39号),首尔:延世大学出版社,2006年,第255页。

在"通清运动"中,受到挫折的中人阶层自然而然地对明清小品文产生了浓厚的兴趣,他们中的许多人为了排遣、消除心中的郁闷,开始创作小品文。

第二节 明清小品文的涌入

如前所述,明清小品文体冲击了"文以载道"的传统文学观念,可以说是对正统文学权威的挑战,为朝鲜朝后期的文坛注入了新的文风。无论是朝鲜朝后期的社会现实背景,还是思想文化背景,都给小品文这一文体的兴起提供了丰厚的土壤。但不管怎样,在朝鲜朝后期小品文体盛行的文化背景中,最重要、最直接的原因是明清书籍的大量涌入。

朝鲜朝文人历来有购书藏书的嗜好,明末文学家陈继儒曾记述道:

> 朝鲜人极好书,凡使臣到中土,或限五六十人,或旧典或新书、稗官小说,在彼所缺者五六十人日出市中,各写书目,分头遇人遍问,不惜重值赎回,故彼国反有异书藏本也。①

从陈继儒的记述可以得知,自16世纪末、17世纪初朝鲜朝入华使臣开始到明朝大量购书,以至于很多朝鲜朝文人成为图书收藏

---

① 陈继儒:《太平清话》,《说库》,现代社影印本,1984年,第1097页。

家。至18世纪,朝鲜朝读者接触明清文集的途径主要有三条:一是前代文人士大夫的收藏本;二是从清朝书商处购买;三是委托前往清朝的人带回。尤其是在18世纪,朝鲜朝的图书商已经有计划地购买图书,此外,在与清国官方交流时,身为燕行使臣的译官们也会买回大量的图书。例如,朝鲜朝正祖十五年,《承政院日记》记载:"且伏闻燕肆储书以待朝鲜使行云。"由此流入朝鲜朝的书籍中大部分是明末清初的小品文。朝鲜朝后期的文臣李秀辅(1677—1753)进言道:

> 我国书册,不患不足,而每每购贸于燕市者,必求其新出奇僻之书,故其弊至于西洋书之为害矣。①

这里所说的"新出奇僻之书"即为明清小品文集。朴趾源在《热河日记》中记录,自己在燕行途中遇到了清朝的富图三格,从他那里购买了清国鸣盛堂发行的图书目录,目录上的清代小品文达七十多种,包括徐世俊、汪淇的《尺牍新语》,尤侗的《宫闺小名录》《西堂杂俎》《长洲杂说》等等。

朴趾源《热河日记》卷11关于鸣盛堂发行的清代小品文图书有如下记载:

> 尺牍新语共六册,汪淇瞻漪笺。焚书共六册,藏书共十八册,续藏书共九册,李贽卓吾著。宫闺小名录,长洲杂说,西

---

① 《承政院日记》第1695册,正祖十五年十月丙寅。

第三章　朝鲜朝后期明清小品文的流布

堂杂俎，尤侗展成著。筠廊偶笔，宋荦牧仲著。同书，字触，闽小记，因树屋书影，周亮工元亮著。四礼撮要，甘京著。说林，西河诗话，毛奇龄著。韵白，匡林，韵学通指，溪书，毛先舒稚黄著。西山纪游，周金然著。日知录，北平古今记，顾炎武著。历代不知姓名录，李清映碧著。蒋说，蒋虎臣著。影梅庵忆语，冒襄辟疆著。古今书字辨讹，东山谈苑，秋雪丛谈，余怀淡心著。冬夜笺记，王崇简著。皇华纪闻，池北偶谈，香祖笔记，王士禛贻上著。毛角阳秋，群书头屑，闺阁语林，朱鸟逸史，王士禄著。笠翁通谱，无声戏小说，鬼输钱故事，李渔笠翁著。天外谈，石庞著。奏对机缘，弘觉著。十九种，柴虎臣著。日下旧闻，朱彝尊著。虞初新志，张潮著。寄园寄所寄，赵吉士著。檀几丛书，汪琬著。三鱼堂日记，陆陇其著。亦禅录，幽梦影，张潮著。粉墨春秋，朱彝尊著。两京求旧录，朱茂晖著。燕舟客话，周在浚著。崇祯遗录，王世德著。入海记，查嗣琏著。琉球杂录，汪楫著。博物典汇，黄道周著。观海记行，施闰章著。析津日记，周篔著。

上文中所列均为明末清初的小品文，朴趾源看到此目录时，曾说这些全是清朝文人所写的小品文。① 由此可以看出，此前朝鲜朝

---

① 朴趾源：《渡江录》，《燕岩集》卷十一，韩国文集丛刊。本书中所引韩国文集丛刊版本的文，皆于书后参考文献处统一标注出版地和出版机构。本书行文中不再标注。——编者注

的很多文人不但接触了很多小品文，而且大体上能够知道小品文是怎样的文体①。在这里需要说明的是，当时的文人把诗文也看作小品文，例如，朝鲜朝后期喜好小品文体的沈鲁崇（1762—1837）曾说道：

其人所为诗文，固是所谓小品家发迹，而余常为爱其往往有奇意警语。②

二兄长卿宁载，为人疏亮，见识颇正，诗文虽稗流小品，往往有精思妙解。③

在沈鲁崇看来，诗文也是稗史小品。朝鲜后期实学家李奎景（1788—1856）也曾说道：

李督邮箕元……诗有警句……此虽出自小乘小品，足有才情理智，可以传世者也。④

李奎景认为，诗人李箕元（1745—？）的诗句出自小乘小品。传入朝鲜朝的明清文集又通过聚集在当时最高学府成均馆的

---

① 金荣镇：《朝鲜后期明清小品的接受及小品文的展开样相》，高丽大学博士论文，2003年。
② 沈鲁崇：《山海笔戏》，《孝田散稿》第9卷，延世大学所藏复印本。
③ 同上书第33卷。
④ 李奎景：《李洪厓隽句》，《诗家点灯》，首尔：亚细亚文化社，1981年，第295页。

第三章　朝鲜朝后期明清小品文的流布

儒生们传阅开来。当时的成均馆既是朝鲜朝国家意识形态的创造基地，也是年轻的儒生们接受来自清朝的新文化的地方。丁若镛身为成均馆儒生时，曾和志同道合的朋友们一起在成均馆研读关于天主教的书籍。李钰则通过成均馆接触到了明清的很多书籍，他阅读过的明清文集有《剪灯新话》《板桥杂记》《情史类略》《牡丹亭》《西厢记》《水浒传》《金瓶梅》《肉蒲团》《女仙外史》《述异记》《古今诗余醉》《汉魏丛书》《说铃》《事文类聚》《本草纲目》《汉清文鉴》《古今注》《禽经》《闽小记》《蛇谱》《菊谱》《本草图经》《倭汉三才图会》《蚓庵琐语》《绥寇纪略》《南方草木状》《分甘余话》《觞政》等。①李钰常常和其挚友金铝、姜彝天一起，在成均馆共同研读、切磋诗文，成为朝鲜朝后期利用小品文体进行创作的高产文人。李德懋读过的文集有徐渭的《徐文长集》、袁宏道的《袁中郎集》和《袁小修集》、谭元春的《谭元春集》、周亮工的《因树屋书影》、宋荦的《筠廊偶笔》、屠隆（1543—1605）的《娑罗馆清言》等。②可见，在这一时期，明清小品文已通过各种渠道进入当时文化思想的核心领域。

　　至18世纪中叶以后，不仅仅是以李用休、李凤焕、朴齐家、李

---

　①　金荣镇：《李钰文学与明清小品》，《古典文学研究》2003年第23辑。
　②　金荣镇：《朝鲜后期明清小品的接受及小品文的展开样相》，高丽大学博士论文，2003年，第32页。

德懋、朴趾源、李钰、金鑢（1766—1822）[①]、卢兢等为首的朝鲜朝京畿地区的众多文人，就连庶族文士、中人阶层，甚至像李亶佃（1755—1790）等"贱民"出身的作家也为公安派、竟陵派的文学所倾倒，热衷于借读、传阅、购买明清小品文，并尝试着利用小品文体进行创作。李德懋在当时以"儒雅多识，博学多闻"而闻名，不仅擅诗文，其"尺牍题评"也为当时的文人所推崇，同时也是把18世纪朝鲜朝小品体散文的创作推向顶峰的人物之一。

他在给友人尹可基的尺牍中谈道：

> 夕林老屋把故人臂，满诵《娑罗馆清言》，归卧灯底，政欲颐神葆精，追味余韵，充然自欣，忽想徐楼烛影中大读。读楚人骚，星斗动芒，宾主变色，欣畅郁悒，何其殊也？匪吾乐此而悲彼，文奇则精神活，精神活则性灵会，夫孰能禁之哉？是婢虽纤，可任书二套，梅花龛上汉魏丛书出而付之。人饥，捐金钱而周之；士欲读书，搜珍藏以借之，士大夫事也。[②]

李德懋在这篇尺牍中描述了与老朋友在夕林老屋中共读《娑罗馆清言》的情景，他以独特的视角品鉴明清文集，向与自己有着相同创作倾向的好友尹可基吐露读屠隆小品文集《娑罗馆清言》后的

[①] "金鑢"的"鑢"字，没有对应的简体字，故使用繁体字，特此说明。——编者注

[②] 转引自安大会：《朝鲜后期小品文的创作与明清小品文》，《中国文学》2007年第53辑，第186–200页。

第三章 朝鲜朝后期明清小品文的流布

感受：文章奇则精神活，精神活则性灵会集，谁能阻挡得了呢？

尺牍本身就是小品文的一个类型，从这篇尺牍中可以看出，包括李德懋在内的18世纪的朝鲜朝文人对明清小品文的喜爱程度，同时，透过这篇尺牍，仿佛看到当时的文人竞相接受、传播小品文集的情境。

因此，在朝鲜朝后期，大量从清朝传入的明清小品文集，通过住在京城的文人，自上而下，由庙堂到市井，广泛传阅开来。街市流行的小品文集也引起两班贵族的兴趣，文士们开始用小品文体写文章。小品文受到社会各阶层的喜爱，小品文使得传统文学受到极大冲击，以至于正祖说道：

> 故日前策题中，以明末清初文集事，盛言之，大体明清之文，噍杀奇诡，实非治世之文，而袁中郎集，为其最矣。①

正祖认为，小品文的文体噍杀、尖薄、奇诡，分明不是治世的文体，并指名说袁宏道的文章在明清文集中为最甚。

正祖还认为，小品文的危害甚于"邪学"②，假如放任该文体流行，且不说文风，连国民的心性都会被污染。如若欲祛除邪学，应先从除掉小品文开始：

> 予常言小品之害甚于邪学，人未知其信然，乃有向日事

---

① 《承政院日记》第1969册，正祖十五年十一月戊寅。
② 朝鲜朝将违背朱子学的学问视为邪学。

矣。盖邪学之可辟可诛，人皆易见，而所谓小品，初不过文墨笔砚间事，年少识浅薄，有才艺者厌常喜新，争相模仿，駸駸然如淫声邪色之蛊人心术，其弊至于非圣，反经蔑伦悖义而后已。况小品一种即名物考证之学，一转而入于邪学，予故曰欲祛邪学，宜先祛小品。①

于是，正祖下令实施"文体反正"政策。

第三节　朝鲜正祖的"文体反正"

朝鲜朝后期文人学者与中国学者的接触和交流，不仅为朝鲜朝在学术上、思想上带来巨大的变化和发展，为本国文化的发展和繁荣发挥了重要作用，也为其形成一整套不同于中国的独特文化做出了贡献。②但随着明末清初小品文的风靡，以及批判宋朝儒学过于陈腐风潮的盛行，朝鲜朝的文风受到了冲击。以正祖为首的统治阶层立足于朱子学道文一致的文学观，强调六经古文为纯正的文风③。

正祖可谓天生的学者，他在位期间曾编撰了多卷与朱子相关的书籍，包括《朱子选约》3卷、《资治通鉴纲目讲义》10卷、《朱书百选》6卷、《雅诵》8卷、《朱子书节约》20卷、《朱子会选》

---

① 李晚秀、金祖淳等：《弘斋全书》卷一六四，《日得录》。
② 吴莲姬：《明清时期中韩文化交流概况》，《当代韩国》2002年第3期，第53页。
③ 郑玉子：《朝鲜后期文学思想史》，首尔：首尔大学出版部，1997年。

48卷、《圣学辑约》6卷等。① 他曾说过，若不孜孜以求学问则心不安。他认为，作为读书的方法之一，体验最为重要，读书的态度应是"精察明辨，体贴心身"②。不仅如此，他还将文体视为治国的基本政策，认为文体是政治现实的反映，随士气而变化，因士气是国家的元气，若不对文体进行反正，则不能扶正日益坍塌的名分和体制。③ 事实上，其"文体反正"政策坚持的是"文道合一"的性理学的价值取向，即做文章应该以修身治国之道为根本。换言之，道为本，文为用，做文章要传承"道"的使命，这是性理学者所主张的"文以载道"的文学观。正祖曾评价道，不仅朝鲜朝的立国规模秉承了宋代，文体也以宋为范本，欧阳修、苏轼的文章恰恰验证了宋代治国的情景。④ 由此可以看出，唐宋八大家的文章在正祖时代依然很有影响，被视为"有为之作"，起到了"载道"和教化的作用。

正祖从即位之初就对当时的文风乃至文体发表过自己的看法。他认为，明清文集的稗官杂记玷污民心，败坏世风，从而使文风变质。⑤ 正祖曾召见黄景源（1709—1787）、李微之、洪国容等重臣，说道：

---

① 金英珠：《李钰文学作家意识的变化及意义》，诚信女子大学博士论文，1995年。
② 郑玉子：《朝鲜后期文化运动史》，首尔：一潮阁，1988年，第64页。
③ 同上。
④ 同上。
⑤ 同上。

予惟继志述事，人君之盛节。崇儒重道，有国之急务。①

这表明正祖有志于继承朝鲜朝开国以来历代传承下来的遗志和事业，并视尊崇儒学和儒学者为国之急务。正祖还把17世纪末至英祖时期看作是文风的堕落期，认为朝鲜朝性理学学者为俗儒，将西学斥为邪学，认为唯有正学（即经学）才能匡正邪学，教化百姓。

1780年，朴趾源把出使清朝的体验以游记的形式写成纪行文《热河日记》，因文体独特、妙趣横生而被广为传阅。不仅如此，《热河日记》还因其多彩的表达方法和独特的文体成为当时颇有争议的"话题作"，其文体也被称为"燕岩体"。"燕岩体"的特征是采用了小说文体及谐谑的表达方法，大胆引入了不受正统古文体制约的、被贬称作"稗史小品体"的小说形式，生动地描写了当时的社会现实，而且避免使用"诗语"及超逸的词汇。但是，从士大夫所接受的正统教育这方面来说他们是不会接受"稗史小品体"的。正祖认为，这种文体是史官以外的人们杜撰出来的历史记录，是从小品体派生出来的极不纯净的杂文体。②

正祖在读了朴趾源的《热河日记》后，认为文中的谐谑感和文体甚为不妥，恰巧此时，李东稷非常嫉妒深受正祖宠爱的李家焕，上疏正祖诘责李家焕。正祖看完奏折后说，文风颓败的责任不在李家焕，根本原因在朴趾源身上，并对负责奎章阁的南公辙说，如果

---

① 金英珠：《李钰文学作家意识的变化及意义》，诚信女子大学博士论文，1995年。

② 郑玉子：《朝鲜后期文学思想史》，首尔：首尔大学出版部，1997年。

朴趾源能用纯正的文体再写一遍《热河日记》以赎罪的话,那么将委他以重任,让南公辙以书信形式向朴趾源转述。朴趾源看到南公辙的信后,承认自己运用了不该用的文体,并发誓将倾尽全力于文体纯正运动,再不写"杂笔"。① 正祖下令消除这种杂文体,改革当时流行的"燕岩体"一类的汉文文体,倡导正统的古文体。这就是所谓的"文体反正"。

为了推行"文体反正"政策,正祖把传统的黄景源和李福源(1719—1792)的文体树立为典范,让文臣们效仿。除此以外,正祖还采取多种措施贯彻实施其方针。首先,下令设立了宫廷研究机关奎章阁,把国内的学者召集过来讨论经史,出版书籍,以摘选朱子语类的《朱子选统》为首,刊行唐宋八大家著名的古文集《八子百选》等。同时,设立奎章阁后,又命臣下馆藏了当时很多的文集,可以说,奎章阁就是一个宫廷图书馆。此外,正祖还禁止输入清朝的稗官小说和杂书类,因为他认为正是这些"禁书"败坏了朝鲜朝的文体。② 当时购进、输入书籍的任务主要由燕行使团里的译官来担当,这些译官得到了中国朝廷的认可,他们通过贸易积累了财富,从清朝购回的物品中,书籍占了相当大的比重。

正祖还下诏说,即便是朝廷文臣,只要使用稗史小品体,一律不再举荐为官,并严惩不贷。南公辙也曾受到正祖责问,被指使用了稗官杂记语;李相璜、金祖淳、沈象奎等僻派也被指文体不纯

---

① 朴趾源:《燕岩集》卷二,韩国文集丛刊。
② 洪启禧等:《承政院日记》,首尔:首尔大学奎章阁影印本,1999年,第1695册。

正，命其写自讼文；实学派的李德懋、朴齐家等也被指责文体不纯正，命其写自责文。

在正祖的"文体反正"政策中，不可避免地使喜好小品体的文人受到批评甚至是迫害，李钰、金鑢、南公辙、李相璜、金祖淳等人均受到牵连，其中受到影响最大的是李钰。

李钰是朝鲜朝后期的文人，他坚持主体意识之下的民族文学论，认为文学应随时代、地域的变化而变化，反对法古，强调写实性的文学表现手法；在语言使用上，主张使用言文一致的民族语言。① 但正因为李钰的文学观有悖于正祖的文体政策，他虽才华横溢，却屡试不第，并多次被发配至边关，在边防度过了他大部分的人生。作为士大夫阶层，为了立身扬名，李钰于正祖十六年十月第一次参加了科举考试。他在应制文中使用了稗史小品体，周围的儒生们也竞相模仿这种文体，正祖担心成均馆的儒生们从此失去纯正的古文体，下令让他们每日作50首四六骈体文，待其文风变纯正后，方可参加科举考试。② 李钰36岁那年，作为成均馆的儒生参加了迎銮制考试，因为他的文体很早就引起了人们的注意，正祖对他的文章表现出了极大的关注，不吝对一介儒生的文章一一加以评判。正祖认为李钰的文体怪异，取消了他参加科举考试的资格，命其充军，将其发配至忠清道定山县。同年9月，李钰又被发配至岭南三嘉县。但是李钰全然不顾正祖的训诫，结束充军生涯后重返朝鲜都城参加科举考试，但考试中又被指责文体怪异，再次被流放。次年2

---

① 金均泰：《李钰的文学理论与作品世界的研究》，首尔大学，1985年。
② 许敬振：《韩国的汉诗·文无子李钰诗集》，首尔：平民社，1997年。

月,李钰参加了别试(国家有喜事或遇丙年时举行的科举考试),中了状元,但却因"李钰所著策文有悖于时下文体"而位居榜末。①

李钰40岁时,再次被流放至三嘉县。在那里,他体察当地的风土人情,将所见所闻记录下来,写成了《风城文余》。后来,该文集成为研究当时该地区民俗风情的重要史料。1800年,适逢国家大赦,李钰得以离开三嘉县返回都城。不久,李钰归耕南阳,过着隐居生活。

朴趾源和李钰是同时期的人物,虽然没有两人直接交流作品的记载,但通过对照研究不难发现两人的文风是一致的。朴趾源对当时文坛的文风批评道:朝鲜的山川地理与中国不同,时代也非汉唐,但语言和俗谣却模仿中国的手法,因袭汉唐的文体。朴趾源文学思想的核心是摒弃模仿拟古的文风,以追求写真、写实,即朝鲜人要写自己的诗,诗歌文章要有"朝鲜之风"。所谓"朝鲜之风",即文学应真实地反映朝鲜的风土和历史、现实社会和人情世态,要秉持自主的文学论。在实践中,朴趾源小说的场景以朝鲜朝为主,并大量使用谚语、俚语,真正体现了摆脱模仿汉唐文学束缚的文风。朴趾源"朝鲜之风"的诗论阐明了朝鲜的"风"与《诗经》的国风一样,是"真"的诗。

如前所述,正祖在施行"文体反正"政策时,处罚轻重似乎根据人的身份和地位而有所不同。像前面所提到的南公辙等仕宦子弟,正祖亲自介入,严厉训诫,命其改正文体;鉴于李德懋对当时

---

① 许敬振:《韩国的汉诗·文无子李钰诗集》,首尔:平民社,1997年。

文风的影响力,正祖命其写反省文,令其改变文体。[1]正祖还给当时任安义县监的朴趾源传信说,只要改正文体,就封其官职。而对没有家世背景的李钰,则毫不留情地施以禁止参加科举考试、发配充军等一系列处罚。李钰虽几度在科举考试中取得好成绩,却依然因"文体是稗史小品体"而被"停举",或者被排榜末。

正祖以扼杀小品文体为手段的"文体反正",是为强化王权实施的举措之一,这也恰恰说明了明清小品文对朝鲜朝后期文风的影响之深、冲击之大。正祖的"文体反正"政策虽然使文风一时回归了"登高而赋"的纯正文学的传统,使治世的文学出现了暂时的繁荣景象,但这种纯正的文体却早已不适应时代的变化。另一方面,小品文体也没有因正祖的"文体反正"而销声匿迹,却传播得更为广泛,小说文体及写实主义表现手法的作品也更为广大读者所青睐。

---

[1] 李学堂:《朝鲜朝后期文学批评研究》,北京:民族出版社,2006年,第2页。

第四章　朝鲜朝后期文人对明清小品文的接受与创作

　　明清小品文给朝鲜朝后期的散文领域带来了巨大变革，成为引起18世纪后半期朝鲜朝文坛论争的核心问题。可以说，朝鲜朝后期追求独特个性、探索新的创作倾向的散文家们，都不同程度地受到了明清小品文的影响。之所以出现这种状况，与当时政治、经济、文学领域复杂的背景不无关系，但这一过程并不是短时间内能完成的。自朝鲜朝中期以来，明清小品文就成为朝鲜朝文人关注的对象，并一直延续到朝鲜朝末期，逐渐成为文人竞相创作的文学体裁。

　　自17世纪初的许筠、申钦开始接触小品文，至19世纪中叶的朝鲜朝后期文人接受、创作小品文，如若追溯这一历史过程，即朝鲜朝文人对于中国明清小品文，如何由最初的阅读到后来对其文体、主题、素材进行模仿尝试着创作，那么，这一接受过程大致可以分为四个阶段：第一阶段是从宣祖末期至光海君初期，即17世纪初期。这一时期受战乱的影响，虽然在经济方面遭到巨大的损失，但也极大地促进了与中国、日本的文化交流，尤其是书籍交流方面有了很大的突破，使得朝鲜朝文人有机会接触到小品文。第二阶段是17世纪末。这一时期小品文并没有在朝鲜朝文坛上广泛流传，与此相反，追求秦汉古文的复古势力却得到了扩张。但是，朝鲜朝与清朝的交流却更加活跃，金锡胄（1634—1684）、金昌协（1651—1708）、金昌翕（1653—1722）、李夏坤（1677—1724）等文人开始接受小品文，并渐渐在朝鲜朝文坛上得到响应，这一时期朝鲜朝文人阅读的小品文以游记居多。第三阶段是18世纪中叶。朝鲜朝京畿地区的文人开始主动接受并创作小品文，自此，对小品文的接受和创作达到了高峰。第四阶段是19世纪。19世纪中叶以后，对小品文的阅读和创作成为朝鲜朝文坛最大的争论点。至纯宗（1907—1910）年间朝鲜政局发生了很大的变革，文学、艺术也随之发生了变化，小品文作家在朝鲜朝文坛所占有的地位被新一代的作家所代替。因此，朝鲜朝文人对小品文的阅读和创作渐渐落入低谷。①

---

① 安大会：《朝鲜后期小品文的创作与明清小品文》，《中国文学》2007年第53辑，第186—200页。

第四章　朝鲜朝后期文人对明清小品文的接受与创作

第一节　朝鲜朝后期文人对明清小品文的认知与阅读

自朝鲜朝中期以来，由于文人的竞相关注，明清小品文成为被广泛阅读的对象，尤其是申钦的《象村集》、许筠的《闲情录》、李睟光（1562—1628）的《芝峰类说》等著作中，收录了明代文人最新编撰的著述，也收录了不少明代作家的小品文。① 由此可以看出，朝鲜朝中期文人已或多或少受小品文体的影响，因此，当论及朝鲜朝后期文人对中国明清小品文的接受时，应自17世纪初期，即宣祖末期到光海君初期开始。这一时期的文人为了寻找新的主旨和素材，积极地阅读、接受明清小品文，并尝试着进行创作，代表人物有许筠、李睟光、张维、洪万钟、金锡胄、徐宗泰（1652—1719）等。

一、主张"礼教宁拘放，浮沉只任情"的许筠

许筠生活在"壬丙两乱"之后的宣祖、光海君年间，是一位通过文学来探索改良社会的政治家、思想家、小说家。

除文学以外，许筠对阳明学、佛教、道教等思想都有自己的见解。结合其生平来看，大多与当时反朱子学的社会背景有关。许筠关于阳明学的见解曾经被归为"异端邪说"，从其公开的言论可以

---

① 安大会：《朝鲜后期小品文的创作与明清小品文》，《中国文学》2007年第53辑，第186—200页。

看出，他偏爱阳明学，阳明学是形成其文学观具体而重要的因素。许筠倾心于阳明学，源自他自身对文学的广泛关注，同时也与其家学有一定的渊源。尤其是自宣祖到光海君年间，他三次出使明朝，开阔了眼界，也就是从那时开始接触阳明学。在光海君时期的甲寅年至乙卯年，历时两年，他借出使明朝的机会到访北京，购买了四千余卷书籍，这些书籍对其思想和文学观的形成起到了至关重要的作用。

对于阳明学，许筠没有停留在单纯的引用层面，而是深入其精髓。在讨论阳明学的时候，许筠所持的基本态度是不拘泥于任何前人的认知，处于一种独立、自由的状态。可以看出，他的这种认识是秉持否定朱熹学说的态度，而当时在对经典的解读方面朱熹学说具有绝对的权威。

> 礼教宁拘放，浮沉只任情。君须用君法，吾自达吾生。亲友来相慰，妻孥意不平。①

如何能受制于礼教呢？世间沉浮任由它去，尔等守护着尔等的法则，我来过我的生活。虽然亲友来安慰，但家人心不安。这段文字写于许筠被罢免之后，从中可以看出，尽管当时的一切行为规范都被礼教束缚着，许筠也毫不顾忌，追求自我。由于许筠生性自由奔放，关注儒教以外的思想学说，追求自我的治学态度及言行不符

---

① 许筠：《闻罢官作》，《惺所覆瓿稿》卷之二，韩国文集丛刊。

第四章 朝鲜朝后期文人对明清小品文的接受与创作

合当时社会的行为规范,以至于被视为异端,受到司宪府的弹劾。

许筠批判盲目追崇朱子学的风气,不受以所谓正统理念为代表的任何事物的束缚,秉持自由、开放的治学态度。他认为,盲目追崇朱子学的学问态度"不过是道听途说、拾人牙慧,在表面上修饰言语和行为",是虚伪的、假饰的。恰恰因为存在着这种虚伪的、假饰的治学态度,使得许筠全然不顾忌被视为"异端"、被斥为"异说",朝着反朱子学的方向挺进。从下述文字中也可以清晰地看出他反对朱子学的虚伪、假饰的观点:

> 顷者祀所谓五贤矣。议者曰"五人外不可祀也",是大可笑也。贤者岂有定额,而必以五耶?若然则浚锥虽有孔颜之学,亦不得祀耶。①

文庙供奉了五位贤士,当时有人议论说:"文庙只能供奉五位贤士。"这真是一件非常可笑的事情,贤士如何有定数,只能限定五位呢?如果这样的话,以后即使再出现与孔子或者晏子比肩的贤者,岂不是也不能供奉在文庙? 许筠记录到,光海君二年,在文庙供奉了金宏弼、郑汝昌、赵光祖、李彦迪、李滉五位贤士,他指出,圣贤并非只有孔子和晏子,其他人也可以具备这样的能力,因此配享文庙的不能只局限于五位贤者。当时阳明左派的代表人物李贽视孔子为唯一的典范,这段话也暗含着许筠反对阳明学把孔子当

---

① 许筠:《学论》,《惺所覆瓿稿》卷之十 ,韩国文集丛刊。

作唯一的圣人来推崇的思想。由此可见，许筠排斥虚伪、粉饰的东西，主张思想的绝对自由及与时俱进。

不仅如此，许筠还秉持着在学问研究中勇于创新进取的治学态度，认为不应单纯认识、研究阳明学，而应通过与其他思想的接触来认知。

> 近世阳明荆川之文，皆因内典，有所觉悟，心窃艳之。亟从后桑门士求所为佛说契经者读之，其达见果若峡决而河溃，其措意命辞，若飞龙秉云，杳冥莫可形象，真鬼神于文者哉。①

该文是许筠阅读苏东坡抄写的《楞严经》后所写，从其引用的内容来看，可以推断许筠对当时明代文人的文章有相当深刻的认识。这里提到的荆川指的是唐顺之②（1507—1560），唐顺之擅长古文，其文章是明代中期古文的代表。

唐顺之向王阳明的高足王畿③（1498—1583）请教了阳明学说，习得了圣贤的中庸之道。因而，上文中许筠在言及唐顺之时，指出了唐顺之所持的阳明学观点，并从佛教的视野来谈论阳明学，积极地接受阳明学，可以说，对阳明学的学习和接受为许筠在形成自己的文学风格方面奠定了较为充分的思想基础。再举几个这样的具体

---

① 许筠：《送李懒翁还枳柤山序》，《惺所覆瓿稿》卷之四，韩国文集丛刊。

② 唐顺之，字应德，又字义修，号荆川。明代儒学大师、军事家、散文家、数学家、抗倭英雄。

③ 王畿，中国明代思想家，字汝中，号龙溪，阳明学派主要成员之一。

第四章 朝鲜朝后期文人对明清小品文的接受与创作

事例，可以更清晰地看出这一点。

> 明人以文鸣者十大家：崆峒李献吉、阳明王伯安、荆川唐应德、祭酒王允宁、按察王慎中、浔阳董份、鹿门茅坤、沧溟李攀龙、凤洲王世贞、南溟汪道昆。①

许筠列举出了明代以文扬名的十大文人，由此可以看出他对明代文人的作品及文学思想有着比较全面的学习和研究。在他所列举的明朝最突出的十位文人中，许筠对王阳明和唐顺之的文章作出如下评价：

> 伯安不专攻文，而以学发之，故未免驳杂。荆川则典宝，然皆可大家。②

在上述文字中，许筠认为王阳明始于思想研究，而非专门的文章大家，所以文章难免混杂不纯正，实际上擅长古文的唐顺之才是真正可以称为大家的。正因为如此，许筠将王阳明和唐顺之放在一起加以评价。许筠所论及的明代文章十大家中，与阳明学有关的文人居多。其中，李贽不仅是许筠最为关注的，同时也是对许筠影响最大的思想家、文学家。

阳明学分为两派，一派是阳明学的传统派——阳明右派，像

---

① 许筠：《鹤山樵谈》。
② 同上。

理学一样尊重个人修养，认为人心至善无恶，而与之不同的是阳明左派，认为人心无善无恶，意欲摆脱束缚，追求绝对自由的生活方式。李贽是阳明左派的代表人物，虽然生活在朱子学支配一切的16世纪，却没有盲目追崇处于支配地位的朱子学，而是探索新思想的可能性，并在其著作《焚书》《续焚书》及《藏书》《续藏书》中阐明了自己的观点。《焚书》中收集了书简、多种随笔和诗，《藏书》从头到尾采用传统历史传记的记述方法，以本纪、世家、列传等体例著成。当时儒家思想依然被视为唯一的官方思想，李贽没有一味追从理学，而是排斥假饰，主张思想的绝对自由。但他著述的思想论调，在当时被视为异端，且言论过激而成为批判的对象。

许筠在《乙丙朝天录》中著有《读李氏〈焚书〉》诗三首，下面举其中一首或可作为其涉猎李贽作品的证据：

清朝焚却秃翁文，

其道犹存不尽焚。

彼释此儒同一悟，

世间横议自纷纷。①

许筠购买《焚书》一书阅读的时间大抵是他1615年在北京做使臣的时候，从下文中也可得知他阅读过此书：

---

① 许筠：《乙丙朝天录》，《读李氏〈焚书〉》三首中的第一首，首尔：韩国国立中央图书馆，2005年。

第四章　朝鲜朝后期文人对明清小品文的接受与创作

　　余尝谓棋能避世，睡能忘世，然棋类耦耕之沮溺，去一不可。睡同御风之列子，独往独来，善哉，希夷！深得其解，李氏《焚书》，已上棋。①

　　许筠很早就说过下围棋能够避世，睡眠能够忘掉这个世界。但下围棋没有对手不行，睡眠却可独自完成。在上述这段文字中，许筠引用了李贽的《焚书》，诠释了睡眠的意义。《焚书》一书列在许筠32岁那年第三次出使明朝时所购买的书目中，由此可以得知他很早就涉猎了李贽的著述。

　　上使得李氏《藏书》一部，以为其示余。其书自做题目，勒诸前代君臣，其是非夺，无不徇其偏。②

　　当时作为书状官与许筠一起出使明朝的金忠清曾写道，上使（指许筠）买到了一部《藏书》，阅读后说文章很奇异，那本书是自行拟的书名，评价了诸多前朝君臣，书中所谈及的是非与夺不无著者的偏见。由书状官的记述可以得知许筠认真阅读过李贽的《藏书》。此外，《闲情录》的《学论》《文说》和《诗辩》都体现出许筠比较认同李贽的见解。在《学论》中，他对当时的学者进行了研究，从下文中可以看出他对李贽的理解相当透彻。

---

① 许筠：《闲情录》，韩国文集丛刊，首尔：景仁文化社，1996年。
② 金忠清：《荀全先生文集》，首尔：景仁文化社，1997年。

  近世之所谓学者,非为吾学之可尊也,亦非欲独吾其身也。不过掇拾口耳、外食言动,而自称曰"吾明道也,吾穷理也",以眩一时视听,而究其终,则蹴取显名而已。其于尊性传道之实瞠乎?若罔窥者,其志则松矣。然则公私之分,而真伪之判矣。①

  近世所说的学者既非单纯是为了研修学问,也非独善其身,而是拾人牙慧,用道听途说的东西假饰自己的言行,而后自称"我悟了道,穷尽了真理",从而一时混淆了视听。这里许筠所论述的核心问题是,学者们应该致力于研究先贤儒学者的"理",应对天下的变化阐明"道",从而为后来者开启学问之门。然而,近世的学者们却不在学问上用心,只想专注于独善自身,这些都是由私心而来。他把有私心的文人称为虚伪的文人,他们的虚伪让与道学相关联的一切走向极端,最终导致君主讨厌道学,让原本应该发挥作用的道学成为令人厌恶的东西。所以,导致这些现象出现的,是虚伪且存有私心者的罪过而不是真正的儒学者的罪过。

  不仅如此,许筠还指出,如果君主能够明辨公与私,那么探明真理和虚伪就不那么难了。让能够分辨公和私的人出来学习并加以实施,让虚伪和存有私心者的伎俩不能得逞,从而使得国家的大是大非能够得以明判。为了让自己的主张得以实现,许筠甚至提出了具体的解决方案。

---

① 许筠:《学论》,《惺所覆瓿稿》卷之十一,韩国文集丛刊。

第四章　朝鲜朝后期文人对明清小品文的接受与创作

可以看出，许筠这样的"私心论"与李贽"非根本的假饰"，批判似是而非的"假"的主张是相通的。

许筠的文学观也是建立在对阳明学认识的基础之上的。他认为最真挚的诗文就是不受义理束缚自然流露出来的，即诗文是在肯定日常生活中不受抑制的感情的基础之上形成的。因此，他认为，男女的情欲是上天赋予的，分辨伦理和纲纪是圣人的教诲，上天高于圣人，即使圣人的教诲是善的，也不能违背天禀的本性。这与李贽所说的"夫妇是人类的伊始，先有夫妇之后才有了父子和兄弟，再之后有了上和下"是一脉相承的。

许筠认为不受道义束缚、自然表露而出的诗文是最真挚的，沿袭或剽窃前代文人的不是真正的诗文，从下文中也可以清晰地看出他的这一观念：

> 今之诗者，高则汉魏六朝，次则开天大历，最下者乃称苏、陈，或自谓可夺其位也，斯妄也。①

诗应该随着时代和作者的不同而有所改变，诗人应该秉持"自成一家之后才能达到某种境界"的观念认真进行创作，如若剽窃或者模仿他人的作品，或者受制于某种规制是无法自成一家的。因此，《诗经》中的诗自然成为"诗三百"，汉、魏晋六朝、唐、宋也有各自的位置，不能互相模仿或者千篇一律。并且，即便偶尔模

---

① 许筠：《诗辩》，《惺所覆瓿稿》卷之十二，韩国文集丛刊。

仿，也应该只是试笔而已；对于同一个"礼"，应该有着自己的理解，生活在别人脚下的人永远不会成为优秀的人。许筠将自己的这种主张贯穿于文学创作中，他的诗不仅拒绝模仿唐诗，似乎也有意撇清与宋诗的相似性，力图形成自己的诗风。"应该形成不受任何拘束的各自的诗"，他的这一主张与公安派的"不拘格套"是一脉相通的。此外，许筠还将当时过度修饰和追求"技巧"的文章称为"祸厄"。

  当三代六经圣人之与夫黄、老、诸子百家语，皆为论其道，故其文易晓，而文自古雅，降及后世，文与道为二，而始有钩章棘句，以险辞巧语争其工者，此文之厄也。非文之至，吾虽驾，不愿为也。故辞达为主，以平平为文焉耳。①

许筠指出了他所生活的时代存在这种现象的具体原因，并将自己对"如何写文章才是正确的"感悟记录下来。

  数公之文亦何异于常耶？以余观之，虽若简、若浑、若深、若奔放、若崛奇，率当世之常语，而变为雅，真可谓点铁成金也。②

上文可以看作许筠对文学广义的认识的一个例证。他指出，

---

① 许筠：《文说》，《惺所覆瓿稿》卷之十二，韩国文集丛刊。
② 同上。

第四章 朝鲜朝后期文人对明清小品文的接受与创作

原本前人的文字因平易而显得古雅，后来的文章经过雕饰而变得难以理解。文章应该以"达意"为主，同时要写得"平易"，要用日常用语来写，以便所有人能读懂。有人问历代名家——左丘明、司马迁、班固、韩愈、柳宗元、欧阳修、苏轼的文章是否使用了常用语，关于这一问题，许筠指出，他们的文章和常用语没有什么不同，恰恰因为这些名人使用的是当代日常用语，他们才写出了体现其个性的文字。许筠还指出，使用不受任何形式约束的日常用语是最能体现童心的。《西游记》和《水浒传》等小说在当时是用白话写成的，李贽曾将这些白话小说与经典放在一起比较，并对其进行了高度评价。许筠也对《三国演义》《水浒传》《隋唐演义》《残唐演义》《西游记》等作品分别写了"论"，阐明了用白话文进行文学创作的重要性。由此可以看出许筠在很多方面均受到了李贽的影响。姜明官在其论文中谈道，许筠曾到北京亲自购回李贽和袁宏道的书①，是最早将公安派文学介绍到朝鲜半岛的文人。安那美也在其论文中写道，1602年，公安派的代表人物丘坦（即丘长孺）曾出使朝鲜，与许筠第一次会面，其后，许筠出使北京，与丘坦第二次会面，许筠通过丘坦知道了李贽和公安派，并购入很多晚明文人的书籍。②

1610年，许筠从中国使臣那里得到《世说删补》《玉壶冰》《卧游录》等书籍，将中国的笔记、语录、小品、历史等分为隐

---

① 姜明官：《许筠与明代文学》，《民族文学史研究》1998年第13卷。
② 安那美：《17世纪初公安派文人与朝鲜文人的交游》，《汉文学报》2009年第20辑，第419页。

遁、闲适、辞官休养等几大类，收录整理成《闲情录》（许筠为编写《闲情录》，从中国购书四千余册。①），1618年又作了增补，分三大部分著述：①从96种明清文集中直接采录了777则；②依据中国的农书，结合自己的见闻著述了种菜、养蚕、养鸡、养鱼、养牛的方法；③以附录的形式转摘袁宏道的《瓶史》《觞政》，吴宁野的《书宪》、陈继儒的《书画金汤》。此外，许筠还编有《明诗删补》《明尺牍》等文集，关于尺牍的创作，许筠在《〈明尺牍〉跋》中谈道：

　　独恨其单词支言，直破理窾而折伏人，意在于言外者。②

　　许筠阐明了创作尺牍的标准：用最少的文字，简洁、准确地说明自己的意图，也就是在简短的文字里蕴含着深意。他所创作的尺牍极好地诠释了这一观点：

　　蜂一桶置于梧阴，观朝夕衙，法度甚严，国而不及蜂，令人气短。③

　　将一桶蜂置于梧桐树下，蜜蜂们清晨晚间非常有秩序地聚散，

---

① 郭美善：《许筠与明代文人的书籍交流考论》，《延边大学学报》2008年第2期。
② 许筠：《〈明尺牍〉跋》，《惺所覆瓿稿》卷之十三，韩国文集丛刊。
③ 许筠：《复南宫生》，《惺所覆瓿稿》卷之二十一，韩国文集丛刊。

第四章　朝鲜朝后期文人对明清小品文的接受与创作

法度真是严格啊。国家若不及蜜蜂,则会令人很沮丧。许筠这篇尺牍不过24个字,却讲出了极其深刻的道理。许筠是最早将袁宏道的著述介绍到朝鲜朝的文人,许筠的尺牍创作肯定会受到袁宏道的影响,而且许筠的尺牍文学成就又给其后辈文人以影响。

二、主张"道在于民生日用之间"的李睟光

程朱理学的思想体系在朝鲜朝时期占支配地位,士林阶层是程朱理学的先锋学者群体,在士林政治得以实现的16世纪出现了退溪(李滉)、栗谷(李珥)等儒学大家,在上层建筑层面打下了一定的基础。与此同时,程朱理学成为朝鲜朝名副其实的治国理念,在治国方略中开始占有一席之地。然而,这种强劲的程朱理学思想体系过于思辨、过于唯心,与现实脱节,因此在16世纪发生的壬辰、丙子两乱,是重要的历史转折点,此时的程朱理学不仅没能主动应对社会危机,更没能应和谋求变革的时代要求,反而无视历史的变迁,成为集权层自我防御的手段。

因此,程朱理学在当时是作为绝对的思想理念被接受的。在这一时代背景下,关于其思想体系,人们有怀疑,也有思考。即便如此,围绕着对经学的解释,朱熹学说一直受到绝对的尊崇,但也有朝鲜朝文人为其学说加注。从下面的文字中可以了解当时的这种现象:

井田之制,先儒论之详矣。然其说皆以孟子为祖宗,故特详于周室之制,而于夏殷则有未征焉。朱子之论助法,亦出

于推测臆料，而未有参互考证之说，则其果悉合于当时制作之意。①

这段文字是朝鲜朝文臣韩百谦（1551—1651）批判先儒们对井田制的错误解读，即先儒们不经考证，沿袭朱子的论注法，或者结合自己的推测和臆想去解读井田制②。这分明是在当时程朱理学具有实质性的约束力和绝对的权威之下，韩百谦冒着危险，动用"考证学"，发表自己的见解，这是对朱熹解释经典的质疑。从中可以窥视出当时文人学者们所具有的"反朱子学"的思想倾向。在这里，韩百谦不仅对朱子的注释进行了批判，也批判了当时文人对于具有绝对权威的朱熹经典所持的绝对尊崇的态度。

在这种思潮中，既立足传统儒家立场，又反对绝对尊崇程朱理学的李晬光格外引人注目。李晬光生活在明宗和仁祖年间，对于唯心的、空理空谈的程朱理学有着自己的观点，他超越程朱理学思想的藩篱，对老庄思想、佛教、阳明学、西学等新的学问体系进行探索，是当时具有启蒙性的实学家和文人。通过其著书《芝峰类说》可以看出其重考证的治学方法，从他的这种治学方法可以推断他所追求的学问态度是有别于当时的学者们的。可以说李晬光的治学方法和治学态度是占据着先驱者地位的。《芝峰集》和《芝峰类

---

① 韩百谦：《久庵遗稿》，韩国文集丛刊。
② 井田制是中国古代社会的土地国有制度，出现于商朝，到西周时已发展很成熟。到春秋时期，由于生产力发展等诸多原因，井田制逐渐瓦解。实质是一种以国有为名的贵族土地所有制。

第四章 朝鲜朝后期文人对明清小品文的接受与创作

说》两部著作集中反映了李睟光的思想倾向,对后来李瀷的《星湖僿说》、洪万宗(1643—1725)的《旬五志》、李义凤的《古今释林》、柳僖的《物名类考》等汇编类书籍的问世都有积极的影响。

在对现实问题的省察过程中,李睟光认识到务实的经纶的重要性,同时也表现出迥异于一般学者的一面。这主要体现在他既尊崇朱子,又主张"道在于民生日用之间"。

> 道在于民生日用之间,夏葛而冬裘,饥食而渴饮即道也,外此而言道者,非矣。庄子所谓道在屎尿,虽粗说,亦有见乎此也。①

仁祖三年,李睟光再次担任大司宪,从其所上表的《万言封事》中可以进一步看出他的治学观念。对于在当时受到绝对追崇的朱子学说,李睟光并不是不加批判地全盘接受。与当时的文人所不同的是,他不仅在学问领域发表自己的见解,还强有力地主张以民为本的政治,这些均基于他对当时社会现实所进行的深刻洞察及彻底的自我反省。由此可见,他与传统性理学者们所持的态度是不同的。李睟光不仅剖析、批判朱子学,对于阳明学、佛教、道教也有具体的涉猎。

崔鸣吉(1586—1647)在为李睟光所写的《挽词》中,援引了何心隐和李贽喜欢写的"南华经解",这可以看作是李睟光醉心于

---

① 李睟光:《芝峰集》卷二十四,韩国文集丛刊。

阳明学的一个例证，而且其文集《芝峰集》和《芝峰类说》中提及阳明学的部分也很多，对阳明学的解读占了其中很多篇幅。下面这段文字也是最好的说明：

> 王世贞谓王守仁为致良知之说，直指本心，最简易痛切，乃至欲尽废学问思辨之功，又曰：守仁之语。门人云：无善无恶者，心之体；有善有恶者，心之用；知善知恶者，良知；为善去恶者，格物。以此为一切宗旨云。余按守仁，推尊象山而力诋朱子，其致良知之说，乃佛家即心见性，以其简易，故一时学者多趋之。然得罪于圣学，以此学者不可不详辨焉。①

李睟光在上述文字中论及阳明学的要义"致良知"和"四句教"，阐明了阳明学的渊源并指出其缺陷。李睟光认为，学习阳明学会得罪于圣学，这里所说的圣学即是朱子学，但他还认为学习阳明学也是为了更加详细地明辨朱子学。因此，他不是站在全盘否定阳明学的立场上，只是以比较悲观的视角表达出想重新解读经典的意愿。从下文也可以看出这一点：

> 王阳明云："何以止谤，曰'无辩'。无其事而辩之，是自谤也；有其事而辩之，是增益己恶而甚人之怒也。"余谓此说是矣，然无反己自修之意似未尽。②

---

① 李睟光：《学问》，《芝峰类说》卷五，韩国文集丛刊。
② 李睟光：《格言》，《芝峰类说》卷五，韩国文集丛刊。

第四章 朝鲜朝后期文人对明清小品文的接受与创作

在这段文字中,李睟光并没有以否定的视角批判阳明学,只是引用了王阳明所说的"不要辩解",以阐明做学问的正确态度。

李睟光通过自己的著述,在当时程朱学思想占据绝对地位的情形下,尚能对阳明学自由地发表自己的见解,是因为在17世纪激烈的政权斗争中,阳明学没有被视为异端,也没有遭到排斥。从李睟光的著述中可以看出,他对于过于观念化、空理空谈的朱子学有着自己的认识,也表现出脱离单纯的认知,有所创新的意愿。

> 余谓为学者惟资口谈,不能实践,则与记诵通经者,何以异哉?虽终身攻苦,毕竟但成一闻人而已,圣贤事业则概未之闻焉,乃末学之弊也。①

在上文中,李睟光批判了不成熟的学问、浅薄的学问,将绝对尊崇朱子学的态度及为了私利私欲的"伪学"称为"末学",对当时过于以经书为主,而没有任何实践性的学问态度进行反省并加以批评。换言之,当时的程朱学过分地朝着"知"的方向行进,而忽视了"行",从而导致与现实脱节。李睟光认为,为了让健全的学问得以发展,践行"知行合一"的治学态度非常有必要。

> 至于《中庸》所谓博学、审问、慎思、明辨四者,所以知之也。笃行者,所以行之也。圣贤教人,虽千言万语,其要不

---

① 李睟光:《学问》,《芝峰类说》卷五,韩国文集丛刊。

过出此。①

简单分析一下上文,不难发现李睟光的思想倾向是完全基于阳明学的要旨——知行合一的。他将实践作为治学的态度,主张唯有"知"与"行"合为一体才不会脱离现实,才能拥有能够应对现实问题、具有生命力的学问。因此,在当时的时代背景下,哪怕真正能够解决社会现实问题的学问被视为异端,他也会积极接受、成为拥趸。

除了上述对"知行合一"的认知,李睟光对于阳明学的其他观点也发表了个人见解,说明李睟光对于阳明学不仅仅停留在简单的认知层面,还有更为具体的理解和解读。其中颇为引人关注的还有对于焦竑及罗洪先的评述,焦竑与阳明左派李贽关系密切,罗洪先也系阳明左派并参与了年谱的编修。在评述焦竑和罗洪先时,李睟光不是单纯地把他们作为阳明学者来讨论,而是将他们的学说植入自己的学问中。从这个意义上来说,李睟光对阳明学有着非常深入的研究,如果对阳明学没有系统且具体的涉猎是不可能做到这一点的。

研究李睟光的文学观不难发现,他对阳明学的认知对其文学观念的形成起着非常重要的作用。那么,李睟光的文学中所反映出来的阳明学思想有哪些?这些文学思想又具有怎样的文学史意义呢?

李睟光认为要研究有用之学以抑制当时空理空谈的学问风气,

---

① 李睟光:《学问》,《芝峰类说》卷五,韩国文集丛刊。

第四章　朝鲜朝后期文人对明清小品文的接受与创作

这种治学态度也体现在他所追求的文学中。他的文学观有着与明代公安派文学相同的、较为进步的一面。他还认为，文章是与时代同沉浮的，在不过二三百年的时期内，文体形式会发生变化，气势也会渐渐衰微，如同从石阶向下流淌的水一样不能倒流。读书人读了汉代和唐代的诗与文，在论及汉唐两代时，无须辩证和说明即可独自习得。① 他还认为，朝鲜朝有很多诗人顶礼膜拜苏轼和黄庭坚，以至于两百年间沿袭一个格式，模仿或剽窃古人的字句、文章，过于注重技巧，写出来的文字晦涩难懂。他强调好的文章应该由心中而生。从下文中可以看出他的这一观点：

余谓夫文犹造化也，成于心者必工，而成于手者不必工固也。世之能成于心者鲜矣，其不工也宜哉。②

李睟光在上文中就如何写文章发表了自己的见解。"成于手者"是指文章的技巧，"成于心者"则是指文章的内容源于德性，具有深义。他还认为，在熟读诗文时，唯有专心致志，经过长时间的深入思考才能达到"神"与"心境"合一，才思如泉涌自然写就的诗文是最好的，也只有在这种状态下写成的文章才有生命力。因此，他评价文章的标准是"实得"和"真知"。对于文章的认识，李睟光与李贽的主张相同，写文章不应该是虚伪、"似而非"的，需要有孩童般纯粹的心，也就是说写文章需要有"真心"。李睟光

---

① 李睟光：《秉烛杂记》，《芝峰集》，韩国文集丛刊。
② 李睟光：《文》，《芝峰类说》卷八，韩国文集丛刊。

所追求的"实得""真知""神"与"心境"合一的学问态度在其诗作中的体现就是对景物的写实描写,他重视诗作的绘画性,在诗歌创作中践行"诗中有画"的文学主张。

此外,李睟光的著作《芝峰类说》与许筠的《闲情录》、申钦的《象村集》一样,采用了类似清言小品的文体,以从明代使臣那里听到的见闻为基础,分为语言部、人事部、杂事部,记录了朝鲜朝、明朝、安南、琉球等的天文、地理、儒道、官职、语言、人事,以及杂记等等。

三、主张"礼莫大于名,因实定名然后节文有所施"的张维

张维(1587—1638)是生活在宣祖、仁祖年间社会发生巨变时期的文人,也是该时期文学思想领域举足轻重的人物。

众所周知,宣祖、仁祖年间,正是明清更迭时期,也是朝鲜朝"慕华"的华夷观日渐动摇、在思想上迎来巨大变化的时期。这一时期的思想变化除导致朱子学的"心学化"以外,在文学上也掀起了唐诗和古文的复兴运动。在这一时代背景下,掀起新的社会思潮,站在古文复兴运动前列的文人有以"月像溪泽"而闻名的李廷龟、申钦、张维、李植,他们又被称为"前四家"。他们当中,张维对于天文、地理、医卜、道教和佛教等书籍均有涉猎,是一位读书涉猎范围十分广泛的文人。张维不仅接受了阳明学,还对王阳明的文章和"心说"情有独钟,他撰写的《溪谷漫笔》为后来的文人提供了接触阳明学的机会。从这个意义来说,研究其思想的根源——阳明学可以更深刻地理解其文学。

第四章 朝鲜朝后期文人对明清小品文的接受与创作

张维虽然涉猎了当时被视为异端的阳明学和道教、佛教等,但鉴于他成长的文学环境和当时的社会背景,他所具有的学问体系并没有脱离经术范围太远。李廷龟在《经筵》中评价道:张某的文章得之于经学,词理兼备,识见透彻①,金泽荣也评价道:其文章的根本在于经术②。

如前所述,张维所生活的17世纪,发生了壬辰倭乱和丙子之役两场大的战争,在此期间,党争日益加剧,朝鲜朝的支配体制失去了弹性,同时两班阶层开始分化,当权两班阶层和失势两班阶层的矛盾日益凸显。生活在如此混乱的社会现实中,面对的是过于"空理空谈"的社会风潮,张维思想中有了更多的批判社会现实的意识。

张维对程朱理学持反省的态度,将当时文学存在弊端的根源与流行"玄谈"的魏晋时期的社会状况进行比较,立足于批判的视角指出当时的学问过于思辨、过于观念化。换言之,张维的学问态度是以"经世"为基础的,主张通过根本性的反省,由对程朱理学的肯定,进一步走向孔孟之学。他的这一思想还可以从下面这段话看出:

何同师孔孟,而旨归殊致,源同流异,孰真洙泗。③

---

① 李景奭:《白轩集》卷三十八。
② 金泽荣:《沧江集》卷四。
③ 张维:《续天问》,《溪谷先生集》卷之一,韩国文集丛刊。

这是他在言及朱子和陆象山时所说的:同样尊孔孟为师,为何思想不一致?根源相同,流派不一样,谁能更真实地解读孔子?

此外,他还对当时基于朱子学的、压抑的学问风气有着如下认识:

> 中国学术多岐,有正学焉,有禅学焉,有丹学焉,有学程朱者,学陆氏者,门径不一。而我国则无论有识无识,挟策读书者皆称诵程朱,未闻有他学焉。岂我国士习果贤于中国耶?①

中国的学术流派很多,有正学者、有禅学者、有丹学者,既有学习程朱理学的学者,也有学习陆王心学的学者。张维借此批判了当时一味尊崇程朱理学的学问风气,指出当时学问没能实现多样化的原因就是没能形成根基。张维在批判的同时指出,为了开垦学问的荒地,需要形成某种学术自由的风尚,只有能够忠实地履行历史使命的学问才可以自生、发展,空理空谈的学问必然走向衰退。基于这样的主张,从宣祖末期到光海朝,他与李时白(1581—1660)等人一同游历山寺,一同研磨阳明学、老庄和佛教。由此可以看出,在朱子学思想占据支配地位的17世纪,张维以经学为根本,广泛涉猎了各种学问思想,形成了自己不同于传统理学者的思想和主张。从他注重经世学问,涉猎多种思想,以及对当时学问风气的批判可以看出,他不是简单地停留在对朱子理学思想的延续上,而是

---

① 张维:《我国学风硬直》,《溪谷漫笔》卷一,韩国文集丛刊。

第四章　朝鲜朝后期文人对明清小品文的接受与创作

致力于"穷理"和"格物"。

张维认为，阳明学"穷理"和"格物"的观点与程朱理学有着本质的区别，这也是王阳明的文学不同于朱子学文学的根本原因。前面已经提到阳明学的主旨是"心即理，致良知，知行合一"，关于阳明学的这一主旨，张维不仅仅停留在介绍阶段，为阐明阳明学的优点，将之与其他学问进行比较，从其论述中可以看出，张维更钟情于阳明学。关于"心"与"理"的问题，朱子学和阳明学在学问上有着明显的差异，朱子学主张认知的主体"心"和"理"是二元的，阳明学则主张世界上只有一个真实的存在，也就是"吾心即是宇宙"的"一元论"。关于这一点，张维也认为，"理"不存在于内心之外，将"知心"称之为"理"，并且认为"体用"——本体和作用是一体的。张维的这一观点与阳明学是一致的。关于"致良知说"，张维的见解也与阳明学基本一致，有下文为证：

> 阳明白沙论者，并称以禅学。白沙之学，诚有偏于静而流于寂者，若阳明良知之训，其用功实地，专在于省察扩充，每以喜静厌动为学者之戒，与白沙之学绝不同，但所论穷理格物与程朱顿异，此其所以别立门径也。①

这里所说的白沙是明代心学的奠基者陈献章的号。张维指出，阳明学的主旨是"致良知"，致良知是一个过程，只有在具体行动

---

① 张维：《阳明与白沙》，《溪谷漫笔》卷一，韩国文集丛刊。

当中才能更好地理解良知，并把良知传递到具体事物中，而陈献章的心学更侧重于静，并趋向于寂，从而鲜明地指出了陈献章的心学与阳明学问的区别。至于"知行合一"，张维认为：

> 先儒以穷理为格物，致知之事，专属于知，唯王阳明以为兼知行而言。①

张维认为，先儒们多以穷理来格物致知，把一切归属于知，唯有王阳明兼推知和行。因此，张维几乎完全接受了王阳明的"知行合一"学说，如若没有对阳明学的深入研究，是不可能作出上述判断的。

那么，张维所认为的真正的文章是怎样的呢？

如前所述，张维的学问态度不是空理空谈，而是注重实践、崇尚可以主动应对现实问题的学问。他致力于实质性的东西，追求现实中的质朴，这表现在很多地方：

> 礼莫大于名，因实定名然后节文有所施。②

张维认为，礼莫大于名分，由实际情况决定名分而后施行行动。关于称号，他认为：

---

① 张维：《王阳明范淳夫格物致知辨》，《溪谷漫笔》卷一，韩国文集丛刊。

② 张维：《名从父子服从叔侄名实不伦》，《溪谷漫笔》卷一，韩国文集丛刊。

第四章 朝鲜朝后期文人对明清小品文的接受与创作

古人尚质。①

因此,注重实质和现实不仅仅是其学问态度,也是研究其文学观所具有的方法论层面的特征及其文学志向的关键。他还直言明代的文章给朝鲜朝的文风所带来的危害:

> 近代文弊,皆生于明诸家。明文未始不善,但学之者蔑其本而穷其末,逐影寻响,剥皮割肉,滔滔一律不欲观诸。②

近代文章的弊端皆出于明代诸家,不是说明代的文章不好,而是学习的人无视其根本,剽窃其末端,一味模仿其皮毛,所有的文章如出一辙,让人看都不想看。这里所说的根本就是形成文章时,所依据的基本原理,即"实"和"质",他把不重视"实"和"质"的文学称为"末端"。

上文是张维关于"实"的主张,他还认为,千秋不腐之物取决于其"质"如何,文章会随着"实"的状态具有长久的生命力。在阐明"道"的时候,如果没有"实",流传的时间越久,瑕疵会变得愈发严重。创作文章的时候,"实"就是与文章应该具有的"根本"相关联的问题。他还认为,文章中应该包含关于人生或事物的深奥的道理,要有质朴之物,即文章应兼具实践性和现实性。由此可以得知,张维的文学观是基于阳明学的要旨——"知行合一"思

---

① 张维:《别号由来》,《溪谷漫笔》卷二,韩国文集丛刊。
② 张维:《近代文弊生于明诸家》,《溪谷漫笔》卷一,韩国文集丛刊。

想的。

　　张维还主张写文章不应剽窃或者模仿,应该具有独创性,同时他还排斥有拟古主义倾向的文章。他曾回顾自己的创作过程,认为写文章的时候要切忌五种习惯,即过于尖锐或巧妙,行文不够通畅,剽窃他人,模仿他人,使用生僻的词汇。① 其中他最为反对的是模仿和剽窃,同时他还反对使用陈腐的语言进行创作,认为运用具有独创性的、新颖的语言创作出来的文章才是真正的文章。他的这种主张可以说是基于公安派的文学理论——"不拘格套,独抒性灵"的,即文章不应受模仿和格式的拘束,应具有自己真实的情感,不虚假地去人云亦云。

　　此外,张维还力主"天机论",认为诗应从"载道论"中脱离出来:

　　　　诗,天机也。鸣于声,华于色泽,清浊雅俗,出乎自然。声与色可为也,天机之妙不可为也。②

　　张维的文学创作也一如他的文学主张,始终在其作品中营造着"真情和实境",如他的《饮酒自解》和《游华藏寺》:

　　　　我本不能饮,每被酒客笑,及此抱幽忱,颇用酒自疗……

---

① 张维:《余少喜古文不肯业诗》,《溪谷漫笔》卷二,韩国文集丛刊。
② 张维:《石洲集序》,《溪谷先生集》卷之六,韩国文集丛刊。

第四章　朝鲜朝后期文人对明清小品文的接受与创作

闲愁忽消融，涣若雪投燎，兀然忘身世，随意发歌啸……①

我在城市中，嚣喧动幽疾，发愤脱尘羁，遐寻到净刹。②

如果说张维的这两首汉诗流露出的是庄子式的思维和感受的话，那么其代表作《蛙鸣赋》则反映了张维"万物齐同""天机自鸣"的主张：

仲夏之月，霪霖浃旬，潢潦泛滥，后土沉湮。默所子屏居于西郭之委巷，环堵之宫，翳于蓬藋，连以幽薮，带以污渎，奥草荟蔚，泥泞漠漠，群蛙据焉，为其窟宅。生育繁息，厥丽不亿，乘时得意，叫呶自嬉。命俦引类，张颔树颐，齐声合响。若讧若争，合合殷殷，靡晦靡明。盖似夫万户之聚，梁齐之都，毂击肩摩，喧阗乎九衢。又如昆阳之战，涿鹿之师，鼓噪轰天，车腾马驰。盖默所子方避喧习静，自适乎？牢骚阒寂之域，卒然闻此，形神不摄，视听烦惑，弦歌中辍，占毕废阁，瞑不安榻，坐不怗席，若狂若醒，瞀乱俳侧。方将命蜩氏勒健仆，试洒灰之方，兼篝扶之策。悉群丑以殪殄，靡易种以遗育，去所憎于耳目，然后得以愉快。事固有不如意者，独沉吟而永喟。③

---

① 张维：《饮酒自解》，《溪谷先生集》卷之二十五，韩国文集丛刊。
② 同上。
③ 张维：《蛙鸣赋》，《溪谷先生集》卷之一，韩国文集丛刊。

张维认为，青蛙吵闹的叫声对人类并无害，是天性使然。人们对让这个世界变得嘈杂的"大青蛙们"不敢发火，却向忠实于本能的青蛙发火是不对的。张维由按照自然法则生活的青蛙联想到人类的生活——人们拒绝上天所赋予的自然生活而虚伪地活着是可憎的，人类没有因青蛙吵闹而咒骂青蛙或捕杀青蛙的权力。

张维的文学理论及其文学创作给后来的文人以很大的影响，如李钰就创作有著名的《后蛙鸣赋》。

四、主张"夫为文章 亦必得其意思所在以后 可以运其妙"的金锡胄

金锡胄是申钦的外孙，历任吏曹佐郎、右议政等官职。他不仅在出使明朝时接触、阅读了公安派的文章，还从袁宏道、徐渭和王穉登[①]（1535—1612）三人的诗作中，选择了百首长篇律诗编选成诗集《锦帆集》，该诗集应该是朝鲜朝文人首次正式介绍公安派文学。金锡胄在该诗集的序文中写道，自己不仅出入于文徵明的门下，与袁宏道的交往也很深。文徵明是明代嘉靖、隆庆、万历年间人，是著名的"吴中四才子"之一。在文徵明死后的三十年间，王穉登掌握了文坛的主导权。从金锡胄选取袁宏道、袁中道和王穉登的诗作并将其编撰成诗集这件事来看，金锡胄对公安派的文学及文学主张是有一定程度的理解的，从中也可以看出，他是倾心于公安派文学的。他在《锦帆集》序文中还论及袁中道的《袁中郎先生全

---

① 王穉登，字伯谷，号松坛道士，明朝后期文学家、书法家。

第四章 朝鲜朝后期文人对明清小品文的接受与创作

集序》和袁宏道的《徐文长传》以及王稺登的诗文[①]：

> 昔袁小修，尝序中郎诗曰"锦帆解脱诸集"。意在破人执缚，间有率易游戏之语。或快爽之极浮而不沉，情景太真近而不远，要亦出自灵窍，吐于慧舌，写于铦颖，足以荡涤尘坌，消除热恼。中郎之序，徐文长则谓其胸中有一段不可磨灭之气，英雄失路，托足无门之悲。故其诗如嗔如笑，如水鸣峡，如种出土，如寡妇之夜哭，羁人之寒起，当其放意，平畴千里，偶尔孤峭，鬼语幽坟。噫！彼小修、中郎兄弟，固自相为知己，若田水之沉沦销落，苟非袁生之能具只眼，其孰能拔之于醋妇酒媪之手，表章之至于此耶。二公之外又有吴门王百谷尤擅诗誉，清新俊逸，往往能造奇语。盖亦玉溪丁卯之伦，而非他雕香刻翠、轻盈流荡之徒所能仿佛也。今于三家集中摘取长律百余首汇为一集，而以其人或生长姑苏，或喜游吴会，其所流连兴会咏歌之迹多在于灵岩虎丘之间，遂仍名其书曰"锦帆"云。

上文中的"袁小修、中郎、文长、王百谷"分别指袁中道、袁宏道、徐渭、王稺登。金锡胄比较赞同袁中道在袁宏道诗集序文中的评说，他认为，袁中道、袁宏道二人既是兄弟，又是知己，袁中道在诗评方面慧眼独具，从其评述中能得知袁宏道诗文的优缺点。

[①] 金锡胄：《锦帆集·序》，《息庵遗稿》卷之八，韩国文集丛刊。

73

此外，从金锡胄谈论王穉登的言辞来看，他与公安派的批评视角大体上也是相同的。由此也可得知他对公安派文学的理解达到了一定境界。

综观袁宏道的文学，后世对其尺牍和诗的评价最高，金锡胄对袁宏道的尺牍和诗也给予了很高的评价，只可惜让他作出这些评价的理论依据——金锡胄的文学观却全然没有留下可供考证的文字。事实上，公安派的理论根基是对拟古派的批判，那么，金锡胄关于拟古派的见解，或可作为研究其文学观的史料。

据说，金锡胄自小在朋友申寅伯（1628—1687）处借来《皇明十大家文选》阅读，这部由陆弘祚编写的重要诗选几乎涵盖了明代大家们的作品。申寅伯是当时比较有名的文人，擅长书法和绘画，留下了不少作品，而且辞赋也很出众，《海东诗话》中就有他的文章。这部诗集中甄选了拟古派和唐宋派文人的作品。同时，金锡胄也在"前七子"之一的徐祯卿①（1479—1511）的文集上写上题跋借给申寅伯。他在文章开头引用了苏轼的《传神记》，他写道：

> 夫为文章，亦必得其意思所在，而后可以运其妙，是以古之善为文章者，当其摹画事情，必皆洞窍攫髓，虽忻戚嘻怒，人人殊而其所以形容，而指切者无不极于其工，虽历数千百载犹若与其人握手嬉戏。②

---

① 徐祯卿，字昌谷，一字昌国，明代文学家，人称"吴中诗冠"，是吴中四才子之一。
② 金锡胄：《题徐昌谷文集后》，《息庵遗稿》卷之九，韩国文集丛刊。

第四章　朝鲜朝后期文人对明清小品文的接受与创作

金锡胄认为，文学的再现物——作品，应该使读者能够体验原来的对象，捕捉对象的本质属性，从古典中盗取语言，无异于"拾掇"，即摹拟。这是针对王世贞和李攀龙等拟古派的批判。他还从李选处借来李攀龙的文集——《沧溟集》，阅读这本文集后评价如下：

用语言修饰意思的东西居多，根据情感揣摩表达的东西少，一律从《左传》《国语》《庄子》《史记》《公羊传》《谷梁传》《檀弓》《考工记》《韩非子》《吕览》《淮南子》及班固的文章中，切割文字，模仿语句。想要深化，一定竭尽全力去深化，想要古香古色，一定竭尽全力使其变得古香古色，这是写文章的一种方法。这些文章在李攀龙的诸多作品中是不是最好的不得而知，但被选入陆弘祚的文选中，得到了世人极高的评价。

在此，金锡胄指出李攀龙散文的特点是难以理解，之所以难以理解是因为他完全从先秦两汉的散文中摘取语言再组合，结果与先秦两汉的散文看起来极其相似，即便是这样，陆弘祚还是将李攀龙的散文收录于《皇明十大家文选》中。金锡胄批判了李攀龙的拟古创作论，它是单一的创作方法，即借用以前古典的文章和词汇，并将其组合，以单纯模仿再现古代散文的艺术性为目的，结果适得其反。

金锡胄认为，李攀龙的作品虽然因为引用了古典文句而获得了很高的评价，但是他引用的方式背离了原意，导致严重的谬误。这是从实证的角度对李攀龙的拟古文创作进行了批判，同时也对王世贞等拟古派文章的创作方法进行了批判。

拟古派引用古典时，常常无视被引用语句原本所蕴含的意义，语义与作家所表达的意思严重背离，这是公安派批判拟古派的重要依据。那么，金锡胄对拟古派进行批判是不是基于公安派的理论呢？他曾阅读过袁宏道和徐渭的著述，不排除这个可能性。但是因为无法确认他写文章的年代，以及阅读公安派和徐渭著述的年代，所以无法断言。

金锡胄曾将很多诗和散文选编在一起，作学习之用。他将汉代以前的散文和唐、宋的散文集合在一起编写了《古文百选》，还编写了散文选《史记拔萃》，将其作为散文的典范，并且强调历史典籍和文学典籍性质有别。此外，他还编写了诗集《唐百家诗选》，对杨伯谦的《唐音》、高廷礼的《唐诗品汇》、李攀龙的《诗选》等诗集的不足之处进行了批判，并编写了新的唐诗选集。但他在这些集子中并没有留下关于拟古派、唐宋派和公安派的任何见解。

金昌协在金锡胄的文集《息庵集》序文中评价道：张维的文章接近天性，李植的文章造诣很深，金锡胄的文章天性虽不及张维，造诣则与李植比肩。此外，金昌协对金锡胄的文章还评价道：

  及其为古文辞，上溯秦汉，下沿唐宋，放于皇明诸大家，参互拟议，究极其变，成一家言。①

金昌协称赞金锡胄广泛涉猎先秦、唐宋及明代诸家散文，其语

---

① 金昌协：《息庵集序》，《农岩集》卷之二十二，韩国文集丛刊。

第四章 朝鲜朝后期文人对明清小品文的接受与创作

言极尽变化,自成一家。总的来说,金锡胄的文章以缜密的技巧写就,如同用尺子量过一般,天然的想象力有些不足。但他热爱阅读公安派的作品,并将其单独编写成作品集,而且还写诗歌,可以说他的作品世界与公安派文学有着很深的共鸣。下面是正祖的语录,从中可以看出金锡胄的文体风格:

> 故相金锡胄之文集,亦近体中脱洒者也,而实为蹈袭明清体者之始,《农岩集》亦未免此矣。①

五、主张"医不可弃方而疗疾 诗不可舍评而祛 "的洪万宗

洪万宗是朝鲜朝后期学者兼诗歌评论家,生于文翰之家,文学才华横溢。他虽然没有担任官职,但是留下了《海东异迹》《小华诗评》《旬五志》《诗评补遗》《东国历代总目》《增补历代总目》《诗话丛林》《东国乐谱》《蓂叶志谐》《东国地志略》等十余种不同的著述。这是他摒弃官职,潜心于对历史、地理、民间故事、歌谣、诗等的研究与著述的证据。从少年到老年时期,他一直集中深入研究诗评,留下了许多可圈可点的成果,同时他还寻找长生术并醉心于道教研究。

在前文中所提到的文人都有反朱子学的思想,洪万宗也不例

---

① 《承政院日记》1783册,正祖二十 年十 月癸酉。

外,从他的各种著述中也可看出反朱子学的思想。他不仅通过这些认知,批判当时的社会矛盾,也赋予了朝鲜的历史、朝鲜的诗以及朝鲜的语言存在的价值,并且创立了"将民族的东西真实地描绘出来的文学是真正的民族文学"这一比较积极的理论,这一思想投映在其著作中,对后世产生了积极的影响。

洪万宗的主张与当时绝对尊崇朱子学的思潮和文学观是相对立的,他在探索当时占支配地位的理学及其统治体制革新的可能性。因此,他反朱子学的思想脉络,特别是对阳明学的认识态度,成为构建新的文学的基础。

首先,与前文中提及的文人一样,洪万宗先是研究经学,而后关注阳明学。

洪万宗所生活的17世纪末至18世纪初,文人在经历了"壬丙两乱"后,开始怀疑无意义的名分论,更多地去关注实质的东西,并对现实进行多方探索。其中围绕着《诗经》《中庸》等经典进行的多种解释开始抬头,从某种意义上来说,这是当时知识分子积极进行自我反思的表现。

在洪万宗的著述中,很少论及朱熹关于经典的解释,大部分见解与其他学者大致相同。所以,很难找到他关于经典的根本性的讨论或者是阐释上的新观点。但即便如此,也没能看到他绝对追从朱子学思想的一面。当然,由于他在传统的儒教家庭环境中接受教育,他的文学世界不可能完全脱离程朱理学的范畴。他把《诗经》作为选诗的依据,认为诗是性情的吟唱,性情得以矫正之后,以诗为表现形式,才有了《诗经》,因此,君子一定要先端正性情,而

第四章 朝鲜朝后期文人对明清小品文的接受与创作

后才可以言诗①。虽然不能断定他关于《诗经》的解释是否都是追从着朱熹的解释，至少在对《诗经》的理解方法以及精神层面上，可以看出他"教化论"的一面。但是，洪万宗对于当时具有绝对权威的朱子学的思想体系不是无条件地接受，他有着自己的批判视角。关于这一点，可以结合他的生平来理解。

洪万宗的父亲洪柱世政治失意，或许和成长环境有关，洪万宗本人性格消极，借病隐居，仅得到属于"武班"序列的副司正一职，受领义政许积的庶子许坚谋逆事件的牵连又丢掉了好不容易得到的官职，遭到发配。通过这些经历，可以看出他命运多舛。在多变的人生沉浮中，他依然潜心读书和著述，与此同时他也对当时的社会现实有了一定的批判意识。

《诗经》被朱子学文学观奉为典范，虽然洪万宗立足于《诗经》的"诗无邪"精神来选择诗歌，但从他对程朱理学理解的态度来看，还是表现出怀疑态度，证明他已经从绝对尊崇程朱理学的思想体系中摆脱出来。下文可以确认这一点：

> 盖中国人才之不碌碌，实心向学，故随其所好，而各实得。我国则不然，龌龊拘束都无志气，但闻程朱之学，世所贵重口道而貌尊之而已。不惟无所谓杂学者，亦何尝有得于正学也。②

---

① 洪万宗：《诗评补遗》，首尔：韩国国立中央图书馆藏本。
② 洪万宗：《旬五志》，全圭泰译，首尔：泛友社，1979年。

中国的人才志趣非同一般，志向高远的文人真心向学，各自追随其好而各有所得。洪万宗借此批判当时认为程朱理学是世界上最好的学问而盲目尊崇的文人，认为造成这种僵化学风的原因是表面推崇程朱理学，实际却不真正理解程朱理学。尽管洪万宗的观点并未使当时的文风有所革新，但也在当时的文人中形成了一定的共鸣。有下面这句话为证：

> 溪谷此言，抑有所感而发欤。有默契于心者，故并录于此以俟大雅君子之商焉。[1]

从这句话可看出，洪万宗从心底赞同并接受张维的见解，同时还要和其他志同道合的文人共议，以谋求观点一致。

由此可以得知，洪万宗对程朱理学的理解，在文学观上是以儒学为根本的。另一方面，同时表现出对朱子学持有怀疑态度，这也成为他关注程朱理学之外的学问的契机。可以说，他醉心于阳明学也源于此。

关于阳明学，正如借用张维对经学的看法一样，洪万宗借用或引用张维、许筠、李晬光等的言论，或者对王阳明的诗歌进行批判，以表达自己的见解。

---

[1] 洪万宗：《旬五志》，全圭泰译，首尔：泛友社，1979年。

第四章　朝鲜朝后期文人对明清小品文的接受与创作

吾辈少时妄喜陆之神奇，到老看之考亭训，四字为第一义，可自求于此矣。①

关于学问和文章，许筠曾请教明朝使臣朱之蕃，这段文字是洪万宗记录下来的朱之蕃的答复。这里所说的陆就是与王阳明学说一起构成陆王心学学问体系的陆象山。

许筠在《闲情录》中言及阳明学的时候提到过陆象山，在《鹤山樵谈》中关于王阳明的文章也详细地谈论过，从他对阳明左派李贽的认知来看，许筠对阳明学的见解可以说相当有高度。洪万宗对许筠的看法有两面性，虽然许筠因有罪于朝廷被判死刑，洪万宗对其所作所为不无责难，但对许筠的诗歌和诗评还是赞赏有加的。证据就是，许筠曾编著有诗歌集《国朝诗删》，该诗集辑选了朝鲜朝中期以后的诗歌，洪万宗曾给予极高评价。此外，洪万宗著有《小华诗评》，对自高丽太祖以下历代帝王的诗歌，还有乙支文德、崔志远，乃至朝鲜朝后期文人的作品，逐一按照顺序进行评述，洪万宗将许筠的诗也选入了该书中，可见他对许筠的诗及诗评的认可。洪万宗还在该书中批判历代诗人过度地循规拘泥于唐诗或者宋诗，虽尽力学习并创作诗歌，但也不过是单纯效仿或者剽窃，降低了诗歌本身的品格。他还指出诗人应该持怎样的创作态度：那就是，剽窃他人字句是诗人们的大忌，因为世上无论是谁，人人都有个性，应该让这一性情自然表露于诗歌中。这一主张，是其进行诗评的着

---

① 洪万宗：《旬五志》，全圭泰译，首尔：泛友社，1979年。

眼点，他认为应排斥宋代诗风，以唐风为主，杜绝剽窃和蹈袭，从而写出有个性的诗。

因此，洪万宗在自己汇聚历代诗话集的《诗话丛林》中，选入了许筠编写的记述历代诗歌、具有诗歌史性质的《惺叟诗话》，而且对历代文人的评价大体上与许筠观点一致。由此来看，他引用许筠和朱之蕃的对话，看似许、朱二人在讨论陆象山的学问，其实是发表他对阳明学的个人认知。

以下是洪万宗对许筠文章的评价：

> 惟许筠《国朝诗删》，泽堂诸公皆称善拣，《诗删》之盛行于世盖以此也。然其中所谓《鬼作》两首、《伽倻仙女诗》及李显郁诗，皆古人所作，故余表出而出之，以破其虚妄。①

洪万宗指出，许筠的《国朝诗删》中收录的《鬼作》两首和《伽倻仙女诗》及李显郁诗，作者其实是王阳明。

> 李显郁诗，即皇明王阳明庐山开元寺作也，载在本集。……（中略）……筠乃假设姓名，欲瞒后人眼目，何哉？且以《世情》《老去》语意见之，必是人间语而非《鬼作》明

---

① 洪万宗：《诗话丛林校注》，刘畅、赵季校注，人民文学出版社，2015年，第703页。

第四章　朝鲜朝后期文人对明清小品文的接受与创作

矣。余之此论，近于老吏断狱，阳明有灵，想抵掌冥冥也。①

洪万宗在《诗话丛林》中附上"更正"，他之所以这么做，与其说是为了选编诗话建立体系，不如说是为了纠正前代文人编纂诗选的谬误，对前代诗评发表个人的见解，等等。从这一点来看，洪万宗是一个具有考证学学问态度的文人。

他在上文中指出，许筠在自己编纂的诗集中把王阳明的诗作写成作者是李显郁，依据是那首诗是王阳明在庐山开元寺所作，并收录在本集中。因此，他指出许筠的错误是具有实际意义的，而超越这种意义的是对阳明学的接受。这里所说的载有王阳明作品的本集，指的就是明代隆庆年间的《王文成公全书》。由此可以确认洪万宗对阳明学是进行了具体探究的。

洪万宗是一文人，虽然从思想层面来看，他对"三教融合"中的佛教和道教非常感兴趣，但事实上，在他的著述中，与文学相关的内容占据了更大的比重，表现出他试图通过文学解决他所生活的时代的问题。他对文学倾注的关心，在"三癖"中有具体体现：

> 余平生有三癖，才无半斗，以喜看书，笔拙而爱墨迹，疾多而乐山水。②

---

① 洪万宗：《诗话丛林校注》，刘畅、赵季校注，人民文学出版社，2015年，第703页。
② 洪万宗：《旬五志》，仝主泰译，首尔：泛友社，1979年。

洪万宗自嘲平生有三大嗜好：没有文才却喜欢读书，字写得不好却酷爱书法，身体多疾却酷爱游山玩水。虽然是自嘲却也流露出对文学的喜爱。此外，洪万宗还采用多种方法主张并例证文学的价值：

> 文章虽曰小技，业之最精也者，盖非粗心大胆之所可易言。……医不可弃方而疗疾，诗不可舍评而祛疵。①

在这里，洪万宗将诗歌称为"小技"，正如治病需要医生，诗歌的好与不好需要修正时，都需要依据诗评来进行。同时洪万宗认为，关于诗的好与不好，他人的感受比自己的感受重要，文章也如此。因此，在洪万宗的著述中，对于受到诸多评价的诗仍然发表了自己的见解：

> 究夫诗之精义，则庶可以诉汉魏，追命骚而风雅之阃域。其于温柔敦厚之化，亦不为无补云。②

这里的"风雅"和"温柔敦厚"是指可以通过作者天性达到的境地。即风雅是作诗的根据，温柔敦厚是"诗教"，洪万宗认识到了这一儒家诗歌理论的核心思想并将之运用到文学中。他认为，以这样的文学理论为创作目的的文学不是"载道之器"的文学，也不

---

① 洪万宗：《诗话丛林校注》，刘畅、赵季校注，人民文学出版社，2015年，第710页。

② 同上。

第四章　朝鲜朝后期文人对明清小品文的接受与创作

是浮华的文学，而是内心一种自然的状态，是浑然"天得"的，唯有这样的文学，才称得上真正的文学。如果不是"天得"的，无论进行多么惊人的修饰都不可能称其为诗。他还说，之所以辑选用俗谈、俗歌创作的诗歌以及选编女流之辈、怀才不遇的儒生和无名氏的诗作，是因为他们的诗中有"天得"。

因此，洪万宗摒弃修饰，认为从"天得"而来的文学才是真正的文学，没有去辑选士大夫的文学而是选择了一般百姓的文学，这也是因为他从朱子学的文学观念中摆脱了出来。李贽认为从"童心"而生的文学是真正的文学，一般庶民百姓有真性情，只有他们可以写出真正的诗文。洪万宗的文学观与李贽的文学观有一定的关联，而且他想把这一文学观付诸实践，那就是对明清小品文的接受。

洪万宗的代表作《海东异迹》是其按年代、人物进行排列，并加以评述、创作而成的传记集。其中收录的人物有檀君、赫居世、东明王、金时习、徐敬德、智异仙人、汉拿仙人、蒋生等。洪万宗从史书、文集、漫录中寻找长生不老的可能性及获得超能力的事例，并对其评述，发表自己的见解。朝鲜朝后期热衷于小品文创作的文人金鑢在其文集《藫庭遗稿》（卷十）中记载如下：

> 异哉！余尝诵稗史，得蒋生事甚悉，然心固疑之，及见洪万宗所撰《海东异迹》，所谓蒋都令者，其人欤。①

---

① 金鑢：《藫庭遗稿》卷十，首尔：启明文化社，1993年。

金鑢很早以前就读过稗史,比较熟悉蒋生的故事,但心中对蒋生这一人物存有怀疑。及至后来读了洪万宗的《海东异迹》,金鑢就想所谓蒋都令应该就是蒋生。由上文可以证明明清小品文对洪万宗的文学创作有一定的影响。

六、强调"纪实"和"咏物"的徐宗泰

综观朝鲜朝文学发展史,以儒家道文概念为代表的"道文一致论"和16世纪之后传入朝鲜半岛的明代文学的影响力可见一斑,尤其是对拟古文派思想的接受。从理论上来看,如果说"道文一致"论是贯穿整个朝鲜朝时期,使得文人关于道和文的理解与解释争论不休的问题点的话,那么,"对拟古文派的接受"则是在多变的朝鲜朝后期文学史上,关于创作的典范、创作的技法以及创作的体系产生论争的焦点。在朱子学完全教条化的17世纪,对于道和文的全面反驳与否定几乎是不可能的。因此,对明代拟古派的批判显得更加积极和具体化。17世纪后半期,这种思潮一直在持续。

徐宗泰是朝鲜朝后期的学者,1703年曾出使中国。他涉猎明代多名作家作品这一事实,可在其师承关系中得到确认。徐宗泰听从父亲徐文尚的劝告,拜申晸为师。申晸的祖父是申钦,伯父是申翊圣(1588—1644),均以学习当时明代的文章而闻名,徐宗泰非常敬重的舅舅李端夏也是以"七子"的文章为基础自成一家的人物。

徐宗泰所生活的17世纪末、18世纪初,小品文尚未在朝鲜朝文坛上广泛流传,而追求秦汉古文风的复古主张却得到了扩张,与此同时,与清国文人的交流较之以前更加活跃。这一时期,文人对于

第四章 朝鲜朝后期文人对明清小品文的接受与创作

明清小品文,与其说是接受,不如说更多的是对这一文体单线的非难。因此,难以把握文人具体的认知及其创作中的运用。至于徐宗泰,从其文学论中可以看出,其对明代文学持较为开放的接受态度及进步的批判理论。

徐宗泰的行为轨迹和业绩在其文集和实录中处处可见,在他的文集《晚静堂集》中关于袁中道的评述非常简单。尽管这一资料非常简短,依然可以窥视当时人们对公安派的认知走向。

徐宗泰的文集《晚静堂集》卷11中收录有名为《书后》的读后感,共14篇,有《读弇山集》《读阳明集后》《罗近溪集》《钱牧斋集》等。

《弇山集》是王世贞的文集,《阳明集》是王阳明的文集,《罗近溪集》《钱牧斋集》可以说是当时稀有的资料。罗近溪即罗汝芳,是阳明左派中积极的思想家,也是颜山农①(1504—1596)的弟子。因为徐宗泰几乎没有留下对阳明左派的评论,甚至连读过阳明左派文集的痕迹都很难找到,而在《晚静堂集》中竟能看到徐宗泰关于罗汝芳作品的读后感。此外,从文学的关联性来看,也可确认这一事实:钱谦益在清朝初期曾居盟主地位,与吴伟业、龚鼎孳并称"江左三大家",徐宗泰也读过他的文集。钱谦益被评为给朝鲜朝后期文学史带来重要影响的人物,这是因为他对包括拟古派、唐宋派、公安派、竟陵派等的明代文学进行了概括性的批判,并且在明代文学的最后阶段,对明代的诗也进行了概括和评述,编纂成

---

① 颜山农,即颜钧,字子和,号山农。

鸿篇巨制式的选集《列朝诗选》，其中所载诗人们的"小传"可以说是对明代文学史全景式的把握。

徐宗泰认为，整个明代文学是荒唐的、浮夸的，甚至不乏嬉戏和阿谀奉承，王世贞尤甚。徐宗泰甚至认为，，虽然钱谦益曾经对王世贞进行过猛烈批判，但其文学也与王世贞有相似之处。他还指出，主要活跃于嘉靖、隆庆年间的后七子，竭力模仿古文，虽然意欲挽回宋、元鄙陋习俗之不良影响，但写出的文章既非古文，又缺少时代"真色"。诸如这类评价内容，见诸徐宗泰22岁至38岁所写的文章中，徐宗泰对明代文学的批判集中于文章是否具有事实性乃至真实性。此外，他还对弘治、嘉靖年间的文章大家们进行了评价：王守仁"雄姿"，李梦阳"大疏"，何景明"艳靡"，茅坤"华弱"，唐顺之"瞻衍"等等，每个人的优缺点跃然纸上。他告诫人们不要过于追求"生色"和"崭新"，以免陷入"生割"或"夸炫"的文风中。

徐宗泰认为，充满生气的描写及新颖的创作风格是改善宋、元萎靡且乏味文风的重要因素，但是李攀龙及很多追求创新的文章家们，因过分追求创新，反而使文章显得生硬，尤其是夸张的表现，使诗文粗糙且晦涩，失却了浑雅、流畅的美感和性情的真实性。因此，尽管李攀龙的文章被评价为挽回了中唐时期长庆年间以后出现的华美的诗风，徐宗泰也没吝于对他的批判。关于钱谦益批判王世贞的文章，徐宗泰评价道：使用的词汇陈腐，蹈袭古人的文句，语句奇僻、鬼怪，无视典范等等，使文章显得浮夸，丧失了"本实"。"浮夸"和"本实"这两个词语也出现在对王世贞的批判中。

第四章　朝鲜朝后期文人对明清小品文的接受与创作

徐宗泰指出王世贞有过度的复古倾向，这一点不容忽视。他还指出，王世贞写文章时故意回避使用平实、浅显的词汇或常用的表达方式，而采用浮夸或"生割"的表现方式，字句重叠，文辞单调，拘泥于"法式"。"浮夸"与"生割"是徐宗泰对明代文学的评语。

徐宗泰在对明代文风及文章大家们进行批判的过程中，也提出了克服前述弊端的方法，那就是："平实、畅达、本实、浑雅、流畅"等具有美感的表达、性情之真的流露、摆脱执着于辞章的朱子学、如实地表现事物的"本色"。徐宗泰还认为，文章的章法和关键是"纪实"和"咏物"，二者是一体的，不可以割裂。

如前所述，徐宗泰相当了解以王世贞为首的拟古文派及以唐顺之、归有光、茅坤等为代表的唐宋派，对他们的作品世界也有着相当深刻的理解，但似乎很少谈及公安派理论。徐宗泰读过袁中道的《珂雪斋集》，对袁中道的文学世界采取了全部否定的态度。如果说他读过袁中道的作品，那么他自然也应该知道公安派的核心人物袁宏道，但他对袁宏道和袁宗道完全没有提及。即便他通过袁中道接触了袁宏道的批评理论，他赞同公安派理论的可能性是微乎其微的。因为徐宗泰信奉朱子学，是不可能认同基于阳明学的公安派理论的。徐宗泰立足于朱子学，对公安派理论的根基——阳明学和阳明左派进行公开的批判，却成为朝鲜朝接受公安派理论的重要起源，徐宗泰所采取的批评方法对后来的批评家、文人产生了深远的影响。

七、主张"性情之真""天机之动"的金昌协

自17世纪后半期至18世纪初,有两位在该时期文学史上占据着重要位置的作家兼批评家登场,那就是金昌协与其胞弟金昌翕。之所以说他们在朝鲜朝后期文学史上占据着重要位置,是因为自他们二人起,朝鲜朝对拟古派和拟古的创作论有了正式且全面的批判。自16世纪末接受拟古派以来,在近百年的时期内,许筠、金锡胄、柳梦寅、李植、张维等,最初受拟古创作论的影响很大,但他们逐渐意识到拟古派理论的矛盾,并各自对拟古派表现出批判态度,只是没有找到更好的理论依据。之后,这种状态持续到17世纪后半期,金昌协、金昌翕兄弟才对拟古派创作论进行了全面的批判,从前面所述文人的见解中摆脱出来,超越了拟古的创作论,探索了新的批评理论。他们不仅仅对拟古文派的作品进行分析,对拟古派创作论的盲点也进行了批判,还提出了应对拟古论的方法,夯实了他们的理论基础。

肃宗时期,党争激烈,金昌协兄弟二人成了老论权力的核心,掌握了政治权力,并以政治权力为基础,形成了一种文学势力,许多文人批评家卷入其中。从这个意义上来说,金昌协和金昌翕的批评具有批评史和文学史双重意义,而且从他们周围文人的身上也可看出对反拟古论的继承的现象。正如南克宽[①](1689—1714)所指出的那样,他们两兄弟之所以能对拟古派创作理论进行全面的批判,

---

① 南克宽,朝鲜朝后期文人,少论派领袖南九万的孙子,自幼文采出众,家学渊博。

第四章 朝鲜朝后期文人对明清小品文的接受与创作

是因为他们充分消化了对中国明末的拟古派进行批判的各文学流派的理论。值得一提的是，金昌协涉猎了对拟古派进行批判的各流派——唐宋派、公安派、竟陵派以及钱谦益的批评。从中可以看出，虽然对唐宋派理论的接受始于李植和金锡胄，但正式接受却是从金昌协开始的。尤其是金昌协把《唐宋八大家文钞》的创作方法作为批判、攻击拟古派创作论的主要论据。他援引书中所载的各种散文创作技法与唐宋的散文、拟古的王世贞、李攀龙的作品进行比较分析，从而认证唐宋派理论的优势。他不仅阅读了批判拟古派的公安派袁宏道的文集，还涉猎了继承公安派理论的竟陵派和钱谦益的批评。与金昌协同时代的文人南克宽指责其反拟古论不过是接受了中国的批评，隐匿了出处而已，虽然南克宽的批评出于党争不无偏颇之处，但不可否认，金昌协的反拟古批评与明代的反拟古批评是组合型产物。

金昌协阅读袁宏道文集的情形在《农岩集·杂识》中有记载如下：

> 明末文士开口弄笔，动谈禅理，其实皆浮浪无根，于善亦何尝有得。今读《中郎集》，一边说禅谈佛，一边耽酒恋色，此如屠沽儿诵经，直是可笑！然释氏本认欲作理，故世之乐放纵而恶拘检者，皆托此以为巢窟，亦其势然耳。明时学者，自余姚而流为盱江一派，其说益猖狂，无复忌惮。所谓儒学者，盖已如此，文士固不足道也。①

---

① 金昌协·《杂识》，《农岩集》卷之三十四，韩国文集丛刊。

从上文中可以得知金昌协读过袁宏道的《中郎集》，而且对袁宏道是极度否认的。此外，金昌协还读过万历年间出版的《名山胜概记》①，该书收录了自中国六朝时期至明代末期的山水纪行诗文1550篇，可谓规模庞大，以徐渭、汤显祖、陶望龄、袁宏道等公安派的作品居多，仅袁宏道的山水游记就有《陪祀昭陵看山记》《游盘山记》《满井游记》《崇国寺游记》《游洞庭记》《天目（其一）》《记粤中山水》等70余篇。金昌协从《名山胜概记》这部山水游记纪行文辑录集中，选了139篇编成《问趣》，金昌翕编写了《澄怀录》和《名山最胜》共4册。《名山胜概记》中有汤显祖的《名山记序》、王世贞的《游名山记序》及王穉登的《游名山记序》三篇序。汤显祖与袁宏道有交游关系，主张"性灵""性气"的创作论，是对公安派产生巨大影响的人物。王穉登的诗歌曾被金锡胄收入《锦帆集》中，也就是说金锡胄是把王穉登看作公安派成员之一的。

金昌协在显宗12年游览金刚山后，写下了《东游记》。

所谓万瀑洞者，止于此矣。盖是洞，全以大磐石为底，石皆白色如玉，而溪水自毗卢峰以下众壑交流、奔趋争先，咸会于是。洞石之嶔崎磊落，槎牙龃龉者又离列错置，以与水相争。水遇石，必奔腾击薄，以尽其变，然后始拗怒徐行。②

---

① 高莲姬：《朝鲜后期山水纪行艺术研究》，首尔：一志社，2001年。
② 金昌协：《东游记》，《农岩集》卷之二十三，韩国文集丛刊。

第四章　朝鲜朝后期文人对明清小品文的接受与创作

《东游记》下列《自京城至淮阳记》《自淮阳至长安寺记》《自长安寺至表训记》《自表训至正阳记》《自正阳历圆通洞还表训记》等12个小标题，上文是《自万瀑洞至摩诃渊记》。在《自表训至正阳记》中，金昌协写道，"昔明人吴廷简见黄山，以谓半生所见，皆土堆石块，今见是山良然"，而"半生所见，皆土堆石块"出自《名山胜概记》所载的吴廷简的《黄山遗记》。由此可以推断，金昌协在21岁之前已经读过《名山胜概记》，这之后，他还读了袁宏道的《袁中郎集》。

金昌协编写的《文趣》中，收录了7篇袁宏道的游记。但在上一段引文中可以知道金昌协对袁宏道的观点是极度否定的。他认为，袁宏道的文集中，不仅关于佛教的内容比较多，而且正如从《广庄》中可以看到的那样，关于老庄的解释也非常丰富。此外，他还认为，袁宏道的文集谈及了酒和女色，对饮酒和女色是持肯定态度的。对饮酒和性爱等快感的追求，是中国万历年间伴随着经济的发展，都市追求娱乐和消费的游兴生活的产物，而金昌协对此全然不能理解。不过在袁宏道的文集中，酒色并未占多少篇幅，也没有到非伦理的程度，金昌协对文集中某些特定部分的评价有些夸张，也不无曲解。

金昌协否定袁宏道的最根本的原因是其思想的根基在阳明左派。金昌协曾说过："明代的学者们，从余姚开始形成旴江一派，他们的言语近乎疯狂，无所顾忌。"在这里，他所说的余姚就是王阳明的出生地，旴江是罗汝芳，即罗近溪的出生地，"言语近乎疯狂"和"无所顾忌"就是批判王阳明、王艮、徐派石、颜山农、罗

93

近溪等阳明左派最为极端的主张——"阳知现成"。虽然金昌协对于阳明左派的认知到了什么程度不得而知，但是可以看出金昌协一针见血地指出了阳明学的威胁性及阳明左派的过激性。

金昌协批评袁宏道时，并没有明确使用阳明左派这一字眼，但是他读过的《袁中郎集》中有袁宏道关于罗近溪的认知资料，而且钱谦益在《列朝诗集》中表明袁宏道的理论来自李贽。由此可以得知，金昌协认为袁宏道的批评理论及其创作实践是基于阳明左派的，并对此进行了批判。金昌协在嫌恶并批判袁宏道的同时，仔细研读了《袁中郎集》，对袁宏道的批评理论也相当了解。但他却没有提及公安派，仅批判了其部分观点，有意为之的可能性比较大。

金昌协对拟古派的创作论进行批判的理论根据是文学随着时间的变化而变化。

> 诗固当学唐，亦不必似唐。唐人之诗主于性情兴寄，而不事故实议论，此其可法也。然唐人自唐人，今人自今人，相去千百载之间，而欲其声音气调无一不同，此理势之所必无也。强而欲似之，则亦木偶泥塑之像人而已，其形虽俨然，其天者固不在也，又何足贵哉？[①]

上述引用文值得在多个层面加以关注。在这里，金昌协没有否认唐诗的艺术价值，认为唐诗具有典范性。他还指出，虽然诗歌

---

① 金昌协：《杂识》，《农岩集》卷之三十四，韩国文集丛刊。

第四章 朝鲜朝后期文人对明清小品文的接受与创作

应该追求唐诗的"景致",但是不可能达到与唐诗完全一致,而且在创作时追求这种一致性本身也是行不通的,应该在唐诗中追求"性情的兴起",而非唐诗的语言。金昌协这种观点与将盛唐诗歌作为绝对典范的拟古派是绝对对立的。金昌协认为,唐朝人是唐朝人,现在人是现在的人,彼此之间的距离有千百年之隔。要想其声音和基调处处没有一点相似是不可能的。换言之,金昌协认为,随着时间的变化,声音和基调也会变化,语言和文化不是超时代的不变物,而是历史性的可变之物,过去仅是以过去的语言和文化存在着,无视过去的社会、文化和语言的变化,用过去的语言表述今日不仅是不必要的,也是不可能的。已经成为过去的"古",不仅仅是时间上的过去,也是历史的、艺术的成就得以完成的绝对价值,用过去的语言是无法再现现在的。金昌协的这一主张,颠覆了当时尚古的历史观和艺术观,他全新的思想可以说是开创了朝鲜朝批评史的先河。为了批判拟古派的拟古创作理论,金昌协最早提出了这些理论,而且他的这种思想源自公安派。李贽在《时文后序》中写道:"在现在的立场上回望过去的话,过去真不是现在,在后世的立场看现在的话,现在又重新成为过去。"

公安派发展了李贽的理论,袁宗道和袁宏道认为,随着时间的流逝,语言会发生变化,一个时代的文学也随之具有该时代固有的特性。因此,从根本上否定了拟古派的创作论:设定文学的绝对典范,据此借用语言进行模仿创作,从而达到典范的水准。随着时间流逝,语言也会发生变化,这是公安派理论的核心。金昌协以李贽的理论为基础,借用公安派的语言,阐述了与公安派相同的见解。

例如，金昌协在他的著作《农岩集·杂识》中对拟古派批判道：从诗歌创作的经典作品中借用语言的时候，原典所具有的意义与新创作的作品之间会形成不相协调的关系。这并不是说不可以借用语言，而是说与原典脱节的借用是毫无意义的，产生这种不协调的原因就是在当下执拗于过去的语言。

金昌协所主张的反拟古论中，"天机"占据很大比重。他认为，诗是性情的表露，是天机之动。唐代的文人深知这一点，所以，无论是初唐、盛唐、中唐，还是晚唐的作品，全都接近自然。今天的人们不懂这些，只效仿声音和颜色，注重气格，一味追逐古人，这样做，或许声音和表面的东西能和过去的人们相似，但是"神情"和"兴怀"却是完全不同的，这就是明代人的失误。

朝鲜朝后期的诗论——"天机论"强调，真挚的情感应该是自然而然表露出来的。"天机论"中的"天机"出自《庄子》的"其耆欲深者，其天机浅"，即不加入人为的意图或编造，使用表达自然、本心的语言，另一方面，意为不可泄漏的"上天的秘密或者意图"。朱子学把天机理解为个别事物自然流露出的状态。天机作为诗论的一个概念是基于这种脉络之上的，诗歌排斥人为的装饰和模仿，是自然情感的流露，这是对把诗歌作为扬名立身的手段、工于创作技巧、急于再现经典的文风的批判。这种把诗人的创作行为比作上天秘密的造化，强调诗意才能的天赋性和诗意语言独创性的天机论，是超越学识和身份、追求诗的审美价值的专业诗人增多的反映，也是作为论据在文学批评史上具有积极的意义。

第四章　朝鲜朝后期文人对明清小品文的接受与创作

在金昌协之前，许筠和张维评论诗人权韠①（1569—1612）时最早谈及"天机"这一概念。许筠说道，优秀的诗人不受学识或理论拘束，自然而然地表达天机，这里所说的天机指上天秘密的造化；张维也说道，诗即天机也，生搬硬套是不可能模仿出真正的"天机"的。与许筠和张维的评论相比，金昌协提出了更加系统的诗论，如前所述，金昌协认为，诗是性情的表露，也是天机在作用，唯有在去除模仿或修饰、天机自然启动的作品中，才能看到作者的真性情。此后，天机论成为以金昌协的门徒为中心的中人阶层从事文学活动的根基，他们由于身份问题，追求立身扬名的道路受阻，反而能超脱对外部世界的欲望，保留内在的天机，从而专注于诗歌的创作。

明代的天机论是在阳明学的影响下展开的，准确来说，是由阳明左派来主导的。金昌协采用天机作为批判拟古派的依据，大多是受阳明左派天机论的影响。金昌协基于这种天机论写出的作品获得了"真"，这些作品可谓达到了诗的最高境界，他在批评理论当中所使用的"真"一词，在他之前是没有人使用过的。他经常使用"天真""真时""真诗人""性情之真""真机""真文章"等词语，根据所修饰的词语不同，其意义有所不同。"真"这一词汇作为批评用语，最早由竟陵派和钱谦益开始使用，但实际上它源自公安派。李贽在"童心说"中论及"真"和"假"的对立，其后公安派为了批评基于拟古派的创作论写出的作品援用了李贽的真假对

---

① 权韠的"韠"字，没有找到对应的简体字，故使用繁体字。——本书作者注

立二元论，认为真正的诗不在士大夫知识分子的文学中，而在闾巷的妇女儿童那里，而且拟古是虚假的，民谣才是真实的。由此可以看出，金昌协所提出的理论，不是他自己的独创，而是接受、借鉴阳明学和公安派的结果。

金昌协对散文也有诸多批评，他主要是采用唐宋派的理论对拟古创作论进行的批评。他认为，明代的方孝孺、王阳明、王慎中、唐顺之全部都是属于模仿欧阳修和苏东坡的流派。其中，方孝孺规模宏大，笔力如同汹涌的波涛一般流淌，但聚拢、裁剪不足；王阳明是以天生的文才收放自如，但尚未达到欧阳修和苏东坡的境界；王慎中和唐顺之虽然规模、气势不及方孝孺，但体裁更为精密。因此，金昌协对王慎中和唐顺之的散文给予了肯定和好评，但认为二人仍然没能脱离方孝孺和王阳明的创作理论和创作手法。

金昌协的散文论立论于对拟古派的拟古创作论的批评之上。他使用的"错综、开合、抑扬"等词语，由唐宋派的王顺之和王慎中最先使用，茅坤在《唐宋八大家文钞》中使之成熟。赵文命曾于1702年写信让金昌协评价自己的文稿，金昌协回复道：古人文字的篇、章、句、字中，都有自然的极致之法。[①] 这可以说是典型的唐宋派理论，金昌协在对拟古派散文进行批评时，部分引用了公安派的理论，更多的是借用唐宋派的散文论。虽然看似金昌协曾批评过公安派，但是公安派的批评理论已经深入他的批评之中。

简言之，在中国对于拟古派的批评理论主要是由公安派开启

---

① "此古人文字篇章句字，皆有自然之至法"，出自金昌协：《答赵文命》，《农岩集》卷之二，韩国文集丛刊。

第四章 朝鲜朝后期文人对明清小品文的接受与创作

的,当然也不能无视唐宋派的影响。唐宋派对于拟古派虽然没有正式进行严密的攻击,但公安派的徐渭、焦竑对李梦阳、何景明、李攀龙及王世贞进行了猛烈的批判,而且是遵从了钱谦益的。金昌协深受钱谦益的影响,却不承认接受了公安派的理论,对阳明左派也表现出极度批评的姿态。但不管怎样,从正祖的评价可以看出金昌协之于朝鲜朝后期小品文兴盛的作用:

> 我国文体,到金锡胄、金昌协一变,鼓一世而趋向之。①

八、主张诗"源于性灵,假于物像"的金昌翕

金昌翕,字子益,号三渊,是朝鲜朝肃宗时期对性理学颇有研究的学者,与兄长金昌协都是李珥(1536—1584)之后的大学者,声望很高。肃宗十五年,和宋时烈一同遭遇祸事。作为诗人、批评家,他对当时乃至后世的文坛都有着巨大的影响力。金昌协的弟子李夏坤对金昌翕评价道:

> 三渊学益博、眼益高、胆益壮,其诗愈变而愈奇愈新。……后生辈才力本来单弱,学殖亦甚浅薄,而徒知今日之三渊,而不知昔日之三渊;徒学下梢之三渊,而不学初头之三渊。不复探求根本直截源头,甚至殆不省铙歌鼓吹为何语,王

---

① 正祖《弘斋全书》,《日得录》文学,卷一六四,面十一。

杨沈宋为何人，其流弊乃至于此，可胜叹哉！①

在此李夏坤评价金昌翕：越来越博学，眼界越来越高，胆识越来越大，诗文变得越来越新奇。可以说金昌翕就是以这种形象，成为当时诗歌创作界的权威。金昌协、金昌翕两兄弟完全可以凭实力左右当时的文坛的散文和诗歌。

金昌翕对后世也颇有影响。闾巷诗人洪慎猷（1724—？）在其诗集《白华子集》中写道：

牧苏与简岳，雄强占地位；三渊别门户，左海新鼓吹。②

诗人洪慎猷高度评价金昌翕是为朝鲜朝汉诗史带来转折意义的诗人。

李夏坤曾引用钱谦益《列朝诗集小传》中的《钟提学惺》批评金昌翕的追随者：

余尝论近代之诗，抉摘声寒魄为致，此鬼趣也。尖新割剥，以噍音促节为能，此兵象也。鬼气幽，兵气杀，著见于文章，以国运从之，而一二轻才寡学之士，衡操斯文之柄，而征

---

① 李夏坤：《洪沧浪诗集·序》，《头陀草》卷十六，韩国文集丛刊。
② 洪慎猷等：《白华子集·李朝后期闾巷文学丛书》（6），首尔：骊江出版社，1991年。

第四章　朝鲜朝后期文人对明清小品文的接受与创作

兆国家之盛衰。可胜叹悼哉！①

　　虽然李夏坤批评金昌翕的追随者过于关注新语、奇语、峭语，但这一评语正是对金昌翕诗文特征的概括。所谓新颖、独特且犀利的语言，也是当时人们批评公安派和竟陵派诗语特征时经常使用的话语。金昌协阅读过袁宏道的作品，似乎可以推测其胞弟金昌翕也阅读过。他以发掘典籍的精髓为目标，潜心研读钟惺和谭元春合编的《古诗归》《唐诗归》，由此可以得知，金昌翕在一定程度上接受了公安派和竟陵派的批评理论。

　　1681年，金昌翕受其父金寿恒之命，由三釜渊回到京城，在白岳山南侧修建了洛诵楼，与金昌业、洪有人、李圭明、洪世泰、金时保、俞命岳、金昌立、崔东标等人一同创建了洛诵楼诗社，专注于诗歌创作。他在洛诵楼诗社学习汉魏之诗，以改革当时庸陋的文风，再现《诗经》的境界为信条。这其实是模仿"前七子"之一的李梦阳，李梦阳将汉魏的古诗作为典范，意欲开拓真正的诗道。由此看来，在洛诵楼诗社活动时的金昌翕是倾向拟古派的拟古创作论的。

　　以金昌翕为中心的诗社大体上具有拟古的创作风格。金昌翕在1684年32岁时与赵圣期开展论战，虽然是以儒家诗论的命题"温柔敦厚"作为自己的理论依据，在这场论争中却已经具有明代新诗论意识。他深刻地认识到拟古派创作方法的矛盾，但并没有像金昌协

---

① 钱谦益：《列朝诗集小传》，上海：上海古籍出版社，2008年。

一样对明代拟古派进行公开批评,也没有列出实例批评王世贞。

金昌翕的批评理论发生变化体现在《景宗实录》中。在金家遭受家祸后,金昌翕和兄长金昌协一同从事学问研究,其见解总是更为出色。这里所说的"家祸"是指1689年西人没落,南人掌权的"己巳换局",金昌翕当时所信奉的学问就是性理学。此后,他的诗论与之前截然不同。他在为侄子金崇谦的诗集《观复稿》所写的序文中,回顾了自己平生关于诗歌的论评,并且对年轻时的诗作进行了反省。从该序文中可以看出,他年轻时作诗是依据"前七子"的诗歌理论的。他认为,格要立得高,法一定要古,而且将汉魏的古诗和唐诗的律诗设定为最佳典范,这些都与"前后七子"的复古信条相关联。同时,他的这种认识在前七子的领袖人物何景明的《海叟集序》中可以得到确认。何景明讲道:

故景明举歌行近体,有取于二家。旁及唐初,盛唐诸人,而古作必于汉魏求之。①

何景明认为自己在学习歌行和近体时,主要取自李白和杜甫两人,从表面上看是参考了唐初和盛唐的诸位诗人,古诗则一定要从汉魏诗人中找寻典范。换言之,金昌翕意欲用前后七子何景明、李梦阳的复古创作论来矫正朝鲜朝的诗歌创作风气。但是,正如他自己所反省、思考的那样,他在创作上的实践是追求影子和回声的,

---

① 何景明:《大复集》,《海叟集序》。

第四章 朝鲜朝后期文人对明清小品文的接受与创作

到头来所谓的汉已不是汉的作品,所谓的唐也不是唐的作品,最终成了自己所创作的汉诗和唐诗。

此外,金昌翕评价侄子金崇谦道:不受法的约束,可以自成法,意为可以从明代拟古的法之中摆脱出来。他的这种对复古主义的批判和反省,可以说是源自明代文学界,从汇集了其诗论的《何山集序》可以看出与明代批评的关联:

> 诗之为道,不可无法,不可为法所抱也,不佞尝闻朱子之论诗矣。其于风雅正变之别非不裁然。至答或人问,则曰:"关关雎鸠。"出自何处?快哉斯言,可以破千古胶固之见,而足为声病家活句矣。①

在上文中,金昌翕引用了朱熹的话,朱熹经常论及诗作中的问题点,即当下的作品与典范的关系,并且常常以诗的起源《诗经》为例,正面反驳"不依靠古典或者典范的诗是无意义的诗"这一论调。金昌翕认为,不要依靠典范,而应自成典范,以此批判一味依赖典范的拟古创作论。

> 夫诗何为者也?源于性灵,假于物象,青黄之错为文,宫商之旋为律,不可为典要,惟变所适。神无方而易无体,诗亦如之。故象有所转,雪中芭蕉可也;境有所夺,芥里须弥可

---

① 金昌翕·《何山集序》,《三渊集》卷之二十三,韩国文集丛刊。

也。是岂可以安排拘滞为哉。①

"源于性灵,假于物像"意为:诗的本质是人间性灵的产物且假借外物加以表现,青色、黄色、宫音、商音指绘画的意象和韵律,也即诗语的音乐性,这是形成汉诗美学的中心要素,诗歌创作是不能以某种固定法则来规范的。即诗歌创作的本质是不能以某种法则或者规则加以规范的自由。

"雷同"一词是在袁宏道的反拟古论中经常出现的名词,金昌翕也曾借用这一词语,并且说"如果万人口中发出同样的声音,兄如何能区别其高低呢?"这句话也是在表达"雷同"之意。金昌翕对这一用语的使用也分明是他读过《袁中郎集》的明证,而且其理论核心为反拟古论,这也可以说是他借用了公安派的批评理论。

金昌翕还认为自己的诗歌是以性灵为根源的。这时的"性灵"是指一种敏锐的感觉,儒家传统的文学观把发挥个人情趣的文章称为"小道",唐宋以后随着"文以载道"思想的流行,在文学批评中"性灵"一词已不太常见,至明代中、后期的诗文批评中被使用的相对多一些。

"性灵"作为一种特殊的文学观和创作论,在明代隆庆、万历之后其地位得以确立,代表人物是公安派的袁宏道。"性灵说"的本质是"真",金昌协论及性灵时曾一同提及"天真",这绝非偶然,因为这并非他自己的思维能够自行到达的。将性灵的本质认为

---

① 金昌翕:《何山集序》,《三渊集》卷之二十三,韩国文集丛刊。

第四章　朝鲜朝后期文人对明清小品文的接受与创作

是"真",这是公安派所特有的,袁宏道的性灵说就是在"古今之辩""真赝之辩"的基础之上形成的,即应摆脱尚古贬今、虚伪道学、格调说的束缚,发挥人们固有、活跃的性灵。因此,"性灵"一词作为文学批评用语,可以说是由公安派正式引入,竟陵派的钟惺和谭元春推波助澜将其拓展。

鉴于这样的文化背景,可以说金昌翕的性灵论及其后期的诗论均与公安派、竟陵派有着密切联系。

九、"最为关注袁宏道尺牍"的任埅

金昌协在《农岩集·杂识》中批评袁宏道和阳明左派,似乎意在隐藏自己借用公安派的批评理论这一事实,其胞弟金昌翕对公安派似乎也有意避而不谈。但是两兄弟周围或门徒中肯定公安派并受其影响的人层出不穷,其中包括任埅、李夏坤、申靖夏等。

任埅(1640—1724)是宋时烈、宋浚吉的弟子,比金昌协大11岁。任埅喜好诵读袁宏道的诗文,曾经摘抄袁宏道的诗文成册作为枕边读物。其文集《水村集》专门选编了袁宏道的尺牍,他在载于该文集的《书石公尺牍卷首》的序文中谈道:

> 昔亡友赵长卿为余言,明《袁中郎集》可观,余今借得于农岩阅之。①

---

① 任埅:《书石公尺牍卷首》,《水村集》,韩国文集丛刊。

赵长卿曾向任埅推荐袁宏道的文集，于是任埅从金昌协处借来《袁中郎集》，阅读后从中专挑尺牍编辑成《水村集》。据此来看，17世纪后半期，朝鲜朝的文人之间已在互相传阅公安派的文学作品。关于袁宏道的文学，任埅谈道：

> 其学宗瞿昙氏，其文原庄周氏，大抵非吾儒从六艺中来者也。①

任埅认为，袁宏道的思想以佛教为宗主（瞿昙，梵名Gautama，为印度刹帝利种姓之一），文章以《庄子》为根本，也就是说公安派的阳明左派与禅佛教相关，袁宏道反对树立绝对典范的拟古派，以庄子的相对主义为文学创作的根本，而且任埅对此是持肯定态度的。关于袁宏道的文学理论，任埅还谈道：

> 其谈文，盛推欧、苏，于当时，斥王、李而许茅唐，亦自有眼。②

任埅认为，袁宏道极度推崇欧阳修、苏轼，认可茅坤、唐顺之，排斥王世贞、李攀龙，袁宏道还是比较有眼力的。以上这些观点证明在明代文学的源流中，任埅对袁宏道的文学理论理解得比较到位，对其文学地位把握得也是相当准确的。同时，关于袁宏道的

---

① 任埅：《书石公尺牍卷首》，《水村集》，韩国文集丛刊。
② 同上。

第四章　朝鲜朝后期文人对明清小品文的接受与创作

文学成就，任埅认同其独创性，尤其是在袁宏道的作品中，任埅最为关注袁宏道的尺牍，从下文可以看出这一点。

> 其匠心铸辞，要自胸中流出。笔端鼓舞不沿袭故套陈语，往往有脱洒可喜者，盖亦艺苑之一豪也。其中小札短简，虽多傲世玩人漫浪游戏之语，尽奇警无凡笔，可相其为人之出尘。余绝爱之，遂手录一小策，以为欹枕御睡之资，题曰《石公尺牍》，石公中郎号也。①

在上文中，任埅准确地道出了袁宏道文学的特征，即自胸中涌出的、不因循"古套"及"陈语"的极富个性、脱离拟古的语言运用。这是公安派创作论的核心，也是反拟古论的"妙谛"，他同时还指出袁宏道文学的浮薄。由此可以看出，任埅在评价公安派时是比较公正的批评家。与金昌协的观点相比，任埅的论评的确是公正的。金昌协在阳明学和阳明左派的关系中解读袁宏道，指出他文学中带有的"异端"的一面，而任埅则以自己的方式正确地解读了袁宏道，也表达出了认同和好感，但是在任埅的文学创作中，没有看出公安派具体的影响力。

任埅在1706年编写《书石公尺牍卷首》时已经67岁，其文集《水村集》中载有很多任埅谈及自己文学见解的文章，其中评论王世贞、李攀龙等人散文的文章，大多是他晚年写就的。在为洪万宗

---

① 任埅：《书石公尺牍卷首》，《水村集》，韩国文集丛刊。

的《小华诗评》所写的《题诗话丛林后》中，任埅评价其"策"①的水准与王世贞的《艺苑卮言》相比肩。不过任埅只是以这种方式简单地提及王世贞，关于公安派的批评理论等则没有提及。

简言之，任埅与金昌协不同，虽然对袁宏道给予了肯定的评价，但是袁宏道的批评理论对其文学似乎没有产生太大的影响。

十、"正确把握明末清初中国文学变迁"的李宜显

李宜显（1669—1745）生活于显宗、英祖年间，是金昌协的弟子，因散文成就而著称。

李宜显的批评主要体现在散文中，1722年流放于云山郡时著有笔记《云阳漫录》，1736年著有《陶峡丛说》，文笔采用了与金昌协的《农岩集·杂识》相同的形式。因此，他的批评大都是追随金昌协，反对前后七子拟古的创作倾向，接受唐宋派的批评理论。虽然从这个意义上来说，他在朝鲜朝后期文学史上占据的地位并不是很重要，但是综观与公安派相关的现存资料，在衡量朝鲜朝后期文坛对明清文学史理解的水平上，李宜显可以说是举足轻重的人物。

李宜显还是一位相当有名的藏书家。他不仅收藏了十七史这样非常有分量的中国史书，还阅读了先秦诸子，并对其进行了评论。以当时的标准来衡量的话，他藏书颇丰，而且他读书涉猎的范围也从性理学的藩篱中脱离出来，涉及了多方面的书籍，他在当时的文人中也因读书范围广而颇受瞩目。

---

① 策，古代科举考试殿试时的一种文体，类似于今天的时事论文。

第四章　朝鲜朝后期文人对明清小品文的接受与创作

李宜显还阅读清代的著作。其中，引人关注的是与明清小品文相关联的书籍，有钱谦益的《列朝诗集》和钟惺、谭元春的《明诗归》、陈子龙的《明诗选》等。李宜显通过这些书籍，能够正确把握明末清初中国文学的变迁。此外，通过康熙辛亥年（1671）吴之振编写的宋代诗集，对当时中国文坛被拟古派贬低的宋诗进行再批评，也能准确了解拟古派的创作风格呈逐渐消退趋势的情形。

> 明诗虽众体迭出，要其格律无甚迥绝。称大家者有四：信阳温雅美好，有姑射仙人之姿，而气短神弱，无聋健之格；北地沈鸷雄拔，有山西老将之风而心粗材驳，欠平和之致；大仓极富博而有患多之病；历下极轩爽而有使气之累。一变而为徐、袁，再变为钟、谭，转入于鼠穴蚓窍而国运随之。①

上文是讨论前七子的文章，在这里，李宜显从何景明、李东阳及王世贞、李攀龙等前后七子的拟古派诗风谈到徐渭、袁宏道，又谈及钟惺、谭元春，指出了从拟古派到公安派、竟陵派的变化过程。金昌协也持同样的观点，只是刻意略去了徐渭和袁宏道，而李宜显在论证过程中没作任何添减。

李宜显在《陶峡丛说》中也谈及公安派。他大致将明代文学分为4个流派：宋濂、方孝孺、刘基等明代初期作家归为一派；从王阳明、陈献章到李贽的阳明学者或者由传统儒家至略有异端的一派；

---

① 李宜显：《云阳漫录》，《陶谷集》卷之二十七，韩国文集丛刊。

还有李梦阳、何景明、王世贞、李攀龙等前后七子，即拟古派；茅坤、唐顺之、杨慎、归有光和钱谦益等归为一派。这里将茅坤、唐顺之、归有光等唐宋派归为一个流派，是因为他们的创作倾向是反拟古的，而且对唐宋派很友好。李宜显根据自己的阅读经验和流派划分，将自己的藏书也进行了分类。从这个意义来说，这段文字所言内容比其他资料显得更有意义。

此外，可以说李宜显通过批判拟古派形成了自己的理论。他认为前后七子的文章是复古派创作论的产物，与他们作品中语言的华丽相比，内容和思想显得不真实。点评韩愈和柳宗元时，他使用了"正脉"一词，这意味着李宜显接受了金昌协的观点，把唐宋派置于当时文坛的中心位置。

李宜显将散文分成"词"和"理"，"词"可能是包括形式在内的表现方法和修辞，"理"是包括内容在内的主题和思想等。这种区分方法由来已久，理想的文章应该是形式和内容，表现方法和修辞，主题和思想等完美的结合。"理"指的是传统儒家的价值观、世界观。"作家如何确保'理'呢？"或者说"'理'存在于何处？"对这些疑问的回答就是："理"是圣人阐明的，它存在于六经之中，深刻理解存在于其中的"思维"，将其消化变成自己的东西，在写文章的时候，六经中的思维会以"理"的形式自然地存在于你的作品中，不以六经的思维为根据的散文语言是没有价值的。因此，在"词"与"理"二者间，李宜显把"理"放在"词"前面，他认为，如果没有"理"就不能称其为文章。他的这一论调意欲说明"理"的优势，或者说这个"理"不是指一般层面上的内

第四章　朝鲜朝后期文人对明清小品文的接受与创作

容、主题、思想等，而是应该具有某种特殊的性质。

李宜显的批评逻辑与后面所要讲述的李夏坤的散文论是相通的。李夏坤的散文论可以归结为"高识"和"勤学"，他的"识"就是将根本置于六经。其实从根源上来看，李宜显与李夏坤的主张是一致的，这就是唐宋派的特征。

李宜显反对拟古派过低评价宋诗，但在辩驳时，他没有援引颇具说服力的公安派理论，而是提出、借用了钱谦益的理论。同时，他还使用了"自吐出胸中""优人假面""真形"等话语，这些均源自公安派，"真"这一概念也主要为公安派所使用。李宜显基本上采取的是唐宋派的立场，在其批评理论中显现着公安派的理论观点，即文学作品的艺术性不是取决于语言的古或今，完全可以使用当今的语言。

李宜显的散文论着眼于对拟古派的批评，在表面上看是接受了唐宋派的理论。但他掌握着有关明末清初文学庞大的信息，而且公安派的理论是反拟古派最为精妙、了不起的理论，尽管李宜显没从根本上接受公安派，但也部分地吸收了其中某些理论。不仅如此，李宜显对中国思想界有相当多的了解，所以全然不同意阳明学。他认为，明朝灭亡的原因在于"心学的横流"，因为有这一先入为主的观念，李宜显显然不可能接受阳明学或者对阳明学表示出好感。因此，对李宜显来说，对立足于阳明学的文学观进行全面观照是不可能的，即便是在中国学术界，对立足于阳明学的文学观的再观照也只有李贽和公安派才能做得到。

李宜显作为金昌协的弟子，相较于当时其他文人，对中国明末清初的文学相当了解。他对公安派在中国文学史中的地位有着明晰的把握。但是，他没有大幅接受公安派的批评理论，与金昌协一样，在批判拟古派的拟古创作理论时，最根本的认知出发点是唐宋派的理论。因此，他没有将公安派的理论作为自己批评理论的核心，只是作为外围理论来借用。

十一、评价袁宏道的文学为"平生第一奇观"的李夏坤

李夏坤生活于肃宗、英祖年间，学问和书法均卓尔不群。其文集《头陀草》共18卷，收录有诗和书信等1650余篇。其中关于中国绘画以及高丽、朝鲜绘画的批评都很有见地，引人注目。

考察李夏坤留下的评论文章，不难发现他涉猎过公安派的批评理论。他于1697年同金昌协第一次会面，之后与周边的文人一起成立了诗社。他在给李尚观[①]的信中曾提及袁宏道：

> 昔袁石山谓徐文长曰"人奇于病，病奇于文。"仆谓足下亦然。足下以为如何？[②]

李夏坤在这里所说的袁石公就是袁宏道，徐文长就是徐渭，他在这里将李尚观比作袁宏道口中的徐渭，可见李夏坤对袁宏道有相当的了解。

---

① 李尚观，号华国，生卒年不详。
② 李夏坤：《与李华国书》，《头陀草》卷十二，韩国文集丛刊。

第四章　朝鲜朝后期文人对明清小品文的接受与创作

李夏坤作为朝鲜朝后期的京华世族，拥有名为"万卷楼"的巨大藏书库，可谓当时朝鲜朝最大的收藏家。基于这一点可以得知，与当时其他作家相比，他的阅读范围相当广泛。"近又得魏宪所编《清百家诗》，读之"①就是具体事例。再举一例：宋荦不仅是清初文物收藏家，还精通鉴定，曾收藏了清朝初期散文三大家侯方域、魏禧和王琬的散文集《三家文抄》，李夏坤求得该文集阅读后又借给了李廷燮。由此来看，李夏坤对于明末清初的中国文学动向有着较为详尽的了解。除公安派外，李夏坤对于前后七子的拟古派、唐宋派、竟陵派及钱谦益等的清朝初期的文学也相当了解。与金昌翕一样，李夏坤读过钱谦益的《列朝诗集小传》，而且他对竟陵派的认知、对钟惺的简单评论可以从其《与洪道长书》中得到确认。

就现存资料来看，李夏坤认为明代文人的古文写得很好，他在追随唐顺之的同时，追从韩愈、柳宗元、欧阳修、曾巩以及苏氏父子，当拟古派风潮盛行之时，他高度评价唐宋古文，并且将《唐宋八大家文钞》编为144卷，在散布、传播这些书卷的同时研读不辍，文学情趣渐浓。至晚年，在唐宋派的影响下，他认识到了某些问题，有回归唐宋八大家文学之根——《六经》的想法，但他并不是要复制唐宋派。与拟古派不同的是，拟古派将先秦两汉散文作为典范，李夏坤则将《六经》作为唐宋派的根源。换言之，他既不依靠笺注、没有任何先入之见，又在通读理解了经典的正文之后再创作。也正是在这一过程中，李夏坤梳理了明代的各文学流派：

---

① 李夏坤：《送徐平甫赴燕序》，《头陀草》卷十八，韩国文集丛刊。

> 此非独吾辈如此也,天下之文人尽如此也,非独天下之文人如此也,宋以后文人又皆如此也。北地信阳,历下太仓诸公,自谓极力复古而亦不能磨研古六艺之旨,而不过抉摘左国檀工之字句,剥割庄骚史汉之面目,涂泽为辞,饤饾成文,以长后辈剽僦捋撦之习耳。如此而谓之复古,则岂不可大笑哉!①

上文中,李夏坤言及了北地、新阳、历下和太仓等,也就是前后七子的领军人物——李东让、何景明、李攀龙和王世贞。在李夏坤所写的批评性文章中,关于前后七子的只有这些。在此,李夏坤指出,前后七子对六经的主旨不甚了解,只模仿其字句。金昌协也曾批评过前后七子,但与金昌协的批评相比,李夏坤的批评显得简单肤浅。

在明代文学家中,李夏坤最为倾心的就是唐宋派。从他学习唐宋八大家并加以点评这一事实来看,当时他已经倾向于八大家了。他还认为,唐宋派在学习八大家方面是成功的,有证如下文:

> 如方熙直、王伯安、归熙甫、王道思、唐应德辈,虽曰取法于八家,而亦能探索根本,上溯《六经》,故其文皆可观。②

这里所说的归熙甫是归有光,王道思是王慎中,唐应德则是唐顺之,他们都是唐宋派。从这一点来看,李夏坤应该非常了解编

---

① 李夏坤:《与洪道长书》,《头陀草》卷十六,韩国文集丛刊。
② 同上。

第四章　朝鲜朝后期文人对明清小品文的接受与创作

写《唐宋八大家文钞》的茅坤。在唐宋派中，李夏坤最为关注的人就是归有光。也正因为如此，他曾评价道：归有光将自己比作欧阳修、曾巩、王安石并不过分，并且李夏坤在1720年所写的《书归熙甫〈叶裕母墓铭〉后》中，极度称赞了《叶裕母墓铭》。

李夏坤将文章分为圣贤之文、君子之文和文人之文三种，其中圣贤之文地位最高，因为它表现的是追求根本并要将之传下去的道或者真理；将归有光、唐顺之和王慎中的文章置于表现君子之道的君子之文中，可以看出李夏坤给予唐宋派相当高的评价。从上文中可以看出李夏坤对于拟古派的文学成果是持批判和否定态度的，那么按理说应该留下些反拟古派的批评理论。但是，令人感到奇怪的是，李夏坤完全没有就拟古和反拟古进行批评，这一点完全不同于他的恩师——金昌协。金昌协是将拟古和反拟古的对立为依据展开自己的批评的。

在李夏坤的批评中，最核心的概念当数"识"，这是散文批评中所运用的概念。他在24岁那年写给赵文命的《与赵季禹书文命》中第一次提到"识"，说道：写文章的方法一定是将"识"作为根本。所谓"识"是决定散文语言完成度的根源。李夏坤在晚年所著的《删补古文集成书》中，将"识"与文章的形式或者是相当于修辞的"文"相对立，把"识"比喻为根，"文"则是枝叶。换言之，培育"识"，或者说深化"识"是文章创作的核心。为此，深化"识"的过程是非常有必要的，而且这一过程只有在庞大的知识得以涉猎和蓄积之时才有可能。

李夏坤散文批评中的"识"是以立足于儒家世界观的偏向性中

心主义为内容的，即作者完全理解儒家世界观，在潜移默化、融会贯通的基础之上，"识"与某种契机相接触时能动地涌出，通过语言这一形式变成文章，文章因而具有实用性。这一简介完全没有新意，只是他通过"博学"来弥补所谓的世界观中心主义的偏向性，这大概源于他是广泛涉猎的藏书家和读书家。

李夏坤认为，以前广为人知的文章就是因为具有了"识"而成为可能，当具备了"识"这一东西的时候，文章犹如松了绑，从心中自然流出，是自得的、宽广的。李夏坤所使用的"自得""真文""真诗""胸中流出"等不是李夏坤独创的，是唐顺之等前人使用过的。特别是"胸中流出"一词，指的是语言不加修饰，自然地表露出来。在明代的批评史上，拟古派的拟古风格及所有文学的语言都应以古典语言为根据，而且具有格调。这也和唐顺之有关：

> 盖文章稍不自胸中流出，虽若不用别人一字一句，只是别人字句，差处只是别人差，是处只是别人的是也。若皆自胸中流出则锤炉在我，金铁尽镕，虽镕他人字句，亦是自己字句。如四书中引书、引诗之类是也。①

如果说诗文出自自己心中的话，那么作品的语言则与出处无关，是自己所独有的语言。李夏坤所说的诗文就是如实表达、描写出来的东西，强烈主张"胸中流出"。

---

① 唐顺之：《与洪郎中方洲》。

第四章　朝鲜朝后期文人对明清小品文的接受与创作

众所周知，公安派接受了唐宋派的理论，这里所提到的"胸中流出"论也是公安派重要的理论内容之一，从下文中可以具体看出：

> 文章新奇，无定格式，只要发人所不能发。句法、字法、调法，一从自己胸中流出，此真新奇也。①

所谓文章新鲜而奇妙就是不模仿、不剽窃前人的东西，即从自己"胸中流出"的东西。由此可以知道李夏坤的批评在一定程度上与公安派的观点是相衔接的。不仅如此，李夏坤极力主张所谓"真诗"和"真文"，这一观点应该说是与公安派相关联的强有力的证据。文和诗前面添加"真"这一修饰性词语，源自将拟古派判断为"假"这一思维，其代表性的根据就是公安派，主要人物则是袁宏道。

"真"和"假"的对立因为阳明学的成立和阳明左派的变化以及阳明学向公安派的移转而广泛流行。李夏坤所使用的"胸中流出、自得、真诗、真文"等用语是从唐宋派和公安派借用而来的，遗憾的是他没有将这些作为自己批评的中心概念，而是作为辅助概念来使用，也可以说是他在自己的批评设定中无意识地借用了公安派的主要概念。因为提出"真诗"的话，应将"真"和"实"置于批评的中心，着力于阐明"真诗"和"真文"的定义及"真"

---

① 袁宏道：《答李元善》，《袁宏道集笺校》，钱伯城笺校，上海：上海古籍出版社，2018年。

与"实"的条件，同时还应设定、证明与"真"相对立的"假"的情况，但他的批评中缺少这一部分。换言之，李夏坤虽然引出了"真"，却没有明确"真"的内容，没有认真思考从而论证出真正把"真"表露出来的条件。这一部分正是李夏坤文学批评的问题所在。关于袁中道，李夏坤评价道：

> 灯下读袁少修文，至二鼓乃尽卷。少修之文，奇巧尖新，虽逊于其兄中郎，淡荡纡余，殆过之。亦无狎邪艳冶之态，可喜。然文气稍荼弱，时有太冗处耳。中郎文章言论，出自坡翁；少修亦与子由有相类者，真大奇事。噫！若坡翁中郎者，兄弟自为知己，文采风流，照映今古。人生如苏、袁两公则亦快活事也。余从江都内阁借得此书，手抄七十余篇，分为三册以藏之，书其券端如此，"珂雪"即少修号也。①

珂雪斋是袁中道的号，李夏坤曾在读完袁中道的《珂雪斋集》后抽取一部分编纂成《珂雪斋集文抄》。上文是李夏坤在读完《珂雪斋集》后对袁中道的评价，他认为袁中道的文章奇巧尖新，但逊于其兄袁宏道。可见，李夏坤也很熟悉袁宏道的作品。

1705年，李夏坤游览普门庵后写了游记《游普门庵记》：

> 望海如镜面，有五六岛屿列峙，若美人之拥髻焉。②

---

① 李夏坤：《珂雪斋集文抄·跋》，《头陀草》卷十二，韩国文集丛刊。
② 李夏坤：《游普门庵记》，《头陀草》卷十二，韩国文集丛刊。

第四章　朝鲜朝后期文人对明清小品文的接受与创作

看到李夏坤这篇游记,很自然会让人想到袁宏道的《满井记游》:

> 山峦为雪所洗,娟然如拭,鲜妍明媚,如倩女之靧面,而髻之始掠也。①

以女色来比喻山容,可以说是晚明文人的共同爱好,袁宏道对黄汝亨看名山如看美人的比喻特感兴趣,也写得特别生动。②袁宏道在山水游记中喜好用形容女性之美的语言描述风光旖旎的山水,将李夏坤的《游普门庵记》与袁宏道的《满井记游》两相比较,不难看出李夏坤接受、模仿了袁宏道山水游记的描写技法。不仅如此,李夏坤还在《游普门庵记》中一同提及苏东坡和袁宏道:

> 是平生第一奇观,恨无苏子瞻笔力、袁中郎才敏以记之耳。③

从上文来看,李夏坤将袁宏道的文学和苏东坡的文学置于同等位置,高度评价了袁宏道所具有的卓越的才华和超人的智慧,也即其独创性。

---

① 袁宏道:《满井记游》,《袁宏道集笺校》,钱伯城笺校,上海:上海古籍出版社,2018年。
② 吴承学:《晚明小品研究》,南京:江苏古籍出版社,1998,第116页。
③ 李夏坤:《游普门庵记》,《头陀草》卷十二,韩国文集丛刊。

总之，李夏坤对前后七子的拟古创作理论持否定的态度，猛烈批评阳明学的弊端，赞同公安派的文学理论，认为公安派的作品是伟大的，并为袁宏道、袁中道的文学成就所倾倒，进而在自己的文学创作中借鉴了袁宏道的描写技法。

十二、称赞袁宏道"灵心慧窍"的申靖夏

申靖夏（1681—1716）生活在肃宗年间，是金昌协的门徒。其文学批评的很多基本观点与金昌协大致相同，基本上没有脱离金昌协批评理论的范畴。

申靖夏也读过袁宏道的文集，他对袁宏道的文学成就表现出肯定并接受的态度，这一点与金昌协不同，而与前文所谈到的李夏坤相类似，他写给金昌翕的信可以作为佐证：

> 李生若辞木道则旱路固好，而但闻其有马无人，可虑。昔袁中郎名山与胜流不相凑之叹，此事阁下既已劝成矣。①

申靖夏在写给金昌翕的这封简札中提及袁中郎的名字，可以确定他是读过袁宏道的文章的。不仅如此，他还在给柳默守的信中论及简牍这一体裁并且简单概括了尺牍的历史：

> 东人文字本陋甚，固无可论，即如皇明济南・弇州诸名公

---

① 申靖夏：《上金左相》，《恕庵集》卷之七，韩国文集丛刊。

第四章　朝鲜朝后期文人对明清小品文的接受与创作

之一生尽力于文者，亦未见其可好。或窃取世说之语脉，掇拾左国之句字，荒杂无伦，浮夸不实，令人读之，或终篇而漠然不知为何等语。如此而尚可谓道情素而替面目乎？①

申靖夏认为，朝鲜文人的文章原本鄙陋，没什么可谈的。明代的李攀龙、王世贞倾其一生致力于写文章，也没写出什么让人喜欢的东西。由此可以看出，申靖夏是不赞同拟古派的创作风格的。申靖夏接着赞扬欧阳修和苏东坡的尺牍所取得的艺术成就，并提及袁宏道的短简：

> 曾见袁中郎短简否，灵心慧窍，虽非王李之比，而大抵是为文之妖，易被浸染，不宜令近眼，如看竹，欲巧而反拙，尤无足开眼者尔。②

申靖夏是在何时阅读了袁宏道的尺牍不得而知，但正如任埅痴迷于袁宏道的尺牍，筛选之后将其制成复印本一样，在当时诵读袁宏道的尺牍成为一种文学惯例，很多人都应该读过，不过申靖夏信中的语言是比较有冲击性的。他认为，袁宏道文学中所体现的"灵心慧窍"，不仅奇特新颖，还非常具有独创性，也是"后七子"的代表人物王世贞、李攀龙所无法到达的境界。申靖夏还认为，公安派文学与明代拟古派文学是对立的。但是，他称袁宏道的语言是

---

① 申靖夏：《答柳默守》，《恕庵集》卷之八，韩国文集丛刊。
② 同上。

"妖物",这一评语意为袁宏道在写作的时候不落俗套,从引用古典中解脱出来,精于使用自己的语言,并且袁宏道的语言是前所未有的、难以复制的、超越凡人想象力的。申靖夏所说的"妖"可以说是准确地评价了袁宏道的文学。仅就这一点来看,申靖夏对于袁宏道的理解,比任埅或者李夏坤更深刻了。

  弟近日得意处全在中郎记述。凡于此老经行探历之胜,种种在目,不劳一步,不命一仆。东南数万里灵境皆自坐而得之。弟方且跃然心喜,始叹赏音之晚也。盖弟于皇明诸名流,无一人合意者,而所许可者唯方先生、阳明公两人而已。若山水文章之友,则又当以此老为辅佐,此老之独于弟相入者无他。绝不随七子之脚跟,而知欧、苏诸公之可尊故也。且其所乐全在于山水文章,不禅不俗、不做县官、不作神倦,差是天地间奇伟。不可指名的人,未知曾熟读此集否?此世间绝无如此习气,唯执事一人近之。余不可多得,未知如何。①

上文是申靖夏写给慎无逸的信。他在信中表示,最近最得意的事情就是读了袁宏道的文章,而且对袁宏道的游记赞赏有加。众所周知,袁宏道的游记可谓其文学创作的巅峰。申靖夏耳闻妙寂山的胜景后就有了要去游览的想法,并且出游时要随身携带着袁宏道的山水游记:

---

① 申靖夏:《与慎敬所兄》,《恕庵集》卷之八,韩国文集丛刊。

第四章 朝鲜朝后期文人对明清小品文的接受与创作

弟思兹游也,不须多人与俱,别有奇胜处,如此山的二人,袖里有袁中郎游山记述一集是一友。①

申靖夏计划出游时,将袁宏道的游记集放在袖筒里,当作朋友一样结伴同行,可见申靖夏对袁宏道文字的喜爱之甚。此外,申靖夏在写给李禧之的信中,记录了属于公安派的人物及对他们的批评:我认为近代真正的诗人是徐渭,他的诗不落窠臼,将现成的格式统统打破,展示了自己的才华;语言表达上如李贺诗文的奇异、酣畅,结构形式上借鉴了杜甫诗的骨架和皮肤,再加上苏东坡文的能言善辩和气韵,"七子"就不用说了,何景明、李攀龙也在他之下。

上文所说的徐渭是著名的明代文学家。他写作时重视独创性,同时嘲笑拟古派一味地拟古模仿,徐渭故去后,其颇具个性的诗风令公安派的袁宏道叹服。申靖夏在上文中将何景明和李攀龙排在徐渭之后,不仅如此,申靖夏还认为,文人士大夫们忌讳谈诗,即便有人谈起,也没有仔细欣赏唐诗、宋词之韵味,调调千篇一律,不无逢场作戏、故作风雅之嫌。所幸尚有一两个贤者极力拨云见日,才得以颠覆巢穴,令人耳目一新。申靖夏就是这样高度评价了徐渭。

"将现成的稿子统统打破"这一表达方式,不是单纯的惯用语,是果敢地拒绝使用前代陈腐的语言,运用新语言的意思。其中

---

① 申靖夏:《与慎敬所兄》,《恕庵集》卷之八,韩国文集丛刊。

包含着公安派的主张，即否定典范，提倡个人的独创性、新语言的创造等等，所以说这一用语是申靖夏从公安派的批评中借用过来的。但他不是把这一用语作为批评形式加以接受，仅只是将它作为批评的逻辑加以理解。从这个意义上来说，申靖夏对于公安派的肯定，不是出于赞成公安派理论的立场，只是当作否定拟古派、拥护欧阳修和苏东坡的工具来接受。可以说申靖夏对于公安派的接受是比较消极的。

申靖夏视唐宋古文为文学的正统，他为欧阳修和苏东坡的文章所倾倒，常常阅读欧苏的文章到痴迷的程度。在明代的文章大家中，他最喜欢唐宋派的理论家唐顺之。此外，申靖夏还十分喜爱陆游的作品，当他听闻在永安都尉的家中收藏有陆游的全集《汲古选本》50卷，就从永安都尉家里借来阅读，从中只摘选散文编成《渭南文钞》，其形式完全模仿茅坤的《唐宋八大家文钞》。他之所以喜爱陆游的作品是因为陆游的文学与唐宋文有关联，其叙事与欧阳修类似、议论与苏东坡相仿，讲道理则像朱子。

金昌协的文学批评近乎将拟古派作为批评的对象，申靖夏也认为如何抓住拟古派理论中可资批判的东西很重要。与此同时，他依据《唐宋八大家文钞》，对拟古派的谬误进行批判。《唐宋八大家文钞》是茅坤为了最终打破拟古派的创作理论，将唐宋派的理论和作品概括、收录而成，申靖夏是受到了该文集的启发，这一点从下文中也可以看出：

> 夫文章一小技也，虽极其至，亦何所用。然既有意于此

第四章　朝鲜朝后期文人对明清小品文的接受与创作

者，不以六经求之，鲜有至焉者。彼皇明诸子者，各自谓能文章，然于道未有得焉。故其文如斗草，求根柢之实用则蔑如也。以此而尚可为文乎？故靖夏尝以为韩、柳、欧、苏以意而行文者也。皇明诸子以文而生意者也。与其取于皇明而为无实之语，宁取于韩、欧而为有用之文也。①

在这里，申靖夏指出，明皇弟子的文章皆是虚张声势写成的。这一观点是对拟古派的否定，表明申靖夏主张从八大家的文章中选取范文，以确保朱子思想的纯粹。

申靖夏批评的目的是呼唤能够更好地表达思想感情，创作出给人们以感动的文章，从而选取立足于朱子思想的唐宋派古文为最好的语言表达手段。他阅读过公安派的著述，也理解公安派的部分理论，尽管看起来他不是十分积极地接受公安派的文学理论，但申靖夏在读完袁宏道的短柬后称赞袁宏道"灵心慧窍"，这在当时已经是极高的评价了。在申靖夏生活的时代，一方面批评袁宏道的文学在思想上是危险的，而文人在实际的文学创作中又深受其影响。②申靖夏的文集《恕庵集》载有其所著的221篇信柬。传统的尺牍文学的内容多为理智的、观念性的，具有教育意义，是议论性的书信形式，而申靖夏尺牍文学的内容不仅包括日常生活中繁杂琐碎的素材，更多的是对文学、艺术及人生的感怀。他以自己对抒情性和审美性的追求，开创了有别于传统的、具有文艺性的尺牍文体，下面

---

① 申靖夏：《答柳主簿书》，《恕庵集》卷之六，韩国文集丛刊。
② 姜慧仙：《朝鲜后期尺牍文学的样相》，《敦岩语文学》2009年第22辑。

是申靖夏写给朋友李伟的尺牍：

> 昨日江阁观涨，壮哉！盖十余年来无此水。辛巳秋，弟与敬兄明仲痛饮，杨花乘舟过此，望挹清楼于千尺缥缈之上。昨日水到楼下，龙蛇鱼鳖杂与人处，登楼无所见，而唯浊浪排空而已。恨未得与伯温同之也，语此，少欲以慰兄寥寂耳，不宣。①

这篇尺牍类似于短小的记，又不乏包括江水、舟船、楼阁在内的景物描写，是将游记、杂记、尺牍适度杂糅在一起的佳作，也可以看出申靖夏对游记、楼亭记、杂记等文体的活用。申靖夏创作的尺牍可谓朝鲜朝后期小品体散文的一大亮点。

第二节　朝鲜朝后期文人对明清小品文理解的深化及批评实践

如前所述，明清小品文这一文学类型最早由许筠介绍到朝鲜朝文坛，但之后接受、传播的情况非常复杂。在这种文学类型中，被正面接受的是袁宏道的游记和尺牍。公安派文学颇有创造性，语言新颖又不乏冲击力，朝鲜朝文人对其文学的评论褒贬不一。曹春茹认为，朝鲜批评家也多赞同"诗品出于人品"这一评价标准，基于此，一些评者认为袁中郎贪恋酒色的放浪生活直接影响了他的创

---

① 申靖夏：《与李伯温》，《恕庵集》卷之九，韩国文集丛刊。

第四章 朝鲜朝后期文人对明清小品文的接受与创作

作。① 正如在金昌协的批评中所看到的那样,因为公安派思想的根基——阳明左派和阳明学被视为异端,公安派也因之成为批判的对象,所以,17世纪以后就朱子学的真理性在朝鲜朝文坛展开了激烈的理论论争,朝鲜朝学界没能正面地接受公安派的理论,但不能就此断言公安派的批评理论没有得到接受和传播。在金昌协之后,受其影响,批评家们大多坚持唐宋派的立场,在各自批评的非核心位置认同、接受公安派的批评理论。

一、认为"诗主气文主体"的南克宽

南克宽是与金昌协、金昌翕生活在同一时期的文人,与他们两兄弟属于不同的党派。南克宽的文章中,以文学为中心论及公安派的部分占有的分量不是太大。《梦呓集》是他的读书记录,从其中的《谢施子》记录的内容可以看出,他不仅阅读了前后七子、唐宋派、公安派、竟陵派和钱谦益以及在当时属于较早接触到的金圣叹和汤显祖,还阅读了这一时期传入的明代文学作品,尤其是南克宽生活的时代刚刚开始接触到的清初文学。因此,他读书记录的内容中有些是颇为引人瞩目的。

如若研究南克宽的《谢施子》,不难发现从明朝引入的新批评及新的创作方法给朝鲜朝的批评界和创作界所带来的影响。例如,关于拟古派的导入,南克宽如是说:

---

① 曹春茹:《朝鲜文人论袁宏道》,《南京理工大学学报》2009年第4期,第55-58,80,122页。

> 诗主气，文主体。我朝中叶以上之文，以不知体制终不敢拟中国。国初尹清卿、南景质六臣，徐成诸公纵乏宏博深湛之致，犹可谓馆阁体。金濯缨声震一世，观其集，辞俚气粗、散杂无章、他无论也。尹、申之后，始知藻绘琢磨、浸以精好，名家如溪、泽，及近日李西河，不必学明而实有所以然者矣。余尝谓王、李之祸，中国大矣，而在我国则有破荒之功，宜尸而祝之也。①

在上文中，南克宽认为，创作诗歌和散文时，诗歌应以气为主，散文应以体为主。与之相关联，在王世贞和李攀龙即"后七子"之前，朝鲜朝文坛中是没有批判性思维的。尽管王世贞和李攀龙使得拟古的创作风格在中国散文领域流行并形成了巨大影响，但在朝鲜朝文坛却有"破天荒"之功。换言之，南克宽认为，王世贞和李攀龙拟古派创作论的展开为朝鲜文坛提供了认知、论证散文创作方法的契机。这样说并不意味着南克宽赞同拟古创作论，他只是较为敏锐地指出了王世贞和李攀龙文学论的传入之于朝鲜文学批评史的意义。同时，南克宽还尖锐地指出，正如金昌协、金昌翕兄弟借用了竟陵派的批评却又故意隐匿一样，从16世纪后半期开始，朝鲜朝文坛的新创作倾向就是借用中国竟陵派的创作方法。南克宽还把故意隐匿这一事实的人称为"艺苑之蟊贼"。有下文为证：

---

① 南克宽：《端居日记》，《梦呓集》乾，韩国文集丛刊。

第四章 朝鲜朝后期文人对明清小品文的接受与创作

> 近日称诗者，于江西北地竟陵诸家，实沾丐钻仰有罔极之恩，而见其不厌于谈者之口，又外攻其短，若不与焉者，真艺苑之蟊贼也。①

在南克宽生活的时代，即17世纪末、18世纪初，诗论家们在批评和创作中借用了很多拟古派和竟陵派的东西，却依然非议、攻击他们，以此来隐藏自身借用的本源。南克宽论及公安派的部分可以从下文中确认：

> 李贽之出，风俗一变，猖狂无忌惮之言，皆自此人当为罪首。是固气机之变衰虚幻非人力也。然其论皆昧于制乎，外所以养其中，一句必以发而直遂为第一义。今夫涂之人见列肆之贝，其不欲攫而归也者，鲜矣。循此辈之论，必攫而后可也，岂不悖哉？牛溪跋袁黄之书曰"世衰妖兴"一至于此，断之确矣。②

17世纪末之前，朝鲜朝文人中论及李贽的只有许筠，至17世纪末、18世纪初，提及李贽的文人除了李宜显就是南克宽了。关于李贽的思想，南克宽没有什么批评性的言论，但是不知道他读了李贽的什么作品，直接评价道：李贽扩大了阳明学的良知准则，其思维极端"任性纵欲"。南克宽这一观点是错误的，这或许可以理解为是朝鲜朝文人对阳明学和阳明左派的理解水平所限，导致他对李贽

---

① 南克宽：《谢施子》，《梦呓集》坤，韩国文集丛刊。
② 同上。

做出了如此充满否定意味的评价。

南克宽在谈及李贽之后，又引用了袁宏道的《与丘长孺尺牍》①：

> 公安谓诗之气，一代减一代，故古也厚，今也薄。诗之无所不极，一代盛一代，故古有不尽之情，今无不写之景。亦是至论。其诗主发抒而必避恒语，其途反隘于嘉隆可笑。然视记得几个烂熟故事，用得几个见成字眼者，观过斯知仁矣。②

南克宽在上文中引用的部分出自袁宏道写给好友丘长孺的尺牍。袁宏道认为，过去的诗并不一定具有高深的艺术成就，现在的诗艺术成就也不一定低。这是否定尚古的文学观，否定拟古的创作方法。南克宽引用袁宏道的这一观点，可见对公安派他是持赞同态度的，即一代有一代的文学，不必贵古薄今，并且肯定地称袁宏道的这一理论为"至论"。南克宽在引用过后又强调，袁宏道所主张的展现性灵、力避恒语，相较于嘉靖、隆庆年间的拟古派，其结果只能是语言的使用范围变得更加狭小，也即会比后七子的创作路径更加狭隘。除了这一点之外，可以看出南克宽基本赞同袁宏道的理论，认为每个时代都有各自的文学成就，拟古的创作理论——想在当下复制过去的文学成就——是不可能的。

---

① "夫诗之气，一代减一代，故古也厚，今也薄。诗之无所不极，一代盛一代，故古有不尽之情，今无不写之景。然则古何必高，今何必卑哉! 不知此者，决不可观丘郎诗。"出自袁宏道：《与丘长孺尺牍》，《袁宏道集笺校》。

② 南克宽：《谢施子》，《梦呓集》坤，韩国文集丛刊。

第四章 朝鲜朝后期文人对明清小品文的接受与创作

这一时期，除了金锡胄，鲜有人评价袁宏道的诗歌，南克宽对袁宏道的诗评价道：

> 徐文长五言古诗，效韩、杜变体，沈悍之才，亦自称之。七言纤靡不佳，石公古诗俱可无称七言，绝句有《徐氏声调》《律诗略》等，大较不及者多。①

南克宽准确地指出，袁宏道的诗歌虽然受到了徐渭的影响，但未能达到徐渭的高度。尽管说"袁宏道的成就在徐渭之下"这一结论有些欠妥，但从袁宏道热衷学习徐渭的文学可知，袁宏道的文学无疑受到了徐渭的影响，因此，这样评价也算中肯。此外，南克宽对公安派和竟陵派作出了如下评价：

> 公安、竟陵才具等耳，然论所就，钟殊胜之。汤若士亦一流人，诗胜其文，钱氏扶抑多偏，不可据也。②

南克宽认为，公安派和竟陵派的文学才能不相上下，但从成就上来看，钟惺略胜一筹。但是，他没有阐明钟惺的成就高于公安派的依据，从这个意义上来说，南克宽对袁宏道和公安派的评价是有别于一般人的。

金昌协比较关注袁宏道文集中的内容，并作过相关评述，南

---

① 南克宽：《谢施子》，《梦呓集》坤，韩国文集丛刊。
② 同上。

131

克宽对此提出不同见解，加以否定。而金锡胄曾经评述过袁宏道的诗、任埅曾经评述过袁宏道的尺牍、申靖夏经评述过袁宏道的游记，南克宽则均给予了好评。由此来看，对于袁宏道文学的批评，南克宽具有独到的见解，与金昌协、金锡胄、任埅、申曾靖夏等文人的观点有很多不同之处。

在南克宽之前尚无对袁宏道文学较为全面的批评，南克宽还是最早试图以袁宏道作品中的诗为主要对象、与明末文学史脉络中的徐渭和竟陵派相比较的文人。当然，南克宽并没有全面地肯定袁宏道的文学及其批评理论。南克宽曾说过：选诗者虞山，评文者圣叹，可谓"尽善"，至今无出其右者。虞山就是钱谦益，圣叹就是金圣叹，事实上，与对公安派的评述相比，南克宽对竟陵派和钱谦益、金圣叹给予了高度评价。不仅如此，他将"明末"这一概念特殊化，广泛涉猎明末文学，掌握个别作家和流派的特征，但至于他们的关联性却没有谈及。南克宽仔细阅读了钱谦益选编的《列朝诗集》后，虽然曾指出袁宏道文学理论的根基在于李贽，但没有提及袁宏道思想的革命性及与公安派的关联，也没有谈及公安派的理论依据——李贽的重要理论"童心说"。

南克宽认为，阳明学缔造了李贽，由李贽到袁宏道，又从袁宏道至钟惺、谭元春的竟陵派，并且钱谦益是依据公安派的文学理论来批判竟陵派和拟古派的。不过南克宽尚未意识到该时期在思想层面上阳明学位居中心，在文学的层面上公安派位居中心。因此，他没能将公安派放在明末文学的中心，只是罗列明末的各位作家及其批评理论，比较一下优劣。

第四章 朝鲜朝后期文人对明清小品文的接受与创作

简言之，对南克宽来说，尽管没能认识到公安派的重要地位，却非常尊重公安派之后出现的竟陵派和钱谦益、金圣叹，并作出了袁宏道不如徐渭的评价。然而，需要指出的是，关于中国的文学理论，南克宽虽然有过评述，但在评述中没有明确地说明依据，也没创造出新的文学理论，更没有提出自身文学应该走的道路。但不管怎样，南克宽的批评中对公安派的理解较之以前的文人还是具有一定的进步意义。

二、主张"文自文、道自道，不可以相混"的赵龟命

在金昌协、金昌翕掀起的批评思潮中，其他文学理论评论家的声音未及充分展现便被时代淹没了，直至赵龟命（1693—1737）这一杰出人物的出现。赵龟命的文学理论主要集中在散文领域，继金昌协、金昌翕之后他的散文理论在朝鲜朝后期批评史上占据着非常特殊的地位。

尽管赵龟命与金昌协、金昌翕从未谋面，没有得到过他们的指点，但赵龟命袒露自己深受他们的影响，同时赵龟命还认为，金昌协、金昌翕的文学在形式和内容两个方面均上升到了与中国文学对等的地位，尤其是金昌翕的文章一改三百年来朝鲜文学的"肤率"和"单陋"。

赵龟命与林象鼎、李廷燮、李天辅等有交游关系，在与他们展开论争时，展现了自己特殊的文学批评观，即从以前"道文一致"的文学观中脱离出来，将"道"与"文"分开，在下文中可以明确看出他的这一主张：

133

> 夫三代以上，文与道为一，而秦汉以后，便成二道途。故程、朱诸夫子德可配于伊、周、孔、孟，而不能为伊、周、孔、孟之文。韩、柳反与其嫡传焉。凡今学者动称文与道一者，皆强自壮也。儿童之不可欺，故文自文，道自道，不可以相混。①

赵龟命认为，秦汉以前，文道合一，而秦汉以后，文道二途，"道"没能和中国诸子百家的文章很好地衔接起来，是因为没有人能写出如孟子和孔子一样的文章。他还认为，虽说应该将"文"和"道"分开，但实际上分离与否不是绝对重要的问题。"文以载道"论其实是说"文"不是具有独立价值的存在，唯有载"道"之文才具有意义。从形式逻辑来看，文学和思想是不同的层次，"文以载道论"是以"文"与"道"的分离为前提的，文只不过是承载道的工具，秉持这一点能够确认文与道的分离。正如"文以载道"论作为性理学正式的文学观是一切批评的准绳一样，"文以载道"论中所说的"道"就是指儒家的思想理念。因此，"文以载道论"不是强调"文"与"道"的分离，应该通过"道"与"文"的结合，使得"文"表达儒家的思想理念，这就是实现了"道文一致"。如此看来，赵龟命所主张的道与文的分离，就是从"文以载道"论的束缚中摆脱出来之意，也因此，将"道"和"文"分离开来的"道文分离"论成为其批评的重要话题。

---

① 赵龟命：《答稚晦兄书乙未》，《东溪集》卷之十，韩国文集丛刊。

第四章　朝鲜朝后期文人对明清小品文的接受与创作

赵龟命的道文分离观，看似是一种带有思考的策略。所谓"道文一致"实际上是将渊源置于"文以载道"论之上，同时推出存在于儒家思想理念掌控下的"文"。"文以载道"论从根本上解释了人的语言与思想理念的关系，其中包含着性理学的观念，即以儒家思想理念来管控语言，从而实现以道德掌控人。因此，赵龟命所主张的"道文分离"论即源自否定儒家思想理念的绝对真理性这一真实意图。他的这一主张不是说文学和理念可以分离，而是提出了一种从充斥于"文"中的儒家理念的桎梏中挣脱出来的方法。

"道文一致"论是传统的朱子学文学观，尽管赵龟命主张从中脱离出来而受到非议，但他一直坚持让"道"与"文"分离，这意味着他的思维已然超越了儒家的范围。赵龟命还以佛教经典为例论证"文道分离"。

> 心性譬则道也，衣冠谈笑譬则文也。孟、固不能夺敦之心性，而迁、固、韩、柳不能觉孔孟之道也。且如老聃、庄周、列御寇之道徒，何尝冒伊、周、孔、孟之头角，袭伊、周、孔、孟之笑貌，而其文博大瑰奇，与六经并耀。佛氏出西方夷狄之地，未尝通中国圣人之教，其理尤舛，其说尤怪，而圆觉之简妙，楞严之奇辩，维摩之雄肆，直欲超秦、汉之乘。兹非所谓外是理而能之者耶，故曰辞无关乎理。①

---

① 赵龟命：《复答赵盛叔书》，《东溪集》卷之十，韩国文集丛刊。

赵龟命在上文中指出，即使可抄写外表，也不能抄写心性；文章或可抄写，但道却是无法抄写的，故而，司马迁、班固、韩愈和柳宗元没能抄写孔子、孟子的道。他还认为，老聃、庄周和列御寇①因为没有抄写孔子和孟子，所以他们的文章卓越、博大、出类拔萃。从赵龟命的言辞中可以看出他的逻辑是非常缜密的，在此他想阐明的要点是文和道应该分离，"文"卓越与否，与"道"的内容属性无关。他还为自己的论断举例：老子、庄子、列子取得的成就在于佛经，虽然佛经的原产地非中土，而且其中蕴含的思想内容与儒家思想相左且奇异，但《圆觉经》《楞严经》和《维摩经》难道不具有散文的卓越性吗？因此，赵龟命对佛经散文给予了肯定的评价。他认为，"辞"即文学，与"理"无关，按照这一逻辑反推之，"理"和"辞"是无关的，因此，要将道从文中分离出来。换言之，与理念的内容和性质无关，文学完全可以取得艺术成就。在当时这种从儒家思想观念藩篱中解脱出来观文学的想法无疑是相当大胆的。

赵龟命因为主张道和文分离而遭受非议，但在其主张中可以确定的是，他的道与文的分离不仅仅是单纯地停留在谈论文学和思想的区分上，实际上，他已经脱离了性理学的范畴，广泛涉猎多种思想，特别是佛教和老庄思想，甚至还有天主教，但这种涉猎不单纯是知识的扩展，而是接受、批判乃至实践。无论如何，"道和文分离"这一主张是试图挣脱性理学思想理念的标志，仅凭这一点就有

---

① 列子（约公元前450—前375年），名御寇，又名寇，亦作圄寇。战国前期道家代表人物，是介于老子与庄子之间道家学派承前启后的重要传承人物。

第四章 朝鲜朝后期文人对明清小品文的接受与创作

必要予以关注并加以肯定。

通过道与文的分离,从性理学的绝对真理中摆脱出来的话,该如何为文学定义呢?反之,能够将道和文予以分离的文学的定义又是什么呢?赵龟命作为散文学家,想解决"散文是什么?"这一问题。

> 文章何为而设也,天下之事有棼而错者矣,天下之理有深而赜者矣,而天下之人未必人人而知之。吾则幸而知之矣,心乎知矣,而不言之于口,则无以觉,夫后觉者也;口乎言矣而不笔之于文,则天下之广恐无以家喻,而后世之远恐无以不死而竢之也。故文章者,古之圣人所不得已而设也。盖亦有二端焉,圣人之智,固周乎事理,而事理无穷,终身言之,有不能毕者,故前之所阙后或发言,是之谓作。语之偏全,由乎资质,而文之详略因乎时代。古之人虽言之,而其补苴张皇,乃系乎后贤,是之谓述。凡六经以下诸子之以立言名世者,皆是物也。其他文艺之士要亦窥造化之妙,发事情之真,其言有以备一物之数,而不可废于天下。①

所谓文章,即散文,是语言行为表达对世界主体认识的工具,创作散文时所使用的语言是对世界多样性认知的表现手段,散文即是被特权化的语言。赵龟命将散文区分为圣人之作、贤人之述以及

---

① 赵龟命:《赠罗生沈序》,《东溪集》卷之一,韩国文集丛刊。

文艺三个部分，从对世界认知的角度来说，这三者是统一的。文章是对世界的认知，赵龟命称这种认知为"义"或者"见识""悟解"，意、气、法三者为散文创作的三个核心要素。其中"意"是最根本的要素，他几乎没有提及"气"。所以说赵龟命实际上是将"意"和"法"对立起来，同时强调"意"之于"法"的本质，即为了强调"意"而贬低"法"。对此，他还解释道：正如批评出现在作品之后一样，"法"也是在作品之后被抽象化的，最初的创作，即古人的创作，并没有意识到"法"。

赵龟命在与自己周围的文人争论的过程中，不断推翻过去的观点，抑或说见识和误解，但是这里所说的见识和误解或者"意"是以作者思维的个别性为前提的，即独自看到一般人看不到的，独自说出一般人说不出的深奥道理。这句话中的见识和误解就是思维的个别性，也就是思维的独创性。为了多样化地表达这种独创性，他使用了"胸中独得之见识""悟中自得其意"，这些均指作者对世界认识的独自性和独创性，表现为"己见、己言、己理、自得"，自得也是"真"。文学是作家对世界的认识，对秉持这种观点的赵龟命来说，这种认识就是唯一性，也即独创性。

赵龟命还批判了拟古派，认为明代拟古派的文章只是借用经典中的字句，缺少自己对世界的独创性认识。他在诸多文章中依据相同的逻辑反复批判自己所生活时代的散文受拟古派创作论影响太深。

如前所述，赵龟命批评理论的核心是道文分离。他一改传统的儒家文学观，认为散文是作家对世界独创性认识的承载物，只有

第四章　朝鲜朝后期文人对明清小品文的接受与创作

这样才能从拟古创作论中脱身而出。尽管可以确定赵龟命批判拟古创作论、强调个性和独创性的推理逻辑源自金昌协等，但是第一次强调"自得之真"的是赵龟命，这一点可以说是他批评理论的创新之处。

赵龟命还论及真理的相对性，认为真实性是存在的，与儒家传统思维无关，也就是说能够在某一点上保证得到真实性，即自得。他对一切思想都保持着批评的距离。虽然在赵龟命的批评理论中，没有过多谈及阳明学，但他的思考逻辑实际上与阳明学是统一的。事实上，虽然他认为王阳明的"致良知"有弊端，但是弊端没有形成"阳知"，也没有假借"阳知"形成私欲。因此，从在内心追求真理的认识这一点上，赵龟命的观点是基于阳明学的。赵龟命还指出，假如别人不能和自己保持一致，莫不如做自己的学问，把自己的文章作为范文来写。赵龟命把摹拟古人者称之为"古人的奴仆"，宣称自己要做文学和文章的主人，追求独创性和个性。

众所周知，阳明学是公安派批评的思想源流。那么赵龟命的文学批评是直接转化于阳明学，抑或是得之于对公安派批评的认知呢？可以肯定的是，与之前所讨论的诸位文人一样，赵龟命曾广泛涉猎当时流行的明末清初的文集。他对袁宏道的批判逻辑与金昌协没有什么不同，而且与金昌协一样，在批评袁宏道的同时，也接受了袁宏道的文学批评理论。虽然他将六经作为根本，但他推出了"真"和"假"的立论，而且为批判拟古创作论推导出的这一立论也取自于李贽和公安派的理论。

在赵迪明所收藏的8幅海丘图屏风上，赵龟命曾题有跋文：

此石公记中语耳，所谓雷奔海立，孤骞万仞，忽焉横曳，东披西带者，为得肤、得骨、得趣，试问诸瀑。①

该屏风共有8幅，绘有金刚山一带的风景，上文是第6幅《佛顶台观瀑》的跋文。文中的石公指袁宏道，跋文中引用的是袁宏道游记《开先寺至黄岩寺观瀑记》中的"雷奔海立，孤骞万仞。忽焉横曳，东披西带"。《开先寺至黄岩寺观瀑记》是袁宏道颇受好评的代表作，赵龟命在引用其中的语句后，紧接着说自己得到了皮肤、得到了骨架、得到了趣味，对袁宏道这篇游记给予了高度评价。

此外，赵龟命的创作受袁宏道的影响还可从其《追记东峡游赏》中得到确认。以某一旅游名胜地的地名列为游记小题目是袁宏道游记的特征，其《锦帆集》载有18篇游记，赵龟命的《追记东峡游赏》由9篇游记组成，可以说赵龟命的《追记东峡游赏》在结构上和叙述形式上借鉴了袁宏道的游记。②综上所述，赵龟命的文学批评是基于袁宏道的批评理论的，他不但正式接受了公安派的个性和独创性理论，而且在具体的创作实践中也深受其影响。可以说，赵龟命的批评理论在朝鲜朝后期文人接受公安派批评的过程中形成了一个转折点。

---

① 赵龟命：《题十二兄迪明所藏海岳图屏》，《东溪集》卷之六，韩国文集丛刊。

② 李愚一：《朝鲜后期袁宏道小品文的受容样相》，《培花论丛》2009年第28辑。

第四章 朝鲜朝后期文人对明清小品文的接受与创作

三、"晚乃托人远购于燕肆"的金履万

金履万(1683—1758)与赵龟命生活在同一时期,他也是当时不多见的、对公安派有所批评的文人。他没有出仕为官,故没有站在肃宗、英祖年间的政治中心,在文学界也不是18世纪前半叶创作及批评界的中心人物。通过其文集《鹤皋先生文集》可以窥见与其有交游关系的文人,但这些人当中几乎看不到有名气的人物。由此可以得知,他与当时创作和批评界的中心是有一定距离的。

金履万的文集《鹤皋先生文集》中有《题〈袁中郎集〉后》,这篇文章是研究他对公安派批评及认知的重要资料:

> 余少时见袁石公《瓶花录》而爱之;中年读《名山记》间多石公所作,颇适于心。每欲得见全集而未果。晚乃托人远购于燕肆,恒置座右,暇则阅之。自是七八年之间,吾眼未尝无袁中郎,中郎有灵,想亦以余为朝暮遇也。①

金履万在上文中谈道,小时候读过袁宏道的《瓶花斋杂录》,非常喜欢,中年时读了《名山记》中所载的袁宏道的作品,更是喜爱有加,自那时起,时常想看全集而求书未果,及至晚年才如愿以偿。他在这里所说的《瓶花斋杂录》是袁宏道记录观赏瓶中花的感悟,许筠也曾缮写过《瓶花史》,收录在《闲情录》中。《名山

---

① 金履万:《题〈袁中郎集〉后》,《鹤皋先生文集》卷之八,韩国文集丛刊。

记》主要收录了袁宏道的山水游记，为《名山胜概记》的一部分。《名山胜概记》是明代游记集，所载的文章是以多样的视角对文人的山水游记进行批评的评论性文集。

  金履万前前后后读过很多袁宏道的作品，至晚年才得以拜托去北京的友人买回袁宏道的全集，得手后的七八年间一直沉迷于阅读之中。在朝鲜朝文人中，披露自己痴迷于袁宏道著作的，金履万应该是第一人，因此，相关记录颇有史料价值。与他痴迷于袁宏道的作品相吻合的是，他的文集中收录了很多"次韵"袁宏道诗歌的次韵诗。他还在文集中比较详细地记录了自己对袁宏道作品的感受，从中也可看出他对袁宏道认知的程度。

  当庆历之际，白雪楼一派务为大声壮语，其弊也摹拟雷同，千篇一律。夫夫也独创玄识，力斡颓风，信心于笔而未尝随人脚根，寄口于腕而未尝拾人咳唾，卓然自辟门户而未尝以黄金紫气为生活，亦奇矣。然矫枉之过，结撰则尚真率而遗典则，议论则多刻露而少浑厚。且欲以莲花座上为安身立命之所，余甚惜之。其流之弊，甚至虞山秃老猖狂恣睢，踢倒诗家之根源，不几于举中国而夷之乎？要之于鳞之高元美之博不可废，而中郎之真切痛快亦有明之名家也。①

---

① 金履万：《题〈袁中郎集〉后》，《鹤皋先生文集》卷之八，韩国文集丛刊。

第四章　朝鲜朝后期文人对明清小品文的接受与创作

　　上文记录了金履万阅读袁宏道文集后的感受。他一语道破地指出袁宏道的文学理论是与拟古派正相对立的，并通过与其他文人比较，阐明袁宏道文学的优秀之所在。首先，文中提到的白雪楼一派是指李攀龙，使用了"摹拟""雷同""千篇一律"等词语来评价该派，指出一味抄写他人的东西，不辨是非地追随别人是错误的。这些用语也恰恰是袁宏道为了批判拟古派创作论所使用的词语。因此，可以说金履万非常准确地指出了袁宏道的批评理论中与拟古派的对立之处，他还更进一步评价袁宏道具有"独创"和"玄识"。因此，也只有到了金履万这里才正确地认识到袁宏道批评理论的地位。同时，金履万认为袁宏道批评拟古派时所主张的"真率"有些过度，并且袁宏道关于"法"的观点过于尖锐而失去了迂回的余地。这些评价可谓非常中肯的见解，当然，似乎不能说这是金履万独创的见解，因为他借鉴了钱谦益《列朝诗集小传》的《袁稽勋宏道》，"矫枉之过"一词或可作为佐证，因为这一词语就是出自钱谦益的《袁稽勋宏道》，金履万借用这一用语指出了袁宏道批评理论的不足之处。

　　金履万对袁宏道文学的认识态度可以说是非常中立的，关于拟古派的李攀龙、王世贞以及批判拟古派的袁宏道的文学理论，他均持认可的态度。此外，虽然在金履万的文集中，没有留下更多关于袁宏道的批评，但是载有很多他"次韵"袁宏道的诗歌。

　　　　吾于文，晚觉其妙而工力不至，诗则中年以上多浅率不足观，老来闲居颇得肆力，山水楼观风花雪月，及世间可喜、可愕、可忧、可悲之事一于诗而发之，能言所欲言，往往造微，未知具眼者定以为焉何如。①

上文是金履万晚年所作，尽管自己晚年能够领悟文章之妙，已经无精力学习或评论，诗是诉说晚年想说的话，是可以到达的美妙境界。可以推断，在金履万晚年的诗歌创作中对深奥境界的领悟，与他晚年专注研读的袁宏道的批评理论不无关联。

金履万晚年以游历过的山水为主题写了很多游记，之后编选成《山史》：

余业嗜佳山水，所经瞩者亦非一二。而独岭东及丹山之游有记，余无记。②

偶阅《天下名山记》，有触于中，追忆畴昔之游……③

金履万说自己偶然阅读了《天下名山记》，很有感触，于是将自己的游记选编成《山史》。前面也曾叙述过金履万沉迷于《名山胜概记》所载的袁宏道的游记，而且还阅读了袁宏道的文集，显而易见，金履万在创作时肯定受到了袁宏道的影响。但是，《山史》完全不同于袁宏道的游记。袁宏道的游记具有极高的独创性，语言活泼新奇，金履万的《山史》语言则较为平淡无奇。

---

① 金履万：《家训》，《鹤皋先生文集》卷之十，韩国文集丛刊。
② 金履万：《山史》，《鹤皋先生文集》卷之九，韩国文集丛刊。
③ 同上。

第四章　朝鲜朝后期文人对明清小品文的接受与创作

四、强调"良知是一枚灵丹"的李彦瑱

李彦瑱（1740—1766）是18世纪后半期朝鲜朝文坛中出现的如同彗星一般的天才。他的才能与其"独创性"是相通的。他的老师李用休认可他是"灵异"的天才，与他有过交往的很多文人都感受到他"诗语"的冲击力。他27岁英年早逝，死前烧毁了几乎全部的文稿，他的妻子抢救下来部分遗稿，编写成《松穆馆烬余稿》而得以保存下来。朴趾源所写的汉文短篇小说《虞裳传》即与之相关。

《同胡居室》收录了他留下的157首诗，内容包括自然、咏物、怀古、讽刺、边塞、宫怨等多种题材，他发挥奇特的想像力，使用别具一格的语录体，才思流畅奔涌，创作了大量诗歌作品。其诗作深受唐诗风的影响。

李彦瑱拥戴王世贞的文学为"真正的文宗"，对袁宏道也格外感兴趣。但他认为袁宏道和王世贞是对立的，与袁宏道相比，王世贞的文学观更加优秀。因此，他准确地把握了拟古派王世贞和公安派文学的对立，这一点不必多言。

> 诗文有从人起见者，有从己起见者，从人起见者鄙无论，即从己起见者，毋或杂之固与偏，乃为真见。又必须真才而辅之，然后乃有成焉。子求之有年，得松穆馆主人李君虞裳。①

上文是李用休对弟子李彦瑱散文的评价：诗文大抵有两种情

---

① 李用休：《松穆馆集·序》，收录于李彦瑱的《松穆馆烬余稿》，韩国文集丛刊。

形,一是参照别人的想法而作,二是依据自己的想法而作,前者十分浅薄,没有评论的价值,后者只要不掺杂固执和偏见,就能提出真知灼见。自己苦苦寻求多年,终于找到这样的人才,他就是松穆馆的主人——李彦瑱。在这里,李用休高度赞赏李彦瑱的同时,也提出"从人起见者,从己起见者"二元对立的概念。若将这种观点带入当时的时代背景中的话,就是16世纪以来,曾经作为中国和朝鲜朝文坛批评话题的拟古和创新的对立,也可以说是拟古派和公安派的对立。李用休是创新派,他指出,若要创新,就必须摆脱固执和偏见。在拟古派和公安派的对立之处,李用休明确地将李彦瑱的文学评价为反拟古的创新。

李彦瑱阅读公安派文学理论的事实最早由朴趾源点破。关于李彦瑱,朴趾源贬评道:"此吴侬细唾,琐琐不足珍也",对此,李彦瑱反讽朴趾源为"楚倡"。"楚倡"一词就是指袁宏道一派,即指公安派。由此可以看出,朴趾源的确阅读了袁宏道的批评文,而且也品出了李彦瑱作品中有公安派的气息。李彦瑱文学与公安派的关联还可以从其文集《同胡居室》中一览无余。他强调说:一天过去,吃下的东西就变成了粪便;一年过去,穿过的衣服就变成了旧衣服;过去的文学经过时间的洗礼,就会丧失勃勃的生机。因此,李彦瑱强调应该做摒弃摹拟的新文学。李彦瑱还强调:任何一种艺术成就都不可能经得住时间的考验而具有超越时代的价值。其意是指拟古主义者视为永久经典的西汉散文和盛唐的诗歌不过是失去了意义的作品。同时,他还提出作为应对方案的实践方法,就是抛弃老套的修饰和格式,推翻老旧的形式,从变得越来越窄的路上

第四章 朝鲜朝后期文人对明清小品文的接受与创作

走出来。即古文中的经典不是创作的源泉,老旧的形式——窠臼和已经形成的路径,不过是扼杀创新能力的工具。他这一观点的核心就是:只有不在前代圣人的路上循途守辙,才能走出自己的路,成为未来的圣人。他甚至还主张,艺术从之前典范的禁锢中解放出来才是艺术创造的第一步。可以看出,他对文学批评问题的定位正是出于彻底反拟古的立场。

拟古和创新,拟古派和公安派的对立,是用典范的语言抑制拟古派的语言,还是从典范的语言中解放出来,创造出新的语言?是认可过去统制语言的规则——"法"的存在,就此固步自封,还是从规则中解放出来,创造新的语言规律?面对这些复杂的问题,肯定会有对立的意见。关于这个问题,主张反拟古创作论的李彦瑱是这样回答的:

> 语有新有陈腐
> 法有活有印板
> 万山包装真穴
> 觇者除是神眼

李彦瑱主张,应该从陈腐的、老旧的创作规则中摆脱出来,创造出新的语言和新的语言规则,以寻找真正的精气。他的这一思想与公安派的反拟古创作论是相呼应的。李彦瑱所批评的拟古创作论是16世纪以后东亚文学界谈论的主要议题,因为他自己都没有从这一束缚中解脱出去,自然会从同一批评史的脉络中去借用,尤其是他的反拟古主义是从袁宏道的批评理论中引用过来的。

袁宏道所说的"不拘格套"就是从拟古派主张的格律的套路中脱离出来，获得创作的自由，这是公安派的核心纲要。《同胡居室》所反映的文学观与这一核心纲要一致，是李彦瑱接受公安派理论的又一例证。

"颠倒窠臼，脱离蹊径"是袁宏道喜欢用的表达方式，李彦瑱在批判拟古主义，即强调独创性时也经常使用与之类似的语句。虽然不能断定这一定是源自袁宏道，但李彦瑱对袁宏道是有认知的。鉴于王世贞和袁宏道是对立的，"窠臼"和"蹊径"类似的话语应该全都借用自袁宏道。此外，果敢地反对拟古主义，除了袁宏道，没人做得到，鉴于这一点，李彦瑱的文学思想不是从拟古主义出发，而是源自追求独创性的袁宏道的批评理论。此外，李彦瑱所说的文艺的独创性的起源与袁宏道以各自主体性为前提的主张是一致的。如果主体性在他人那里，那么，我不是用我的眼睛看世界，而须用别人的眼睛，即他人的世界观来看世界。当然，我要找到我的眼睛，用我的世界观看世界。

简言之，李彦瑱倾向于主体性的思想是从否定与他者的关系出发，扩充到"唯我论"的。"只以我为友，不和他人结交"，这句话所蕴含的主体意识分明是对拟古文学论的否定。这种对主体性的极端追求与公安派文学是有关联的，公安派的主体性是以阳明学为理论依据，借用阳明学批判朱子学"定理"的理论，否定文学中绝对典范和格律的存在。李彦瑱文集《同胡居室》收录的诗篇中有与阳明学相关联的词语，即"灵丹"和"炼丹"，等等。

第四章　朝鲜朝后期文人对明清小品文的接受与创作

阳明将"灵丹"作为"良知的自觉"之意来使用,以"灵丹"来比喻"良知的自觉"是阳明所特有的。因此,李彦瑱所说的"灵丹"和"炼丹"应该是借用自《传习录》,可以说这就是李彦瑱与阳明学的共同点。

李彦瑱对阳明学理论的涉猎还可以在下文中得到确认:

　　天下本自无事
　　文人弄出事来
　　焚诗书大眼力
　　罪之首功之魁

诗中"焚诗书大眼力"是指由秦始皇发起的"焚书坑儒",其中"诗书"是指圣人的话语。尽管所谓经典或真理是儒家信念,但李彦瑱却持不同观点。他认为,诗书是知识分子的语言手段,让某一事件符合自身世界观和利益而赋予其意义。因此,他认为秦始皇的焚书是独具慧眼的,颠覆了儒家传统的历史观。

最早给"焚书"这一事件赋予价值的人,就是李贽。他立足于反儒家历史观,评价秦始皇为"统一天下的人",是千古一帝。他在《藏书》中如是说:

　　前三代,吾无论矣;后三代,汉唐宋是也。中间千百余年,而独无是非者,岂其人无是非哉。咸以孔子之是非为是

非，故未尝有是非。①

上文选自《藏书》，该书是李贽从司马迁《史记》之后的史书中，挑选了自春秋末年至元代的历史，选取了八百多位历史人物，分为世纪和列传两个部分进行排列。李贽在书中表达了自己独特的历史观，这与当时的常识有不同之处。因为他与众不同的历史观激怒了保守的士大夫们，他本人也知道自己的观点不会被世人所接受。此外，他还谈道：本书只是来愉悦自我的，不可被旁人看到。所以，他给该书冠以《藏书》的书名，并称没有是非是因为把孔子的是非当作是非，批评了儒家历史观的起源，主张应该从单一的历史观中脱离出来。基于这一点可以推断，李彦瑱高度评价秦始皇是最强有力的人，应该是受了李贽的影响。

李彦瑱与李贽的关联不仅仅是上文，在下面这首诗中也可以得到确认。

安所得文墨匠
记罪过人面上
以为假文假学
欺世盗名榜样

他在上面的诗中言及的"假文"和"假学"，与李贽在《童心

---

① 李贽：《藏书》。

说》中所使用的批评概念"假人"和"假文"一脉相承。虽然在李彦瑱的文集《松穆馆集》中找不到他曾读过《童心说》的证据,但就李彦瑱的观点来说,他是研读过《童心说》的。

《童心说》是阳明左派文学观的核心,在18世纪的朝鲜朝曾经风靡一时。李德懋在《婴处稿》中所说的"婴儿"和"处子",以及朴趾源的散文中经常出现的"婴儿"的比喻,可以看作是阳明左派"童心说"在朝鲜朝的延续。有了这些事例,再来看李彦瑱的《同胡居室》:

李彦瑱认为婴儿的哭声是天籁,比笛子和玄鹤琴之类人工的声音更好听,即使将从婴儿那里寻找真实性的思维方法看作是借用了阳明左派的赤子之心、童心说也无妨。

从《同胡居室》所载诗中可以看出,李彦瑱诗的语言表现及意境的想象在朝鲜朝汉诗史上是非常奇特和突出的,有的甚至难以理解。这或许是因为他受公安派的创新论及阳明学思想的启发,动用了他人很少用过的想象力和语言表达手段。

五、认为不能"句句模仿,字字承袭"的洪慎猷

洪慎猷是中人层译官、闾巷诗人。英祖时代译官所从事的贸易行业呈萎缩趋势,译官的出路因之变窄,于是出现了中人通过科举考试步入仕途的现象。

洪慎猷在这种社会背景下参加文科科举考试及第,在当时的朝鲜朝社会,中人只能从事属于技术职位的官职,在这类官职中辗转,对洪慎猷来说没有什么吸引力。但是,在职位上形成的交游关

系有助于他在文学上的发展,所以,研究他的交游关系对考察其文学也会有一定的启示。

与洪慎猷交往比较多的是同为中人的、曾经是制述官的朴敬行(1710—1770)及南玉(1722—1770)、李凤焕等,他们因出身庶子或中人而扬名,结成了文学会。可以说他们是非常有文学才华的人才。英祖四十六年,崔益南向英祖请求参拜思悼世子祠堂,触怒了英祖,洪慎猷、南玉、朴敬行、李凤焕等因此受到牵连而入狱,南玉和李凤焕在狱中遭受拷问至死,朴敬行则被发配至端川。

洪慎猷留下了《白华子集》《白华诗选》《供白华稿》等3种诗集和散文集《白华稿》。从他的诗歌来看,比较集中地呈现出前所未有的作品,这与明清小品文的特点有关联。有诗为证:

  今昔君与我
  结交在辛酉
  文字虽稍解
  俱是困科臼
  俾彼词章学
  而我尤鲁莽
  见人古文辞
  怛然心含怛

这首诗名为《百迁郑德均》,记录了洪慎猷和郑德均原本专注于科举考试,后来正式走上文学创作路的过程。在这首诗中,他

第四章　朝鲜朝后期文人对明清小品文的接受与创作

使用了袁宏道经常使用的"科臼"一词，这可以视为他曾经涉猎袁宏道文学作品的依据。洪慎猷致力于找寻当时诗坛有名的人物，探寻文学创作的正确道路。经人指点，他努力研究诗歌创作，研习的唐、宋、明的诗歌堆积如山，不可胜数。他对文学的探索过程可以说是始于对拟古派及明、清诸多文学流派的理论研究和实践。在他的诗集中能够发现其文学理论的根基多少有些不足，但至少可以肯定他不仅阅读过竟陵派的文学理论，还可以确定他也读过钱谦益的《列朝诗集小传》。

洪慎猷说道：想追随过去的名家，但总会感到模仿的羞愧。看起来他是在反省，与此同时，他也认识到明末清初的批评论争是对立的，自己很苦恼该将自己的创作置于哪个流派，但其着眼点始终是批判拟古派的。他认为，诗歌随时代而变化，过去和现今题材不同。这一观点是接受了立足于时间相对论的公安派的主张。

洪慎猷还认为，汉代没有将风雅看成是基准，唐朝和汉代是不同的，如何能句句模仿，字字承袭呢？这句话实际上是从《叙小修诗》和《雪涛阁集序》中析出的。由此来看，洪慎猷接受了袁宏道的理论是无须多言的，而后又借用公安派的理论批判当时由中国传来的前后七子的拟古派创作，他还曾试图用公安派理论批判当时流行的拟古派理论。他说道：古和今，脍肉和烤肉，麒麟和龙，文和质是具有各自的相对价值的，设定了绝对典范的拟古理论一定会解体的。

拟古创作论认为，诗歌艺术成就取决于作家的创作与典范的关系，而非作家与所生活的世界的关联度。洪慎猷认为不应在与典范的关系中寻找诗歌的艺术成就，作家应该使用富有生机的新语言形象化地再现其所生活的世界。

六、认为"若中郎之《游山记》及尺牍如怪石奇花，亦不可无者"的李凤焕

韩国学界通常将朴趾源、李德懋、朴齐家、柳得恭、李书九等统称为"燕岩派"。在燕岩派中，朴趾源几乎占据绝对地位。燕岩派的文学理论和创作实践均始于朴趾源，李德懋、朴齐家、柳得恭等均受到朴趾源的影响。但在朴趾源之前，对李德懋等人形成较大影响的是李凤焕，他在自己的文集《雨念斋诗文钞》的《箚记》中，对"前后七子"、唐宋派、公安派及钱谦益等传入朝鲜朝的明末清初的批评家、作家及文学流派进行了评价：

> 明文集中，若方正学，王新建，固多可读者；若毗陵晋江震川，三家直接欧曾正脉，宜熟览屡遍；若献吉之老健，元美之怪博，于鳞之简奥，失之摹拟太过。然要是文章家偏闳杰，特不可不旁搜；若中郎之《游山记》及尺牍如怪石奇花，亦不可无者；若牧斋之宏，肆昌大烂烨鼓舞，固非献吉以下诸人可得比。将必须抄作一册，学其好处，然东坡评鲁直诗如江瑶柱，多食则病风脾，牧斋文亦然。①

---

① 李凤焕：《箚记》，《雨念斋诗文钞》，首尔：韩国国立中央图书馆，1990年。

第四章　朝鲜朝后期文人对明清小品文的接受与创作

在上文中，李凤焕将唐宋派的方孝孺、王阳明、茅坤排除，认为王慎中、唐顺之、归有光是明代文学的正统，称李攀龙、李梦阳、王世贞等拟古派及钱谦益为"邪路"，并予以否定。关于袁宏道，李凤焕评价道："若中郎之《游山记》及尺牍如怪石奇花，亦不可无者。①"李凤焕对袁宏道文学成就的代表——游记和尺牍给予了极高的评价，认为袁宏道的《游山记》和尺牍犹如怪石奇花，不可或缺。李凤焕还涉猎了当时自己可以接触到的明代文学流派，对唐宋派和公安派给予了较高评价。同时，虽然他对唐宋派茅坤的文学成就持否定态度，但又常常将茅坤编的《唐宋八大家文钞》带在身边，将该文集的创作技巧视为必须熟练掌握的典范。

关于韩愈、苏东坡、欧阳修、曾巩等唐宋作家和明代的拟古派、唐宋派、钱谦益等，李凤焕虽然认为他们的文学成就旗鼓相当，但其散文创作的最终皈依处都是唐宋八大家及唐宋派的创作理论。尽管如此，也不能将其批评归属于唐宋派。他在评价了茅坤后，又批评了杨慎中、汪道坤、刘凤、汤显祖和徐渭等，对杨慎中、汪道坤、刘凤持否定态度或保留态度，对公安派及公安派右翼的批评与实践则非常赞同。从他对《金瓶梅》等小说的评价中也可看出：

《金瓶梅》淫书，《西游记》妖书，《水浒传》盗书，但其文章极奇，非世间浮泛诗文之，非少时甚眈看，文字多受

---

① 李凤焕：《箚记》，《雨念斋诗文钞》，首尔：韩国国立中央图书馆，1990年。

病。然作法律看，作仙佛看，作韬钤看，作者本意。①

在当时，人们高度评价诗文，贬低、轻视小说，在这种社会氛围中，李凤焕却对被划为淫书的《金瓶梅》给予了高度评价，可以说这在当时是非常勇敢的言论，与公安派肯定小说的态度是一致的。

朝鲜朝英祖、正祖时期的学者李圭象著有18世纪人物志《一梦稿》，其中占据很多篇幅的《并世才彦录》不受党色派别的约束，记录了引领英祖、正祖时代文化复兴期的儒学家、实学家、文人、技工、书法家、画家等各方面人才，李圭象对李凤焕的诗歌评价如下：

诗之七律，精刻入里，一语不苟措。近世绝调，然气味噍杀、风韵繁促、巧思锐锋，手段则高强而巧流于刻锐，转为急口，则椒粒辣说，遮眼则酸风射眸，决非中和之陶写。②

在当时的文坛上由庶孽③构成的文学流派中，没有人不追捧西派文人李凤焕的"体"，这意味着李凤焕所创出的新诗风在西派文坛中具有很强的气势。上文中，李圭象用了"噍杀""繁促"和"刻

---

① 李凤焕：《箚记》，《雨念斋诗文钞》，首尔：韩国国立中央图书馆，1990年。
② 李圭象：《并世才彦录》，《一梦稿》，韩国文集丛刊。
③ 朝鲜王朝两班贵族的庶子。

第四章　朝鲜朝后期文人对明清小品文的接受与创作

锐"等词语评价李凤焕首创的诗风。这些词汇是在文体反正时,用以指责当时文体的负面属性,令其改正时惯用的词汇。正祖将明末清初文集指控为这些负面属性的起源,针对明末清初文集曾说道:明清的文章噍杀、奇诡,不是治世的文章,其中尤以《袁中郎集》最为严重。即,正祖认为公安派的理论家袁宏道的文集是这些负面属性的根源。事实上,正祖将这种文体属性的根源上溯到明代公安派,还算是比较准确的。

李圭象评价道:李凤焕首创的诗体,只有他自己做得很好,其他人却是"画虎不成反类犬"。换言之,西派文人虽然追崇李凤焕的诗,但富有才华的人知道自己的"拙",加以掩饰,才气不足的人瘦骨嶙峋,摇摇晃晃,话语没有条理,乖僻而怪异,就像神哭鬼笑。

这种现象或许可以理解成与公安派的出现有关。袁宏道的创作论批判了拟古派设定的典范,认为应该从典范的羁绊中解放出来,使用自己富有创造性、个性的语言。当然,对于自身才气不足的人而言,这是非常有难度、几乎是达不到的境界。综上所述,从李凤焕的诗文中可以感知到公安派的影响,尽管这种影响不是那么明显。

七、令李德懋"知者之叹服耳"的李琎

关于李琎(1736—?),李圭象在《并世才彦录》中有只言片语式的记录:李德懋的诗源自李琎的诗法。

关于李琎的创作和批评,李德懋在给尹可基的信中进行了比较

冗长的评论,除此再没有留下其他记载,可以看出这是因为李珏和李德懋之间批评的立场是有差别的。在信中,李德懋向尹可基转达了李珏与自己文学批评立场的差异,可以看出二人关系开始疏远。

> 我评虞裳,可谓金称定星,黄钟真黍,进玉心犹不满。画蛇足续貂尾,掇拾古人名字而云云。非月朝评,则点鬼簿。凡曰如古人某,胜于古人某者,皆红朽之粟也。进玉犹作套语耶,其论足下诗,虽曰珠玑,各具眼孔亦不相碍而任它自在,何损于足下。古人有拟月以眉者,又有以镰拟者,大小虽殊,模写月形,月又自如也。①

上文是李德懋就与李珏之间发生的事情向尹可基倾诉,称李珏虽眼界宽阔,心中却没有文雅之气,不会鉴赏文章。由此可以看出李德懋与李珏之间是互相伤了感情,有隔阂的。

虽然《并世才彦录》中有李德懋效仿李珏诗法的记录,但从上文可以得知,李德懋非常反感李珏对自己的批评。那么,曾经是志趣相投,在相同的范畴内进行创作和评论的他们在批评观上到底有怎样的差异呢?李德懋曾如是说:

> 进玉口含甘露,噗沾病树,待观其溢现之花耶。夫誉之病,诬也。居然喻我,曰袁曰钟,何其滥也,纵令中郎更生,

---

① 李德懋:《尹曾若》,《青庄馆全书》卷之十六,《雅亭遗稿》(八),韩国文集丛刊。

第四章　朝鲜朝后期文人对明清小品文的接受与创作

伯敬复出，奈明文选无一隙地何。①

上文中，对于李珵把自己比作袁宏道、钟惺，李德懋说是过度称赞，不愿接受。从中可以看出，李珵发现了李德懋在文学上与袁宏道、钟惺的相似性，但是李德懋用略带讥讽的口吻加以否定。在此，李德懋与李珵观点的是是非非不是重点，真正重要的是，李珵和李德懋将袁宏道和钟惺作为话题讨论，证明李珵和李德懋对袁宏道和钟惺的文学是有所了解的。

如若要对李珵文学与公安派的关联进行推论，有必要先研究李德懋对李珵的评论。关于李珵和自己的文学语言，李德懋如是说：

  进玉眼光闪闪如岩下电，淋漓烂漫者无非慧识，不佞窃以譬如治军。进玉之评，如李广陈，或无召部，或无纪旗，旗鼓之倚斜放纵，终非节制之帅。不佞虽无状，譬如程不识，步如排绳、止如列眉、旗则堂堂、陈则井井，知者之叹服耳。②

李德懋认为李珵的语言不够凝练，换言之，李珵的语言虽具有独创性和个性，但是从另一个角度来看，则是不规范的，脱离了正常轨道。而自己的语言是比较精炼的。至于两人的批评理论，李德懋认为，自己的批评要优于李珵的。由于现今没有留下李珵的任何

---

① 李德懋：《尹曾若》，《青庄馆全书》卷之十六，《雅亭遗稿》（八），韩国文集丛刊。

② 同上。

159

批评资料，很难无条件赞成李德懋的言论。基于这一点，李德懋的批评不重要，重要的是李玬批评理论的特点及其出处。

关于李玬的批评，李德懋认为"慧识"是李玬批评理论的根基，对此，有必要作进一步研究。李德懋在这里所说的"慧识"一词中的"慧"是公安派喜欢使用的词语。"慧"是作家固有的东西，即个性，是从既成规则中脱离出来的。因而，由李德懋说李玬作品的语言不够精炼，可以看出是李玬追求公安派的独创性和个性。

李德懋为了说明自己的文学与李玬文学的不同，引用了李玬曾经说过的话：楚语、齐语、吴语、越语、闽语、蜀语的乡音和土音与现在是各不相同的，即李玬认为，就像地方不同、方言存在差异一样，文学也因个人不同而有所差异。李德懋引用这句话，目的是想说明李玬所主张的文学方向是不够妥当的。

李玬这句话原本是出自批判拟古派的公安派。地方不同，语言不同，地域不同，文学是有区别的；语言是随着时间变化的，文学也是变化的。这一理论构成了公安派批评的根基，由此可知李玬知道公安派的存在，尽管李玬和李德懋关于文学批评相互存在分歧，当时与二人有交游关系的文人如边日休，发现李玬有接受公安派的痕迹，凭这一点将李玬与公安派联系起来也是成立的。

边日休是在李德懋《青庄馆全书》中经常出现的人。在参与梦踏亭集会的人中，没有李玬，有朴齐家。这些人聚在徐常修的家中，以"尊德性"和"道文学"为题进行讨论。李光锡坚持"道文学"，边日休坚持"尊德性"，两人相互辩论，对此，李德懋说

第四章 朝鲜朝后期文人对明清小品文的接受与创作

道：诗脱离了平庸和卑陋，非常喜欢徐渭和袁宏道，更加仰慕徐文常的为人。

此外，李德懋在《耳目口心书》中评价道：

> 边子钦若淳为诗，耻作套语，自创一门，语皆朗悟，人或嗤之，不以为动。①

众所周知，袁宏道的批评理论以个性的、独创的语言为主旨，李德懋在这里谈及边日休认为使用老套语言是令人羞愧的事情，也即边日休的批评是基于袁宏道批评理论基础之上的。关于边日休的诗，李德懋用"真是袁中郎"来评价；边日休道：会把我供奉在中郎书院吗？由此可知，边日休是追从袁宏道的，其拒绝使用"常套语"，追求个性、独创的语言，均源于袁宏道。

李琎的作品没有保存下来，因此，难以考证他的作品是如何接受公安派的。关于李琎的文章，李圭象在《并世才彦录》中，评价道：才能弱的人，口中经常嘟囔悲吟，话语之间不相吻合，写不出文章，最终只能在磨墨的墨池边用毛笔捣墨。李琎才华横溢，成就文章绰绰有余。

综上所述，可以看出李琎是朝鲜朝后期具有卓越才能的，追求脱离陈旧老套的语言，构筑有个性、有创意的作品世界的文人。

---

① 李德懋：《耳目口心书》，《青庄馆全书》卷之五十二，韩国文集丛刊。

八、盛赞袁宏道具有"灵绝之慧"的李光锡

李德懋年轻时与很多文人有交游关系,他们互相交流读书情况,并对当时文坛流行的文学思潮和创作倾向等进行讨论。这一时期与李德懋交往的文人中,有其侄子李光锡。

因为李光锡没有留下多少作品,所以没有文集,其文学活动及为数不多的文章只能在李德懋的《青庄馆全书》中找得到。《青庄馆全书》的诗文集《雅亭遗稿》中有相当数量的写给李光锡的信,可以看出在1764年至1780年间李德懋与李光锡有着较为密切的交游关系。

> 余尝有言,群圣贤之籍及左右信史,可游泳上下,得其蕴奥而后已也。其他稗官野乘杂家言涉猎之。则庶几驱除盈天地之书矣。质诸我执友茶溪子李正夫、心溪宗人汝范,俱曰:"可云矣。"①

李德懋自1764年9月至12月写的随笔收录在《甲申除夕记》中,上文中他谈到自己想要看的书籍及阅读状况。文中被他称为挚友的"茶溪子"是李亨祥,"心溪宗人"就是李光锡。李德懋在与他们二人的交往中,既畅谈自己的见解,又询问他们的看法,可以看出他们经常展开讨论。文学志趣相投的他们自然而然也会对以公安派为主的新的文学批评进行思考和讨论。

---

① 李德懋:《甲申除夕记》,《青庄馆全书》卷之三,《婴处文稿》(一),韩国文集丛刊。

第四章　朝鲜朝后期文人对明清小品文的接受与创作

尽管李光锡没有留下什么文章，但是其《书袁柳浪文后》一文表现出对公安派批评理论的见地，比较受人关注。

> 而乃叩其灵绝之慧，茫然视宇宙而摇舰，笑其下无人焉。然后投笔而叫，其文勃跃然，有不可磨渴气，操万物回旋而浮游，使人观而目指而心痒，有不可而言喻矣。广庄厄虚影子，见西而骇东，然往往有下处出入易俚，为王李辈所不道，是弁髦古人而自为之也。故绳墨何可尽废哉，于斯也，王李有辞夫。①

上文写于1766年5月端午的前一天：袁宏道发挥灵妙和慧识，茫然地遥望着宇宙挥毫，笑其下无人，而后投笔大笑。其文巍然奔涌有气韵，仿佛操万物旋转浮游，让读者瞠目惊叹又莫可名状。"广庄"得了虚症而自弃，其山水游记描写一江一石笔法娴熟，其才貌如下垂之影看了西侧而惊骇于东侧。但其在低处也流于凡俗，使用了为王世贞、李攀龙这样的学者所不屑的鄙俚之语，这是袁宏道要摒弃古人而有意为之。法道能全都废弃吗？关于这一点，王世贞、李攀龙等人可能有话要说。李光锡认为，袁宏道的文学和批评与拟古派是对立的，袁宏道的作品是非凡领悟力的产物。同时，他还比较精准地评论道，袁宏道天才性地创造了很多新的语言，但因过度想脱离过去经典的语言，反而变得凡俗、不合情理。这一评论指出

---

① 李光锡：《书袁柳浪文后》，《孔雀馆集》，韩国文集丛刊。

了袁宏道文学的短板，即为了批判拟古派对经典的沉迷，袁宏道主张必须从拟古派所主张的存在于典范中的、相当于艺术成就基本原理的"法"中解放出来，这样势必导致否定构成艺术性的核心要素，即对绳墨一法的过度否定。关于这一点，钱谦益也用"矫枉过正"一词指出过，李光锡采用同样的论调，高度评价了袁宏道个人的天才禀赋及其艺术成就，同时指出不能完全否定法的存在。

这样看似李光锡在评价袁宏道文学时采取了折中的态度，但从下文可知并不尽然：

> 犹之好儿有其天，全自然何之何乐，而何笑跳舞而不知然，不知有古人长者，久而周还，不能无待气绽。彼胜冠者，梢长而外其天，见古人规规而寸寸尺尺之，其天已不若见之真，而其动止俨然长者仪也。见儿有待气，乃声曰："儿奚待。"见已受长者之责矣，儿犹理其说，则长子必款然隐几而卧矣。①

众所周知，李贽的"童心说"最早源自袁宏道的文章。从上文可知，李光锡认为袁宏道的文学是保有童心，顺应"天"与"自然"的产物，听从长者的责备，成人后却丢了童心。这是指李贽在"童心说"中加入了道理和见闻，就会失去童心。在这里，虽然看似李光锡对公安派和拟古派表达了折衷的观点，事实上他是倾向公

---

① 李光锡：《书袁柳浪文后》，《孔雀馆集》，韩国文集丛刊。

第四章 朝鲜朝后期文人对明清小品文的接受与创作

安派的创新的。

李光锡的思想倾向也与上述观点非常契合。关于袁宏道的《广庄》,李光锡评价道,务虚,抛弃了自己。其实李光锡自己也深陷于庄子的世界之中,对此,李德懋记录如下:

> 南华真人,豪杰之伦。今心溪之月朝此君,不害为牙之期也。《逍遥游》一篇为此世界大公案,然至迂阔中有至精细,愚于大瓠之说,未尝不多之也。齐物论终归异端,触处窒塞,是欲达而终不能达,心溪慎斯言也。养生主以至文章开著高眼目,儒家路陌人不可徒攘臂大骂,只可玩而不可与亲也。①

上文所说的南华真人就是庄子,由此来看,李光锡深陷于庄子的世界中,庄子思想是公安派理论的根基。李光锡阅读袁宏道文学的时候,与袁宏道相类似,对庄子的思想也有很深的共鸣,对此李德懋提出忠告,并指出这一时期李光锡的思想倾向是:

> 宗侄光锡,衷襟炯然,言入虚无,几陷佛老之学。②

由这句话可以看出,当时李光锡的思想观念正从传统儒家转

---

① 李德懋:《族侄复初光锡》,《青庄馆全书》卷之十五,《雅亭遗稿》,韩国文集丛刊。
② 李德懋:《耳目口心书》,《青庄馆全书》卷之五十二,韩国文集丛刊。

向庄子，而且李光锡在《书袁柳浪文后》中对李贽和袁宏道的"童心"论是也赞同的。

那么，在李光锡的创作生涯中，对公安派创作论的接受过程又是怎样的呢？李德懋曾经感叹李光锡散文的语言不落俗套：

> 心溪之文，若旋风焉，若轮漪焉，巧且密焉者，螺室之回旋也。①

从这里可以看出，李德懋高度评价李光锡的创作追求使用不落俗套的语言，同时，李德懋也指出，李光锡的文章因为追求"灵异"和"奇"，出现了不仅是一般读者，连李德懋也不能理解的语句。关于李光锡的语言难以解读之处，李德懋借用中国最著名的书法家王羲之的行草进行比喻。

如同引用文中所说，"奇"与"正"是相对立的。值得注意的是，李德懋在将"奇"和"正"对立的同时，也将"己"和"古"对立起来。即李德懋评价李光锡在追求"奇"和"己"的同时，没有丢掉"正"和"古"，当然，这多半是修辞性的言辞。事实上，李德懋指出的是，李光锡的文章追求非"正"的"奇"和非"古"的"己"，具有偏向性。

"奇"和"己"的源头只能是公安派，尤其是"己"不是过去的典范，而是从自己的胸中流露出的语言，这是浓缩了主张创造个

---

① 李德懋：《族侄复初光锡》，《青庄馆全书》卷之十五，《雅亭遗稿》，韩国文集丛刊。

第四章 朝鲜朝后期文人对明清小品文的接受与创作

性语言的公安派的批评理论。

  李光锡读完李德懋的笔记后说道:自得的东西很多,绝对不是俗人。对此,李德懋说道:

    君之文章不无疵处,余爱其真情流出。①

  这里的"自得"和"真情流出"都是公安派常用的批评用语。基于此来判断李光锡的文学创作是倾向公安派的批评理论也不为过。只可惜李光锡的作品没有流传下来,因而没有确凿的证据加以确认。

  此外,从李德懋与李光锡来往的书信中,也可看出李光锡对明清小品文创作理论有着怎样的理解和认知。

    毛声山亦圣叹者流,其口业才则才矣,往往露丑。余尝于人座隅,见《三国演义》,至七擒七纵、祝融夫人事,评笔大丑。我则骂而掷去,心溪其取节焉。②

  这是1766年李德懋写给李光锡的信,这里所说的毛声山就是点评《琵琶记》的毛德音。从上述内容来看,李光锡对毛德音是肯定

---

 ① 李德懋:《耳目口心书》,《青庄馆全书》卷之四十八,韩国文集丛刊。
 ② 李德懋:《族侄复初光锡》,《青庄馆全书》卷之十五,《雅亭遗稿》,韩国文集丛刊。

的，而李德懋将毛德音同金圣叹相比，对毛德音评价不高，李德懋认为李光锡对《三国演义》七擒七纵及对祝融夫人的批评应该是借鉴了金圣叹对《三国演义》的点评。

李光锡大约自1765年沉迷于佛老，学习圣人的文章，对父母尽孝道，对长辈很恭敬。后来又师从金钟厚，学习性理学，思想上有了较大变化。可以看出，随着思想上的变化，李光锡的文学倾向也产生了变化。可以肯定的是，李光锡年轻的时候是非常倾向于公安派的批评理论的。

九、赞同"文章佳处，政在不同古人"的俞晚柱

俞晚柱（1755—1788）生活在18世纪后半叶，自1775年至1787年，他按照年月日的顺序排列记录，留下了文集《钦英》。该文集内容非常丰富，包括他自己创作的诗文、某日的游记和感怀、同时代文人的文章、某部书中有趣字句的抄录、京乡的动向、家中的大小事、朝鲜朝时期的官报摘抄，等等，不仅涵盖了自己身边的琐事，还有国内外的大事。其中颇为引人注意的部分是，透过他阐明自己主张和意见的文章，可以窥视其关于正统古文、小说及小品文的文章论。其中，关于许穆、金昌协、黄景源、朴趾源等前辈文人和当代文人的文章，他进行了颇为直率的评价，还有他从儒教伦理的束缚中摆脱出来而拥护小说创作的主张，均为值得关注的部分。

比如，关于朴趾源，他曾批评道：

第四章　朝鲜朝后期文人对明清小品文的接受与创作

其自许文章也，则云：吾之文，有抚左公者焉，有抚马班者焉，有抚韩柳者焉，有抚袁金者焉。人见其摹马、摹韩，则便而睫重思睡，而特于其摹袁、金者，眼明心快，传道不置。于是，吾之文，以袁、金小品称焉，此固世人之为也。仍示其所序，隐晴卷首效公谷者曰："是古文也。"议效公谷则不佳，效金、袁则佳，是其才长于实华之文章，而短于纯古正大文字也。①

朴趾源对自己的文章很自负，说其中有可以和左丘明、公羊高比肩的，也有可以和司马迁、班固比肩的，而且人们读自己摹写司马迁、韩愈的文章会犯困，读摹写袁宏道、金圣叹的文章则眼睛发亮、心情愉悦并传阅给他人，也因此，世人称自己的文章为袁宏道或金圣叹的小品文。朴趾源认为这是世人的误解，并指着自己模仿《公羊传》《谷梁传》所写的《阴晴卷自序》说道：这是古文。对此，俞晚柱直率地批评道，世人议论朴趾源摹写的《公羊传》《谷梁传》写得不好，摹写袁宏道或金圣叹写得很好，那是因为他擅长写金圣叹他们那样的文章，而古文则是他的短板。

俞晚柱的父亲是18世纪著名散文家俞汉隽，是当时颇负盛名的京华世族。这一时期的京华世族大部分都是藏书家，俞晚柱没有为官而是在家博览藏书，他所著的《钦英》非常详细地记录了自己所阅读的书，关于公安派、竟陵派和阳明学他谈道：

① 俞晚柱：《钦英》第六卷，首尔·首尔大学奎章阁影印本，1997年。

> 万历中年，王李之学盛行。海内沿袭摹拟涂泽，公安出而反之，然矫枉过正，鄙俚公行，竟陵代起。以凄清幽独矫之，而海内风气复大变。①

万历年间，王世贞、李攀龙的学问盛行，天下竞相追随、模仿。公安派的出现，打破了这种风潮，但是有些矫枉过正。竟陵派以凄凉、孤独的文风取而代之，文风又有了很大变化。上文写于1777年，在这里，俞晚柱阐明了拟古文派、公安派和竟陵派的关系，直率地表达了自己的见解，从中也可了解到他所阅读过的书籍。

此外，俞晚柱在1778年4月28日的日记中引用了袁宏道的《嵩游》《禹穴》《五泄》三篇游记，其中《禹穴》是全文引用，其他两篇则是部分引用。关于袁宏道的这三篇游记，他不是出于评论的目的，而是在回忆自己游览的过程时引用的。比如，俞晚柱引用完袁宏道《嵩游第四》的后半部分结尾时写道："吾辈向日之游无乃近是"，应该是其在回想之前的游览时，想起了袁宏道的游记，其中散见他对袁宏道游记阅读的记录，这也是俞晚柱倾心于袁宏道文章的证据。

1778年5月17日，俞晚柱阅读了钟惺、谭元春的《明诗归》后引用了钟惺的话语，在他看来，公安派最为重要的人物是李贽。

1779年6月26日，俞晚柱读袁宏道的《读〈桃花源记〉》后，

---

① 俞晚柱：《钦英》第六卷。

第四章 朝鲜朝后期文人对明清小品文的接受与创作

写下了读后感,从其议论部分能更加清晰地看出其对袁宏道文章的态度:

> 余尝(读)渊明记,疑非真有是境,特有意而为之耳。今览袁文亦符余意,盖非徒桃源为然。古人之以文字行道奇迹异境者,并未必真有是也。如枕熟黄粱梦游南柯,皆凿空而喻其意。读之者不可作正想象灵异也。袁曰:"文章佳处政在不同古人,若同古人,又作此文,何用?"诚然。①

俞晚柱很早就读过陶渊明的《桃花源记》,他当时就认为,所谓桃花源并不一定真有这样的地方,而是陶渊明有意虚构出了这样一个空间。读了袁宏道的《读〈桃花源记〉》,感觉袁宏道和自己的观点一致。不止桃源,古人用文字所描述的奇迹和异境也如此。所谓黄粱一梦或南柯一梦皆为虚构的故事,读者千万不能信以为真。从上文还可以看出,俞晚柱认同袁宏道的反拟古创作论,其中"同古人"和"作此文"的文章就是指陶渊明的《桃花源记》,可以把这段文字看作是其展开反拟古创作论的批评文。除袁宏道的作品外,俞晚柱还阅读并引用了公安派右翼徐渭的《书画论》。

从前面的叙述可以知道,俞晚柱得益于父亲的藏书,阅读范围相当之广。至17世纪前半期,朝鲜朝文人阅读过李贽著书的记录,除许筠、李宜显、南克宽之外很难找到。因为李贽的思维是打破常

---

① 俞晚柱:《钦英》第八卷。

规的，朝鲜朝的文人其实是不容易接受李贽的思想的，而俞晚柱却多次提到李贽，可以看出他早就阅读了李贽的著述。此外，他还阅读了王阳明，甚至阅读了阳明左派的文章，还直接转写了《道德经·元翼》中焦竑的序文。俞晚柱还在1782年4月6日的日记中直接引用了袁宏道解释《庄子》的文章。

简而言之，俞晚柱对袁宏道的反拟古创作论持肯定态度，在其文集《钦英》中引用了袁宏道、李贽、徐渭以及竟陵派的观点或作品，不仅较为全面地论述了袁宏道文学存在的意义，还拓展了公安派特有的反拟古的批评。可以说，俞晚柱积极接受以公安派为首的明末文人的小品文，也为以后朴趾源、李德懋、李钰等接受公安派打下了基础。

第三节　朝鲜朝后期文人对明清小品文的积极接受

18世纪后半叶的朝鲜朝文坛较之以前更为广泛地理解和接受了公安派，尤其是从赵龟命、金履万、南公辙等人的文学批评中可以看出，那时朝鲜朝文坛的文人批评家们已不再是隐藏式的，而是公开地接受公安派的文学批评理论。同时，18世纪后半叶，李贽的思想和金圣叹的批评理论也才被朝鲜朝文人正式理解和接受。

可以说18世纪后期新的文学是将李贽和袁宏道的理论作为最终根基的，这时，来自中国的阳明左派、公安派开始流行，将近两百

第四章 朝鲜朝后期文人对明清小品文的接受与创作

年的岁月过去了，18世纪后半叶的诸多资料可以力证公安派袁宏道的作品和批评理论在当时的朝鲜朝文坛广为流布。公安派理论的流行可以说是正祖的"文体反正"发生的重要原因之一，处于其中心位置的是朴趾源。这一时期对小品文进行积极接受和创作实践的代表性作家有李用休、朴趾源、李德懋、李钰、朴齐家、卢兢等。

一、主张文学应吟咏自己性情的李用休

18世纪中叶以后，以汉城的京华世族为中心，呈现出对李贽和公安派理论展开多种解释并积极接受的态势，其中可圈可点的第一人当数李用休。李用休是18世纪重要的实学家，他的儿子李家焕也是广为人知的实学家。关于李用休，朝鲜朝后期著名的实学家丁若镛（1762—1836）曾评价道：

> 用休既为进士，不复入科场，专心攻文辞，淘洗东俚，力追华夏，其为文奇崛新巧，要不在钱虞山、袁石公之下。自号曰"惠寰居士"，当元陵末年，名冠一代，凡欲濯磨以自新者，咸就斧正。身居布衣之列，手操文苑之权者三十余年。自古以来，未之有也。然抉剔邦人先辈文字之瑕太甚，以故俗流怨之。①

李用休的诗文不亚于钱虞山、袁宏道，身为布衣却掌控文苑长

---

① 丁若镛：《贞轩墓志铭》，《与犹堂全书》卷十五，韩国文集丛刊。

达三十多年。从丁若镛的评语中可知李用休在当时文坛的地位。

众所周知，以实学家身份而为世人知晓的人物大多是脱离集权阶层且具有批判倾向的知识分子。他们既没有利用自己的学识让统治秩序合理化，也没有稳固在野士大夫阶层的道学传统，只是通过学问，认知社会现实并提出改造现实的方向。

朝鲜朝18世纪实学的学问倾向分为两个：一个是回归至名分论朱子学兴起前的经学，另一个是通过探索排除朱子学的新的思想体系得以确立新的社会思想观念。

李用休出身于文学世家，受家族牵连，进入仕途受到制约。因此，李用休28岁时，通过生员试后没能走上仕途，也正因为此，没有任何政治瓜葛的他也没有表现出较为积极的改革当时社会现实的姿态，却可以专注于学问和文学创作。在这种相对自由的状态下，李用休广泛涉猎了包括阳明学在内的多种思想。

李用休在学问上接近阳明学并不意味着与排斥当时虚伪的文风、倡导实事求是的实学家们达成了某种共识，通过其著述《惠寰杂著》《惠寰诗集》《惠寰诗抄》《惠寰集抄》《诸子抄选》等可以看出这一点。当时的思想风潮是认为崇尚朱子学才可以称为学问，对此，李用休说道：大抵世上拥有官职和门阀的弟子们穿着美丽的丝绸衣服，饱尝酒肉，直到生命结束都在安乐窝中平安地度过。这是因为在当时的社会背景下，出身于庶民家庭的文人只有倾注全部、努力治学才能拥有官职，而门阀子弟们不用努力，但凭家门即可享有，李用休对此进行了批判。李瀷等朝鲜朝后期的很多学者都提出过李用休所指出的社会弊端，李用休意欲以这些学者的观

第四章　朝鲜朝后期文人对明清小品文的接受与创作

点为基础,确立自身的思想意识而致力于研究阳明学的学问。

李用休把对阳明学的认识看作是完成自身学问的必要条件。众所周知,如何解释"理"和"气"是朱子学和阳明学认识论的核心。因此,根据对这一问题解释的不同可以明确区分两个哲学流派,不仅如此,文学创作的主干是什么,这一问题也与之直接相关联,因此,阐明这一点是具有相当重要的意义。

儒家形而上学的中心理念是"理",应该遵从"理","理"存在于心中,阐明这一点表明李用休所具有的哲学思考范围。"理就在心中"是李用休对阳明学的要旨——"心即理"的认知。

作为阳明学三大要论之一的"心即理"并不是说"理是隶属于心"的,这出自王阳明所说的"心之外没有理,心之外没有事。"即不是所有的事理都包含在特定的对象之中,而是存在于人的本心中,所以,心性诚实时,仁、义、忠、孝和信之类的外部条目会随之自然地形成。在阳明学中,理、心、性等理学的重要概念,不是没被加以区分,而是统一为一体。故而,王阳明的"心即理说"是由在客观上追求"理"的朱子学转换为向内的、以及内外一致的观察。在此,人的情绪和意志以及受情绪支配的实践动机开始萌芽。即,对于主情的、具体的理学,具有作为"跃动的、形而上学的"心学的意义。李用休说道:说仁义伦常的人,是代替上天的圣人,他们言语中蕴含的经典诉说着这一点,经典的道理就在心中。关于"心",李用休在表明自己见解的同时,接受了"心即理"说。

那么从李用休文学中表露出来的阳明学文学观是怎样的呢?他的文学观首先是以对当时的文学风气进行批判为起点的。

朝鲜朝后期的文坛大体上更倾向于明、清的文风，其中对于虚浮的台阁体文章提出"文必秦汉，诗必盛唐"的口号、提出将先秦两汉文章作为复古的方向，受李梦阳、王世贞、何景明等秦汉文派的影响较大。李用休对当时这种摹拟秦汉文风的倾向持批判态度。

李用休指出，当时的文人将唐诗作为诗歌的典范，模仿唐诗的体裁，就连诗歌中使用的词语也一并承袭，认为这是优秀的诗歌的风格。这样创作出来的诗作，没有从自己的心中表露出真正的感情，只是人为的模仿。通过用伯劳鸟整日叽叽喳喳却没能得到自己的声音进行比喻，坚决拒绝与古典的典法"合古"。对当时摹拟文风进行批判时，不是否定当时的文风，而是指出其错误在于不能够区分"唐诗""宋诗""元诗"的人。因此，李用休认可了唐诗和朱诗的文学价值，提出"真"和"性情"是诗歌应该具备的。他还主张文学就应该从根本上开始"吟咏自己的性情"。

这里所说的"性情"就是从人的心底所喷涌出来的自然的感情，它是不受任何制约的"本然之性"，在这种没有制约的状态中追求自然"性情"表达的文学观，与刻意雕琢的产物——摹拟文学观有着天壤之别，也是不能共存的。李用休基于这种认知指出，"不是因为说是唐朝就有了高度，也不是因为说是汉代就有了深度"，"摹拟的东西不是诗歌"。在这里，摹拟的对象是指以明代李梦阳、何景明为首的复古主义者标榜的"诗必盛唐，文必秦汉"中的唐和汉。即，李用休认为，应该理所当然地断然摒弃形式主义和拟古主义的文学观。

李用休的文学观不仅仅是停留在摒弃模仿汉唐文学。他指出，

第四章　朝鲜朝后期文人对明清小品文的接受与创作

春稻时、耕田时唱的歌所表达的情感才是劳动者真正的"情",主张文人应当从在当时不被关注的民谣中寻找表露真性情的文学素材。他的这一文学观与李贽所倡导的"童心是真心,因为只有百姓才具有真正的性情,才可以写出真正的诗文"是一致的。李用休的文章中,多用"真声""真色""真味""真气""真情""真见""真才"等与"真"有关的概念,也足以证明他是具有这种"真情"意识的文人。

总之,李用休排斥矫揉造作的文风,主张以"真"为本,强调含有"真"的文学才是真正的文学,这一主张可谓接受公安派"排斥摹拟、强调个性的文学"观念的结果。李用休不但在理论上接受公安派,在文学创作中也积极实践,在创作内容上追求"真"性情、"真"文学。

韩国学者安大会评价说:"在朝鲜朝后期的文人作家中,最果敢地打破古文的格式,积极进行小品文创作的当数李用休。"[①] 他的《惠寰杂著》里,收录有338篇小品文,数量庞大,内容丰富,涉及人物传记、杂录、序、题跋、祭文等。李用休的小品文形式上不拘泥于传统的古文格式,篇幅短小精悍,创作手法奇特,创作对象主要以世俗人物、清风明月、野花山鸟为对象,可见他关注自然,在平凡的日常生活中追求自我、自适,以及真善美。他的小品文中所表现出的爱民思想,至今读来令人感动。

[①] 安大会:《朝鲜朝后期小品文的实质》,首尔:太学社,2003年,第29页。

国内之邑，共三百三十，而邑各有宰。此三百三十人者，盖明主之所才，而寄民社者也。吾友丁君器伯，谒选得乌山宰。乌山去王京八百里而远，王京譬则日也。近日之处，易暖易明，若其远者，则须资煦之暖烛之明力者焉。君其勉之！且置宰何意？使民皆得其所欲也。不然，以数百千户，厚自奉而已，恶可哉？宰相守令合宙者，经世之书也。君曾已读否？读之可知其精神气脉之相注相关以为治，而守令为尤重尤亲，不可以官卑禄薄而自轻也。噫！受人一筐蚕，亦善养之，惟恐其败，矧赤子哉？君须一循直道，无参己私。以民还民，以吏还吏，以官还官，以政成报朝廷。①

　　李用休的这篇序，没有对即将赴任的挚友的慰劳，有的只是对百姓的关心，同时阐明施政的宗旨是"使民皆得其所欲也"。

　　此外，李用休的小品文中也不乏探究"虚幻"问题的作品：

　　噫！人之情念，或之善，或之恶，往来不常，便是轮回种子。神识倏而作、倏而息，起灭无定，此为生死根因，而固皆见在事也。类而推之，亡幽弗通矣。②

　　李用休认为，因为"情念"来往无穷尽，"神识"不断地产

---

① 李用休：《送丁使君之任乌城序》，《惠寰杂著》第十一卷。
② 李用休：《题幽异录后》，《惠寰杂著》第十一卷。

第四章 朝鲜朝后期文人对明清小品文的接受与创作

生又消亡,所以现世"往来无常、起灭不定"。他还在《记梦》中写道:

> 诚以胎育之地,精魂神气,自然流通引属,有不得遮限之者也。①

李用休在《题幽异录后》和《记梦》中描写了超越现实、对虚幻世界的想象,这意味着现实世界较之以前变得复杂化、多元化,也预示着合理解释现实世界的思想在逐渐解体。袁宏道的《纪梦》《纪怪》《纪异》及《与方子论净土》②等所描述的也是极为神秘、虚幻的世界,无论从题目还是内容,都可以推断李用休的创作倾向是受到袁宏道的影响的。

总而言之,李用休的小品文主题鲜明,题材丰富,无论是构思还是行文、用字、句法都不拘一格,想象奇特、用语富有奇趣。李用休以其清新脱俗,充满奇趣的小品文,开创了追求奇趣的新文风,在当时文坛上独树一帜,丰富了朝鲜朝后期文学的内涵。其小品文创作风格也给予朴趾源、李德懋、朴齐家、俞晚柱、李钰等后辈作家以一定的影响。

---

① 李用休:《记梦》,《惠寰杂著》第十一卷。
② 收录在《袁宏道集笺校》第十卷,钱伯城笺校,上海:上海古籍出版社,2018年。

二、"文诗辩气,博达酒狂"的卢兢

卢兢,字如临,号汉源,是生活在英祖、正祖年间的文人,与李家焕、沈冀云并称为朝鲜朝"18世纪后半期三大天才"①。18世纪朝鲜朝文坛的散文领域呈现出摆脱传统主流散文羁绊、崇尚自由的文风,这一时期卢兢的小品文具有很高的成就。

卢兢出身于没落的两班贵族家庭,15岁随父进京,寄居于洪凤汉家②,其父以在洪家私塾里教书为生。聪慧过人的卢兢饱读诗书,29岁中了进士,但1773年在大考中落榜。其后两年,父亲和妻子先后过世,1777年卢兢因"科举考试代考罪"被流放。1778年,卢兢的长子卢勉敬因替父申冤也被流放,1782年朝鲜朝王世子出生大赦天下,父子俩获释。卢兢现存的作品大多是流放期间或从流放地返回后创作的。1786年,长子去世,同年儿媳过世,经历丧子之痛的卢兢于54岁时离世。卢兢年轻时曾是洪乐任成立的樊川诗社成员,与李用休、李凤焕、朴趾源均有交游关系。

卢兢的一生也可用"命运多舛"来形容,凄惨的生活境遇造就了他不羁的性格。洪就荣评价他"不饰边幅,不检仪节";朝鲜朝后期文臣洪龙汉用文、诗、辩、气、博、达、酒、狂八个字来形容他。③诗文、辩才、气度出众且博学、通达、好酒、狂傲的卢兢以擅写科诗和奇文而声名远扬,以至于诗人赵秀三说道:

---

① 金荣镇:《朝鲜后期明清小品的接受及小品文的展开样相》,高丽大学博士论文,2003年,第174页。

② "卢如临名兢,拙翁子也,十岁时随拙翁,来馆于我伯氏翼斋公宅。"出自洪龙汉《长洲集》之《卢如临传》。

③ 安大会:《卢兢小品文考》,《汉文学报》2002年第6辑,第123页。

第四章　朝鲜朝后期文人对明清小品文的接受与创作

卢生如临,既弟平生三恨之一,而如临有雅于主人,其半世光阴,皆在东庄中消磨。故藏弆有如临诗五百二十八篇,序、记、策、论、题、跋、书、牍二百十五篇,遂取以抵我两遭午睡也。①

关于卢兢及其诗文,赵秀三早有耳闻,并且倾慕已久。赵秀三曾说过能读到卢兢的散文是自己的夙愿。及至读完卢兢的文章,赵秀三又评价道:

如临……其诗则专师钟谭,才思隽峭,往往青者出而拘于世运,则间架又眇然,只可为年少辈张赤帜已,其文则诚不足道也。所谓策论,不过功令烂饭,序、记、题、跋、书、牍纯用稗官语,无经史气味……其中以独断曰六经百家已为千古受用,若传舍之阅人,多腐烂极矣。与其讨人牙后之慧,孰若簸奇弄新,自王龟兹之为愈,故每于记事处引断水浒句读,论议处循袭西厢评语,时遇窘迫苟且处,忽以遥遥葱岭,遮瞙人目,诚极可笑也。②

尽管赵秀三很苛刻地评价了卢兢的作品,但从这段记述中可以知道:卢兢的作品含有序、记、策、论、题、跋、书、尺牍等散文类型;卢兢作品的语言是"稗官小品体",而非经典史书体;

---

① 赵秀三:《与连卿》,《秋斋集》卷八,韩国文集丛刊。
② 同上。

卢兢熟知《水浒传》《西厢记》，甚至金圣叹的点评。但赵秀三在《秋斋集》中所记录的卢兢的作品大部分遗失，其后代于1976年编辑出版的文集《汉源遗稿》中，除诗以外，文章仅存52篇，其中可以被看作是小品文的有：《华溪寺诗会序》《南寺诗会跋》《东溪小识》《书扇面》《心太平庵记》《文说》《警说》《谪罪人说》《禁葬说》《后禁葬说》《想解》《祭申时见溥渊文》《祭亡奴莫石文》《亡室孺人韩氏墓志铭》《亡儿勉敬墓志》《子妇高灵申氏墓志》①。

卢兢的《文说》较为集中地反映了他的文学观：

> 古之文，吾亦见之矣。圣人之文，公溥而恻怛；贤人之文，疏达而博大。志士亢厉，韵士散朗，皆非有畦迳定本。随遇赋形，倾泻性灵，龙蛇撼而雷雨发，时出怪伟以尽耀之，亦足自快，此所以古人多好文也。今之文，吾尝试之矣，才既劣下，气亦肤浅，而每一篇出少越徽绳墨溢。行门则傍一人目之曰："是可改也。"吾勉而改之，又一人少之曰："是可删也。"吾从而删之。嚬笑倩人，岂复有我哉？又有忌讳，如妇女之徇巫，荆棘满前，步履不舒，齐王之玉，奉教而玉承，单父之笔不胜其掣，绘事未施元身先拙，今人所以无好文也。②

---

① 金荣镇：《朝鲜后期明清小品的接受及小品文的展开样相》，高丽大学博士论文，2003年，第176页。

② 卢兢：《文说》，《汉源文集》卷四，韩国文集丛刊。

第四章　朝鲜朝后期文人对明清小品文的接受与创作

卢兢认为，过去的文章之所以是好文，是因为作者不受制于既定的章法，随自身的处境设定描写对象，倾泻性灵，如若达到那样的境界，足以快哉。而与之相反的是，现在的文章，要按别人定好的标准修改和替换，因忌讳太多，文章的神韵大打折扣，这有悖于表达性灵的根本主旨。因为典范和格式的存在，妨碍了好文的诞生，所以，当今的人没能写出好文章。因此，卢兢认为抒发自己真正的性情是文学的根本。

从上文可以看出，卢兢所追求的文学观深受公安派袁宏道文学理论的影响，如，卢兢所说的"亦足自快"与袁宏道所主张的"自得""自快"，"倾泻性灵"与"独抒性灵，不拘格套"完全一致。洪就荣称赞他说道："汉源之于文章，阐发性灵之功，诚卫矣。"①

正如在其《文说》中所看到的那样，卢兢注重性灵、追求个性的文学观深受公安派的影响，那么其创作实践和文体风格又是怎样的呢？下面是卢兢写的《华溪寺诗会序》：

华溪寺，本无殊观，而约以三日会。一日在中梁浦夕饭，闻长川遽已到寺，樊川亦从。遂促骑出，在道昏黑，至华村，逻两川，偕步而上，二炬导前，而熠熠林中，不省傍边，八丈室，解酒相劳。少语多睡，山行风味，浅鲜止此。朝起拓窗，始见老松杂枫，淙流被石，零叶覆桥。水落佛岩诸峰，高者辣髻浮眉，低者铺案拖带。纵视樊口，浓霞薄烟，妆抹有态，眼

———
① 出自洪就荣：《汉源集序》。

中所领，足偿袜费。兹地兹观，夜夫朝也，而即所供悦者，皆夜无而朝有，则非前瘦而后炫也。吾目有拘于明暗也，然取舍非在乎目，隐显实系于时，士君子怀贞密处，昏世如宵，乱世如寐，寻声按光，不可得以见也。及夫东海之波，再浅而真根现，月朝之评，重新而定论出。庄碟之玉，能易十城之地；蔽塱之杞，可梁百尺之观。然后人莫不恍然而失，憬然而悟。坛上之将，即是绔下之夫，见绶之守，岂非负薪之客，不易其人，而人自改观者惟时也夫。①

这是卢兢写的一篇序，介绍他与朋友相约华溪寺，一起在那里度过三天的逸话。第一天与两好友在华溪寺相见时，天色已晚，觉得华溪寺没什么好看的，酒后聊数语便入睡了。第二天早晨推开窗一看，华溪寺的美景尽收眼底：近处是各种各样的树木，满目苍翠；远处是瀑布和小桥；再极目远眺，是高高低低的山峰；恰在此时，云霞薄雾，简直是美极了！头一天因为是夜间在山中行走，没有觉得有什么好看的，第二天早上原本没有期待，却意外得见如此美景！其实，树木不是在一夜之间长出来的，景色也不是在夜间发生了变化，仅仅是时间由夜晚转换为清晨，映入眼帘的景色竟然是天壤之别。不是因为时间上是清晨，山的样子就发生了改变，而是因为清晨时景色呈现出美丽的状态。于是，卢兢从中得到了启示：明亮和黑暗不是彼此不同的二元存在，对象是同一个，随着时间不

---

① 卢兢：《华溪寺诗会序》，《汉源文集》卷三，韩国文集丛刊。

第四章 朝鲜朝后期文人对明清小品文的接受与创作

同,观察的对象可以是亮的,也可以是暗的。人和山一样,怀有志向躲在隐秘地方的人,像夜里的山一样不为人所知,但若是时机到了,这人的真面目就会露出来,也就是说,对人来说,展现能力的时机和背景非常重要。从这里可以看出卢兢对于自己出身寒微、怀才不遇情绪的流露。此外,这篇序的前半部分是纪行文,后半部分是议论,而一般诗会的序通常会写关于诗会的介绍、对各自诗歌的品评及感想等,但这篇诗会序完全不同于以往的样式,这篇序很好地诠释了卢兢追求自由、个性、抒发真性情的创作风格。

前面曾引用赵秀三在《秋斋集》中所记述的读后感,关于卢兢的文学创作,他评价道:诗歌创作模仿了钟惺、谭元春,散文使用了稗官语;否定了六经及诸子百家的权威;在记事和议论时引用了《水浒传》和《西厢记》中的语句。仔细研读卢兢的作品,的确能印证赵秀三的观点。下面以卢兢的小品文《想解》为例:

  余负罪塞上,千辛百苦,无不备焉。夜或弓卧,缘妄起情,依因转想,曲穿旁出,念到如何被赦去?如何觅乡回?如何在道时?如何入门时?如何展省父?母亡妻邱垅如何团聚?亲戚故人言笑,如何种菜,如何课农,细至童穉虮虱,将手抅之,书册霉漏,将庭曝之。一切世人应有事,悉周于心,如是展辗,窗白起来,都不济事,依然是渭原郡。编管人乞食汉子,不知想归何处,我都是谁? 遂自失笑道。今夜五更,中破窝里更有几千万人,更起几千万想,充满世界,阴而有射利想,阳而有嗷名想;贵而有身兼将相想,富而有赀拟王公想。

185

亦有姬妾填房想，亦有子孙衍宇想，亦有炫己好胜想，亦有挤人修隙想。元无一人，初无一想，渠亦窗白起来，都不济事，依然是贫也还贫、贱也还贱，李还他李、张还他张。盖宿世根基，今生受用，造翁强项，不看些儿人情，一次注定，更无第二次改标，纵饶你左思右量。这般狡侩般狯，使出神通，十万八千里筋斗云伎俩，跳不出圈子，内侵不过界，分外没奈何。今日又吃本分饭，着本色衣，及至阎王皂隶，持批帖到来，登时就道，不敢踌躇。向来千想万想，抛撇在后，只管低着头随去，终不成道，我有多多宿愿，想头未了。乞缓程期，呫！如此行径，正是究竟下落处，如此认取，方为打叠省事法。①

这篇文章堪称是卢兢小品文的代表作，是他在流配地想象着流配生活结束后的情形创作的。流配生活，凄凉无比，吃尽了各种苦，"我"每每在夜晚弓卧于床"妄想"：如何能获得赦免？一旦获释如何回家乡？回到家乡后，如何祭拜去世的父母和妻子？又该以怎样的表情见亲朋？见了亲朋该说些什么？该如何种蔬菜、如何务农？我要亲自给孩子梳头捉虱子，把发霉的书籍拿到院子里晒晒呀，等等。但第二天醒来会陷入深深的失望中，甚至会产生"我到底是谁"的疑问。这个世界，有千万人，就会有千万种想法：有人偷偷想逐利，有人明着想求名；有的人想荣升，身兼将军和宰相；

---

① 卢兢：《想解》，《汉源文集》卷四，韩国文集丛刊。

第四章　朝鲜朝后期文人对明清小品文的接受与创作

有的人想成为富人，希望财产仅次于王宫；有的人想妻妾成群，有的人想儿孙满堂，等等。世上没有一丁点想法的人是不存在的，但黎明来临，现实依然如此，我还是破败的我，这都是造化弄人，纵然你神通无比，能一个筋斗翻十万八千里的也无济于事。梦想和现实是脱节的，命运是改变不了的，死到临头的话，不能不死，这是人们终极的皈依处。可以说这篇小品文《想解》浓缩了卢兢的世界观，其还有明显地使用"不看些儿人情""筋斗云"等白话的痕迹。

综上所述，卢兢的文学深受以袁宏道为首的公安派文学理论及《水浒传》《西厢记》等明清文学的影响，主张否定经典、注重个性、抒发性灵的文学观，追求自由、独特的文体，并在创作中积极地使用白话文，构筑了自己独特的文学世界，在朝鲜朝后期的文学史上具有一定的地位。

三、"将18世纪小品文的创作推向顶峰"的李德懋

李德懋是英祖、正祖年间的实学家，字懋官，号炯庵、雅亭、青庄馆、婴处、东方一士、信天翁等。他博学多识且通晓古今的奇文异书，文章个性显著，平生声名显赫，但因为是庶子出身，李德懋没有得到朝廷录用，未能出仕为官。

李德懋幼时家境贫寒，身体孱弱，几乎没能接受传统正规的教育。但是他聪明过人，通过家学6岁时已接受文理教育，弱冠之年与朴齐家、柳得恭、李书九一同被称为"后四家"，四人联合出了名为《巾衍集》的四家诗集。他与朴趾源、洪大容、朴齐家、柳得

恭、徐理修等北派实学家交往较深，受他们的影响也很大。比之于经济方面的理论，李德懋更为关注的是引人思考的、富于哲理的考证学方法论。因为这个缘由，他沉迷于顾炎武、朱彝尊等明末清初考证大家的著作。正祖二年，谢恩兼陈奏使沈念祖出使燕京，李德懋作为沈念祖的书状官随行至燕京，与纪昀、李调元、李鼎元、陆飞、严诚、潘庭筠等清朝硕学们直接交流，其中与李调元、温庭筠交流最多，交情最深。在燕京，李德懋不仅详细记录了山川、道里、宫室、楼台、草木、鱼虫、鸟兽等，还带回朝鲜朝很多关于考证学的书，这也正是发展北学论的基础。

李德懋的名字到了正祖时期开始广为人知，1779年，他与朴齐家、柳得恭、徐理修一同担任初代的奎章阁外阁检书官。14年间，他一边在奎章阁做检书官，一边同以奎章阁大臣为首的朝鲜朝诸多学者交往，同时尽情地阅读奎章阁内收藏的珍贵书籍。不仅如此，他也积极参与编纂奎章阁内的书籍，从事了多篇书籍的整理和校勘工作。这种经历也成为他涉猎中国文学的契机。

李德懋对公安派文学的关注，具体可在他写给尹可基的尺牍中得以确认。他读完袁宏道游记的感受，记录如下：

> 但若有潇洒名流，不大其声，朗朗纤纤、不念不缓，独清新洒落之文，或蔡羽《洞庭记》，袁中郎《西湖》《嵩山》诸记，如秋蝉曳绪，则我其椅枕阖，眼而耳视，稍可意耳。①

---

① 李德懋：《耳目口心书》，《青庄馆全书》卷之四十八，韩国文集丛刊。

第四章　朝鲜朝后期文人对明清小品文的接受与创作

这段文字记录在他的《耳目口心书》中，直率地表露了他的生活感情及充满了人情味的生活哲理，同时也袒露了他要纠正偏离正轨的民心及世态的理想，从中也可以看出他的评论独具慧眼。他还谈及读完蔡羽的游记《洞庭记》及袁宏道的游记《西湖》《嵩山》后的感想。蔡羽的《洞庭记》偏向古文且效仿秦、汉的文章，《西湖》和《嵩山》则是袁宏道游记中最为出色的作品。

众所周知，游记在公安派文学中占据重要的地位，李德懋引用这些作品并心向往之，可以推断李德懋在这一时期已经熟知了袁宏道的文学作品。此外，与许筠文学相关联，李德懋还谈及徐渭、袁宏道的文学批评，从其中也可看出他对公安派文学的认知：

我国自罗、丽以来，局于见闻，虽有逸才，只蹈袭一套。其自谓文章绝不可见，惟许端甫创出新论若徐、袁辈，奇哉。①

这里所说的许端甫就是许筠，李德懋对许筠的文章给予好评，认为许筠与过去的文人不同，从老套的批评中脱离出来，和公安派核心人物徐渭、袁宏道相似。李德懋的这些评论透出了他的肯定态度，即赞同徐渭和袁宏道的主张：重视独创性，反对古文辞派发起的拟古运动，提倡个性的自由表达，不拘格调。从李德懋写给尹可基的信中也可看出这一点：

---

①　李德懋：《耳目口心书》，《青庄馆全书》卷之四十八，韩国文集从刊。

某主趣而欲灵,进玉主气而已幻。①

从上文可以看出李德懋对气、趣、灵的追求和向往。下文是李德懋对公安派认知的另一资料:

或曰,今若有李雪楼左拥王元美,右携张肖甫,驱谢茂秦。徐子与辈,来问于子曰文当拟《左传》《国策》《史记》《汉书》,而韩柳以下不论。诗当拟建安、黄初、开元、天宝,而元、白以下不论。或敢脱此法律而出它语,皆非吾所谓文章也。②

上文是李德懋1765年12月9日所写,收录于《耳目口心书》中。这里所说的李雪楼是指李攀龙,王元美就是王世贞。李攀龙敬仰李梦阳和何景明,以此为中心继承了前七子的"复古说",王世贞、谢榛、徐中行和梁有誉等人提倡"古文辞说",将秦、汉的古文作为典范,重视汉、魏、盛唐诗的格调,排斥宋、元的诗歌,推崇杜甫,反对元稹和白居易。

众所周知,王世贞和李攀龙是后七子中最具影响力的诗人。王世贞的文学论与李攀龙大同小异,与李梦阳一样主张"文必秦汉,诗必盛唐,大历以后书勿读"。他们推崇复古理论,认为诗应该以

---

① 李德懋:《尹曾若》,《青庄馆全书》卷之十六,韩国文集丛刊。
② 李德懋:《耳目口心书》,《青庄馆全书》卷之四十八,韩国文集丛刊。

第四章　朝鲜朝后期文人对明清小品文的接受与创作

"格调"为主，"格调"和"才思"有着密切联系，因此，诗歌应具有淡泊、自然的特征。前后七子就是提出了这样的创作论，将散文中的《左传》《战国策》《史记》《汉书》及诗歌中盛唐的诗歌视为最高的典范。这里所言的盛唐诗主要是指律诗。

由"前后七子"提出的拟古主义创作论，自16世纪末由朝鲜朝中期文人尹根寿引入，在朝鲜朝文坛也流行开来。拟古文派在中国当时的文坛受到唐宋派、公安派、竟陵派及钱谦益尖锐的批判。在朝鲜朝传播开以后，受到了金昌协的猛烈批判，此后，力挺拟古派的势头逐渐减弱。这绝对不是否定先秦两汉散文的典范性，从黄景源等拟古主义者依然存在这一点来看，即使到了18世纪后半叶，朝鲜文坛尚没能切实清除拟古主义。关于当时的这一情形，李德懋评述如下：

> 如彼者，虽无优孟逼摸孙叔敖手段，然犹天多而人少也。如子则人多而天少也，文章一造化也。造化岂可抱缚而齐之于摹拟乎？夫人人俱有一具文章，蟠郁胸中，如其面不相肖，如责其同也。则板刻之画，举子之券也，何奇之有？亦余岂曰尽弃古人之法也，非子之所以缚于法而不能自恣也，法自具于不法之中，岂曰弃也？子虽傲视海内，自大其壮语雄谈，而吾恐其流不胜腐陈而遇刘直气耳。然天地间无所不有，子之善拟古人，亦不可无也。吾幸读子集而诧以为奇观。①

---

① 李德懋：《耳目口心书》，《青庄馆全书》卷之四十八，韩国文集丛刊。

李德懋认为，文章应该多一些自然，少一些人为矫饰，一文一造化，如何能抑制造化让文章千篇一律，摹拟得一模一样呢？大抵每个人心中都珍藏着各自的文章，所以面孔长得不相同，如果硬要求一模一样，就如同一个模子里刻出来，也就没有什么差别。因此，李德懋反对拟古，主张作个性化的文章。可以说对拟古创作论的批评是贯穿公安派批评的主线，李德懋援引公安派的理论对拟古派进行了批判。

公安派及其后学者们致力于寻找前人没有用过的语言表达，即用自己个性化的语言去创作。他们努力从摹拟古典创作范式中挣脱出来，创作能充分表达"性灵"的作品。只有像袁宏道这样具有非凡能力的人，才可以创造出自己独特的语言，才能不足是无法创新的。

公安派提出的理论李德懋从拟古的枷锁中解放出来，这一观点是非常具有创新意义的。但是，极端地追求"创新"和"奇异"，有可能导致生硬的语言及非现实主义思想倾向的泛滥。如果是这样的话，就与一味师古，埋没个性的拟古派没有什么不同，甚至是更加极端的错误。深谙这一道理的李德懋警告说，拟古派的理论抑制了"本然"和"天真"，他提出的应对方案是，既不要沉没于古人的"法则"中不能自拔，也不要弃之不顾。

李德懋之所以这样评价是有原因的。李德懋比较了解自明代中期以后至当时为止的中国批评史，大体上将之分为拟古派和公安派，尽管对其他作家流派也有着比较充分的了解，他依然省略了其他多个流派，把明代文学的发展概括为拟古派和公安派，这样的划

第四章 朝鲜朝后期文人对明清小品的接受与创作

分在朝鲜朝后期文学批评史上还是首次。

表面看起来李德懋似乎想在理论上折衷拟古派和公安派,但实际上他更倾向于公安派的文学观,因此,在施行"文体反正"时期,正祖将李德懋的文章视为明清小品文体。李德懋倾向于公安派文学也可从南公辙的评价中看出:

> 为文章,心眼慧而性灵巧,不为执缚之论,亦不为鄙俚之词。曰"两汉自有文,不必贾董马班也;唐宋自有诗,不必李杜黄陈也。人笑,我笑;人怒,我怒。吾于世亦莫之效,况肯以笔墨为古人之奴仆儓隶乎。"故其平生所著书至多,而求一字一句之彷拂陈言死法,不可得焉。论者以为自懋官出,俗学虽废而古文亦一变,后必有辨之者。①

写文章的时候,心聪、眼慧、性灵,观点自由奔放,用词不卑不俗。两汉自有两汉的文章特色,不一定非得是贾谊、董仲舒、司马迁、班固,唐有诗、宋有词,不一定非得是李白、杜甫、黄山谷、陈师道。虽然别人笑的话,我也会笑,别人怒的话,我也会发怒。但是在这个世界上,我没有任何可以效仿的东西,为何要通过笔墨做古人的奴仆呢?因此,虽然李德懋平生所著的作品很多,却从中找不到半句迂腐之语。世人议论说:李德懋的雅正文风一出现,既除却了鄙俗,又改变了古文。以后一定会有能够认识到这一

---

① 南宫辙:《雅亭集·序》,《金陵集》卷之十一,韩国文集丛刊。

点的人出现。

　　上文是南公辙对李德懋的评价,南公辙对公安派有着独到见解。在这里南公辙说道:李德懋的文章得益于心眼聪慧,出自奇妙的性灵,语言摆脱了迂腐的老套和僵死的法则,让人耳目一新,可谓古文的一大变化。在这里,南公辙使用的"心眼""性灵"等用语均出自公安派。李德懋文章的内容与公安派的主张也几乎相同,不仅如此,他十九岁那年,即1760年,在自己的诗集《婴处稿》的序文中更加清晰地表达了自己的观点:

　　　　夫婴儿之娱弄,霭然天也;处女之羞藏,纯然真也。兹岂勉强而为之哉……方其天然自得也。幡然笑、翩然舞、鸣鸣然宛喉而歌,时乎而悠然啼,忽然啕,作无故悲,变化日百千状,莫知其为而为也……噫!婴儿乎,处女乎,孰使之然乎?其娱弄,果人乎,其羞藏果假乎?……复自慰曰"娱之至者,莫如乎婴儿,故其弄也,霭然天也。羞之至者,莫如乎处女,故其藏也,纯然真也。"①

　　这里的"婴处"是指婴儿和少女。李德懋认为,写文章和婴幼儿玩耍,少女害羞一样,是人性使然,自然天成。写文章的人应该和少女一样会羞怯,知道隐藏自己。在这里,李德懋特别关注的是婴儿和少女所具有的纯情和真情。因此,写文章没有特殊目的,

---

　　① 李德懋:《婴处稿·序》,《青庄馆全书》卷之三,韩国文集丛刊。

第四章　朝鲜朝后期文人对明清小品文的接受与创作

只是为了愉悦。因此，保持纯粹和天真的本心，写出具有真情的文字，就是好文章。李德懋所说的写文章的信条，就是不模仿他人，写自己的文章。即，不受任何拘束自由地写作，不费尽心思刻意去修饰，只要自然地表达出感情和想法，就是卓尔不群的好文章。同时，李德懋也向因害怕遭到非议和劣评而吝于写作的人建议，只要率真地写出自己的文章，就一定会是独一无二且有意义的文章。

若对上文作更深入细致的研究，可以发现它是证明李德懋与公安派、李贽思想关系的难得的资料，因为与人为、假饰相对立的婴儿与处女的天真、天然和自得显然受到阳明左派及袁宏道的"赤子之心""童心"的启发。对此，有人问：婴儿会成为人夫，少女会成为人妻，难道没有那一天吗？对于这一问题，李德懋回答道：即使是成为人夫、人妻，其天真依旧蔼然可亲，真实依旧纯然可敬；即使会变老，其天真、真实依旧不会改变。这一观点可以看作是从李贽的"童心说"中借用而来。不仅如此，李德懋的折衷论也让人联想到朴趾源的"法古创新论"。尽管李德懋曾经评价说适当摹仿古文还是有一定意义的，但这绝不意味着他的文体就是拟古派的文体，其文学作品还是深受明末清初小品文的影响的。例如，《记游北汉》是李德懋在1761年游览完北汉山时写的游记，文中选取了洗剑亭、小林庵等14个景点，并分别以短篇小文的形式对每个观览过的景点加以描述，也就是说《记游北汉》是由多篇短文组成的，这种组合方式分明受到明末清初袁宏道、张岱游记形式的影响。下面再以其游记《西海旅言》为例：

登高望远，益觉渺小，荞然生愁，不暇自悲。而悲彼岛人，假令弹丸小地，饥馑频年，风涛粘天，不通赈贷，当奈何？海寇窃发，便风举帆，逃遁无地，尽被屠戮，当奈何？龙鲸鼋鼍，缘陆而卵，恶齿毒尾，嘫人如蔗，当奈何？海神赫怒，波涛荡溢，滂覆村闾，一涤无遗，当奈何？海水远移，一朝断流，孤根高峙，巍然见低，当奈何？波啮岛根，濡泪既久，土石难支，随流而圮，当奈何？客曰："岛人无恙，而子先危矣。"风之触矣，山将移矣，余乃下立平地，逍遥而归。余东望佛胎长山诸环海之山，而叹曰："此海中之土也。"客曰："奚为也？""子试穿渠，其土如阜，天开巨浸，拓滓成山。"仍与二生，入迫捕之幕，进一大白，浇海游之胸。①

《西海旅言》堪称李德懋游记的代表作。文章抒发了作者登临黄海道长渊郡的金沙山，远眺西海中岛屿时的感怀。该游记不是单纯地出于游兴，采用白描的手法，着重描写所见之景物，而通篇用一种近乎独白的手法，在插入议论的同时，反复使用"当奈何？"这一语句作问，然后以"客曰"作答。这种运用反复和问答法的创作手法也是朝鲜朝后期小品文文体的典型特征之一。

不仅是山水游记，李德懋的尺牍也具有很高的文学价值。朴齐家在《雅亭集·序》中曾称赞，李德懋尺牍的水准可与明末小品大

---

① 李德懋：《西海旅言》，《青庄馆全书》卷之六十二，韩国文集丛刊。

第四章　朝鲜朝后期文人对明清小品文的接受与创作

家李日华（1565—1635）、陈继儒比肩。① 下文是著名的《与李洛瑞书九书》：

> 家中长物，只孟子七篇。不堪长饥，卖得二百钱。为饭健啖，嬉嬉然赴泠齐，大夸之。泠齐之饥，亦已多时。闻余言，立卖《左氏传》，以余钱沽酒以饮我，是何异子舆氏亲炊饭以食我？左丘生手斟酒以劝我，于是颂赞孟、左千万万，然吾辈若终年读此二书，何尝救一分饥乎？始知读书求富贵，皆侥幸之术，不如直卖契图一醉胞之为朴实而不文饰也。嗟夫！足下以为如何？②

在写给李书九的这篇尺牍中，李德懋直白、率真地叙述了自己的生活困窘，甚至到了要卖掉珍藏的古籍才能糊口度日的程度，但文中丝毫没有哀戚之感，语调诙谐幽默，字句充满情趣，读来令人感动。

李德懋留下的著述有《婴处稿》《青庄馆全书》《耳目口心书》《雅亭遗稿》《蝉橘堂浓笑》《士小节》《清脾录》《纪年儿览》《蜻蜓国志》《盎叶记》《寒竹堂涉笔》等十余种，后来这些著述被编辑成《青庄馆全书》。该书被誉为朝鲜朝后期的百科全

---

① "尤善尺牍题评，小而只字单辞，大而联篇累纸，零零琐琐，缠缠霏霏，可惊可爱，纵横百出，殆欲兼李君实、陈仲醇辈，而掩其长者矣。"出自朴齐家：《雅亭集·序》，《贞蕤阁全集》，第248页。

② 李德懋：《与李洛瑞书九书》，《青庄馆全书》，韩国文集丛刊。

书，内容涵盖对历史事实的考证、地理、草木、昆虫、鱼类等方面，足见李德懋的博学多才。

韩国学者安大会在其著述中评价道：18世纪小品文的发展是韩国散文史的标志性成果，而李德懋的小品文是18世纪小品文的代表[①]，结合前面章节的内容，可以说李德懋是朝鲜朝后期小品文创作的中心人物，他的小品文代表着其文学的最高成就。李德懋的文学观强调人本思想，注重人格平等，提倡人文主义；他反对文以载道，认为文人应享受文学创作本身的乐趣；他反对一味模仿，主张文章的自得与创新。此外，他的文学观还可以概括为真情的文学、写实的文学、今世的文学。他的小品文语言生动，内容新颖丰富，这是他对日常生活深刻观察后获得的感悟。即便面对正祖"文体反正"政策的高压，他依然保持着对小品文的创作热情，并采用诙谐的手法批判现实社会。李德懋推动了朝鲜朝后期小品文的发展，也借此奠定了其在韩国文学史上的地位。

四、"燕岩文体"的创始者朴趾源

朴趾源，号燕岩，是朝鲜朝后期的实学家、文学家。1780年，他随使节赴清国，接触、接受了清国繁荣的文化，意欲改革朝鲜朝落后的社会现实。因为此时崇明朝而排斥清朝的风气蔓延，朴趾源的主张不具备足够的、让当朝加以接受并实施的力量，但却给当政者及当时的文人以强烈的冲击。

[①] 安大会：《朝鲜朝后期小品文的实质》，首尔：太学社，2003年，第315页。

第四章 朝鲜朝后期文人对明清小品文的接受与创作

朴趾源的主张被称为北学思想,他认为,尽管由于历史的关系,朝鲜与清朝有些积怨,但是如果通过接受中国的文明,可以改变朝鲜落后的社会现实而变得富裕,仅此就应该积极地向清国学习。此外,他还关注西学,这些都意味着他视野的宽广及世界观的转变。基于这种认知,他开始反思当时风行的追从朱子学的弊病,并探究适用现实社会发展的理论,即在儒学的本体中找到变革的理论根据。尽管这一想法在当时很难被接受,却也表明了朴趾源超前的改革意志。

在"利用厚生"之后实现"正德",这一思想可谓朴趾源思想集中的体现,这与之前实现"正德"之后追求"利用厚生"的主张是完全不同的。这一大反转是他所提倡的实学思想的要旨,也是他为了实现自己的主张而提出的改革实施方案。朴趾源所提出的改革方案具体体现在政治、经济、社会、军事、天文、地理、文学等多个领域。尤其是在文学领域,关于如何摆脱当时已经形成主流的拟古风潮,调和文学与现实对立的矛盾,如何确立表达及解决社会现实问题的文学主题等,朴趾源都进行了深入的思考,并提出了一系列的对应策略。他认为文学上的改革既要了解文学作品的媒介体——语言的功能,同时还要改革文体,使其与时代相适应。此外还要通过运用恰当的语言,合理的文章结构及写实的手法,将所关注、思考的当代社会现实,以文学的形式呈现出来。他的这些主张具体体现在收录于其文集中的汉文短篇小说,以及他为文友们的文集所写的序文中。从这些作品中可以明显看出朴趾源的文学观是构筑在公安派文学批评理论之上的。

朴趾源认为，与"真"有关的问题是如何认知"真"，并如何将其落实到语言上。从其为柳得恭的叔父——柳琏的《螂丸集》所作序文可知，"真正之见"就是真实、正确地观察，即看实际存在的，信如实听来的，谈论并转达有事实根据的，听说的事情要加以客观、理性判断。

朴趾源认为"真"与"相似"不同，因为相似的东西已经不是真的了。从其"汉代或者唐朝如何能再有一次？"的话语中可以看出他的这一观点，从下文中则可以进一步加以确认：

> 夫云似也似也，彼则彼也，方则非彼也，吾未见其为彼也，纸既白矣，墨不可以从白；像虽肖矣，画不可以为语。①

这段话摘自《婴处稿·序》：大体上相似的东西只是相似，仅此而已，并不意味着"此"和"彼"完全一样，我没见过"此"成了"彼"；纸张是白色的，墨不会随纸张变成白色，肖像画与本人很相似，但不会说话。他在这里所说的是写作的语言问题，仔细分析这一观点，可以说是对拟古创作论的批判，即用拟古的语言所完成的拟古创作与不效仿别人、用自己的语言写就的作品绝对不同。这一认知完全源自相对主义的观点，是朴趾源认识论的根基，下文可以进一步补充、证实：

---

① 朴趾源：《婴处稿·序》，《燕岩集》卷之七，韩国文集丛刊。

第四章　朝鲜朝后期文人对明清小品文的接受与创作

由古视今，今诚卑矣，古人自视，未必自古，当时观者，亦一今耳……然则今者对古之谓也，似者方彼之辞也。①

用"古"的道理来看"今"，那么"今"其实会很卑下；古人自视的话，不会自认为"古"，今与古是相对的。由此可以看出，朴趾源给时间赋予了古和今完全相同的价值判断，他还说道：现今李德懋是朝鲜朝的人，山川的风气和土地与中国是不同的，语言、歌谣、风俗及天地也不是汉代和唐代的，如果效仿中国的作诗方法，文体也模仿汉代、唐朝的话，作诗方法越高明，内容越不值得一看；文体越相似，表达方法就越虚假，因为相似的东西毕竟是赝品。这一认知可以将一直被视为无意义的东西变成有意义的东西。基于这样的认识，朴趾源对民谣、民艺、方言、俗技、谜语及记载市井情形的《旬稗》给予了高度评价，而这些恰恰在过去一直不能登大雅之堂，而且被认为毫无价值，不能成为文学作品主要的描写对象。他在《旬稗书》中写道：剩酱若换个碗盛，也会让人变得又胃口大增，看似冰冷、无情的东西若换个环境，也会吸引人的眼球，打动人心。这就是说价值不是绝对的，会随着被搁置位子的不同而不同。朴趾源在这一认知的基础上，提出了认知"真"的具体方法——"冥心"，即超越既存的知识和感官的错误，到达真正认知的境界。事实上，"冥心"与"赤子之心""婴儿之心"是相同的。

---

① 朴趾源：《婴处稿·序》，《燕岩集》卷之七，韩国文集丛刊。

为了更好地说明"冥心",朴趾源在《婴处稿·序》中列举了"关云长祠堂"这样一个例子:大人们虽然害怕关云长的雕像,但是孩子们说不害怕,这就是"关云长的雕像"是模仿品这一事实欺骗不了孩子们的率真。

关于读书,朴趾源在《原士》中如是说:

吾所谓雅士者,志如婴儿貌若处子,终年闭其户而读书也。婴儿虽弱,其慕专也,处子虽拙,其守确也。仰不愧天,俯不怍人,其惟闭户而读书乎。①

朴趾源在这里所说的雅士,即真正的读书人,其意念如婴儿,模样如少女,平生闭门读书。朴趾源在这里将读书人的真实面貌比喻为婴儿、少女。

朴趾源还在《一夜九渡河记》中,通过溪水的声音,用"冥心"来说明感觉器官和内心的相互关系。"冥心"一词是指孟子所说的没有被世界上的罪恶所沾染的婴孩自然、干净的心,即和"婴儿之心"是相同的。因此,朴趾源曾在文章里着重提到的伏羲氏、仓颉是人类的婴儿状态,其实这也是"婴儿之心"的变形,也就是说,只有拥有赤子之心方可得到"真知"。李德懋虽然也将"婴儿""少女"作为隐喻,但两者之间没有直接影响,只是各自依据自己的思考得出的相同结论,他们的理论根据可以追溯至袁宏道,

---

① 朴趾源:《原士》,《燕岩集》卷之十,韩国文集丛刊。

第四章　朝鲜朝后期文人对明清小品文的接受与创作

再由袁宏道到上溯至李贽。此外，朴趾源在《象记》中谈到读过袁宏道的《广庄》，并借用了其中的观点和用语，由此来看，朴趾源的文学观是源自公安派的。

朴趾源的"冥心"文学观具体体现在《热河日记》的《渡江录》7月8日的日记中：在去燕京的途中，朴趾源走出了朝鲜狭小的国土，凝望着广袤的辽东平原，感情瞬间爆发，禁不住放声痛哭。这就是人们普遍感知到的"七情"之感，当达到极度时就会失声痛哭。这时的哭泣与婴儿从母亲腹中出来之时的哭泣一样，是"没有矫饰的哭泣"，这也与所谓"婴儿的哭泣是真性"毫无二致。"婴儿"一词是朝鲜朝后期的批评理论中非常重要的一个概念，李用休、李彦瑱、李德懋和朴趾源对其都有具体的论述，可以看出它是与"真性情"相关联而出现的概念，也可以说这些概念均源自公安派的相关理论。

童心说是李贽所倡导的，可以说是公安派重要的文学观点。李贽认为童心是小孩子的心，也就是纯粹的"真心"，又称为赤子之心。他在《童心说》一文中指出，从既有理念的影响中脱离出来，向往自由、率真的精神，所谓"童心"就是杜绝谎言，纯粹地创造真的、始终如一的本然之心。李贽认为，只有具有这样的真心，才可以写出"天下最好的文章"。李贽还认为，失去童心的根本原因是学习儒家经典并沉溺于其理论之中，从儒家传下来的经典乃至程朱理学全是虚伪的假话，与童心相对立、相排斥。他的这一思想猛烈地批判了当时封建社会根深蒂固的、在"道"的伦理上掌控"文"的正统理论，举起了反对虚伪道学及其文学论的旗帜。李贽在批判传统儒家文学论的同时强调：六经和《论语》以及《孟子》是关于道学的杂说，是虚伪之人的避风塘和遮荫林。他认为，《西厢记》和《水浒传》之类的通俗文学作品中表露着真情，应给予通俗文学以高度评价。

李贽通过《童心说》道明了"真实、真挚情感的流露比述说，比是是非非的论述更为重要"这一立场，这是受到了明代资本主义的发展和阳明学的影响，尤其是受到阳明学左派——泰州学派的影响较大。他们的主张借助以袁宏道为代表的袁氏三兄弟，以公安派的名义扩大了实力。他们拒绝满是虚伪意识的老套说教文学，否定复古的、急于模仿的拟古主义，认为小说和戏剧等通俗文学体裁具有较高的文学价值。

朴趾源的文学批评虽然看起来复杂且多样，事实上，他所有的文学批评是以批评拟古派为基础的，《热河日记》是其代表作，他在创作这一作品时借用了《水浒传》中的语言，这可以看作是他意欲摆脱拟古语言观的实践。不仅如此，关于时间相对论，朴趾源的观点与袁宏道是完全统一的。袁宏道在《江进之》中说道："古"不能成为"今"是"势"，但"今"不能摹拟"古"也是"势"。事实上，朴趾源的时间相对论是基于公安派对拟古派批评的基础之上的，即以袁宏道的理论为根据，稍稍引用了一些"例话"，即稍作举例说明。

朴趾源在《热河日记》中谈及李贽的部分是非常重要的资料。朴趾源是在谈及中国清代男人的发辫时谈到李贽的，李贽嫌留辫子头皮发痒，公然剃发。由此可以得知，朴趾源好像比较了解李贽，

第四章 朝鲜朝后期文人对明清小品文的接受与创作

这可以看作是朴趾源熟读过李贽作品的佐证资料。因此,朴趾源的文学理论也是借用公安派、阳明左派的理论,由此追根溯源的话,是以阳明学为根基的。换言之,朴趾源的文学观大体上是从阳明学开始,然后从李贽和公安派的文学理论中借用一部分,在此基础之上融入自己的思考而形成的。

朴趾源的文学作品包括传、记、小说、散文、思想正论、随笔性杂记等,他在文学上取得的最大成就是汉文小说和散文,流传下来的有《许生传》《虎叱》《两班传》《马驵传》《秽德先生传》《闵翁传》《金神仙传》《广文传》《虞裳传》9篇汉文短篇小说。《许生传》以主人公许生的活动为主线描写了朝鲜朝后期的社会经济状况,朴趾源立足于"利用厚生"的实学思想,主张摒弃朱子学说的空理空谈,强调发展工商业的重要性;《虎叱》以老虎为讽喻的主体,辛辣地讽刺了假儒道学者的伪善,揭露了封建社会吃人的本性;《两班传》以道貌岸然的两班贵族为讽刺对象,揭露了当时的社会矛盾和种种弊端。如果说这几篇小说反映了朴趾源作为一个进步学者的忧患意识的话,那么他的《虞裳传》《金神仙传》和《闵翁传》则塑造了郁郁不得志的人物形象,这些人物形象颇有朴趾源自画像的意味,其中也不乏受袁宏道、袁中道传记文学影响的痕迹。《谢黄允之书》和《伯姊赠贞夫人朴氏墓志铭》是其抒情散文的代表作。被正祖视为败坏当时文风"元凶"的《热河日记》用优美通畅的汉语写就,有日记、随笔、议论文等多种体裁,书中记录了朴趾源出使清朝途中的所见所闻,内容涵盖清朝的政治、经济、哲学、文化、历史、天文、地理等方方面面,是一部具有重要史料价值的纪行文学作品。不仅如此,朴趾源在《热河日记》等作品中采用的文体是"小品文体"——又叫"燕岩文体",这一文体的产生,标志着朴趾源将对公安派文学理论的理解和创作实践到达了巅峰。

众所周知,正祖下令施行"文体反正",朴趾源首当其冲,因为正祖认为,当下文风败坏,全都是因为朴趾源,甚至与朴趾源交往甚密的年轻人中,有人主张说要烧掉像《热河日记》一类的杂书。但朴趾源认为,与世上的虚伪进行斗争是文学的使命,所以他到最后都一直坚持自己的文学和文体。支撑其文学的,如果用一个字来概括,那就是一个"真"字。他在其文集《孔雀馆文稿自序》中写道:"为文者惟其真而已矣。"①这句话也正是公安派和阳明左派批评理论、文学思想的核心。朴趾源在文学创作中最为关注的是"真","真"贯穿于朴趾源文学创作的整个过程。

总之,朴趾源是朝鲜朝文人中最为积极阐释、引入、接受公安派文学理论的人。朴趾源的思想和批评建立在公安派的思维基础之上,公安派的思想和批评构成了朴趾源文学观的主流,也可以说直到朴趾源时代才比较完美地解读了公安派的理论。不仅如此,朴趾源在创作实践中利用小品文体,或表达自己改良、造福社会的理想和热情,或辛辣讽刺两班贵族的虚伪和迂腐,或揭露满口仁义道德的儒学者的伪善,他所采用的诙谐、戏谑的讽刺手法,形成了其特有的创作风格,而且这种文学体裁的戏谑性在其后18世纪末至19世

---

① "为文者惟其真而已矣",出自朴趾源:《孔雀馆文稿自序》,《燕岩集》卷之三,韩国文集丛刊。

第四章 朝鲜朝后期文人对明清小品文的接受与创作

纪初的朝鲜朝文坛形成了一股较为强劲的文风。

五、平生执着于小品文创作的李钰

李钰生活的时代是清朝建立百余年之后的时期，当时朝鲜朝与清朝的文化交流已相当活跃。通过李钰的文章，可以得知他涉猎了公安派和竟陵派、钱谦益、冯梦龙等明末清初的作家及当时在朝鲜朝尚未被大范围介绍的罗聘等美术家的作品。李钰不但读过《水浒传》《西厢记》《金瓶梅》《牡丹亭》等广为人知的作品，就连冯梦龙的《情史类略》、李渔的《肉蒲团》以及吕熊的《女仙外史》等当时新出现的小说也读过。基于这一点可以推断，明末清初文人的作品世界对李钰文学观的形成影响巨大。

从文化接受的角度来看，一个时代的文学往往是对前代文学肯定性的深化与发展，抑或是因为对前代文学进行了反思、批判所起的反作用促成的。李钰不仅认可明末清初的小说、戏曲文学，还在创作实践中奉行"真实"的文学，"真情"的文学，"今时"的文学，即，当代的文学和童心的文学是李钰文学思想的核心。

李钰所关注的明末清初的文人名字分散在其很多作品中，其中，《戏题〈袁中郎诗集〉后》中出现的明、清文人的名字最多：

> 钱虞山论明诗之所由变，石公必居其一，至以比大承气汤。盖石公矫王李而启钟谭，功罪相半故也。以余观于石公，不过一寻常文人也，非有德位之着也。而其为辞又不肯师古，只以石公，有舌之笔，记录石公由情之语，固一代之变风也。

顾又细琐软弱，不可以大家称，使石处于今，不过为南山下数间茆屋，种一畋花，日与龙子犹辈，沾沾自鸣者也。使邻人不见其诗而指斥之，则幸矣。彼安得登文坛，主词盟，麾旗鸣鼓，而天下靡然乎从之耶。岂石公之时，天下诗道，不及乎今，故以石公而犹宗之耶。抑石公之道，近乎人情，不似白雪楼之空事咆哮，故天下知其然而从之耶。左石公，固雄矣。噫！此一时也，彼一时也，其时则易然。[1]

上文是李钰读了《袁中郎诗集》后有感而发所作，碍于当时对小品文和袁宏道的文章进行猛烈批评的社会氛围，李钰把题目定为"戏题《袁中郎诗集》后"。

李钰倾向于公安派的文学，对公安派的理解也比较深刻，与袁宏道他们的文学观是相同的。这里所说的袁中郎就是指袁宏道，上文中出现的人物，以袁宏道为首，钱谦益、王世贞、李攀龙、钟惺、谭元春、龙子犹等都是主导当时明、清文坛的重要人物。

至明代末年，王世贞、李攀龙等人的拟古文在文坛一直很有影响力，这时，倡导新文风的文学派——公安派提出了"独抒性灵"，反对拟古派。袁宏道主导的公安派主张文学的进化性，强调作为优秀作家所应该具有的"性灵"。此外，他们还主张文学的时代性和个性化，强调语言和文学是不断变化的，文学创作应该具有真实的感情，使用当代的语言，具有独创的精神。与此同时，反对

---

[1] 《戏题〈袁中郎诗集〉后》，《李钰全集》卷二，实是学舍译注，首尔：昭明出版社，2009年。

第四章 朝鲜朝后期文人对明清小品文的接受与创作

效仿陈腐的规则或者虚伪的修饰,盲目地崇尚古人文章的行为。他们这种进步的思想在当时的文坛中,不仅解除了作者思想上的束缚,有效地批判了"前后七子",也给予当时教条传统的文学以巨大的冲击。

上文所说的钱虞山即是钱谦益。他主张"有诗无诗"说,出于传统的观点认为唐诗更加优秀,反对前后七子的拟古论,曾猛烈批评"诗必盛唐"。从这一点来看,钱谦益与公安派的文学主张比较相近,但他很喜欢宋代苏轼、元代元好问的诗,形成清初宗宋派,从这一点来说,与公安派又有着不同的倾向。

王世贞、李攀龙、吴国伦、谢榛、徐中行、梁有誉和宗臣与明代的李梦阳、何景明等"前七子"相对应被称为"后七子"。本来"后七子"的核心人物是李攀龙,在他去世后王世贞就成了核心人物。"后七子派初立,称诗必汉唐"①,比"前七子"更彻底地倡导拟古主义。

钟惺和谭元春是继公安派之后出现的反拟古主义文人。因为二者都是竟陵出身,把他们及追随他们观点的人,称为"竟陵派"。竟陵派克服了公安派诗文理论的短板,发展地继承了公安派的理论。钱谦益对他们评价道:现世有人议论说钟惺和谭元春出世之后,世上的人们才知道性灵二字,从这里可以看出竟陵派发扬光大了公安派的性灵说,为性灵说文学地位的确立起了很大的作用。

李钰不仅关注当时小说之类的新文学,也创作戏曲,还格外关

---

① 李圣华:《略论后七子派后期诗歌运动》,《郑州大学学报》2002年第2期,第112页。

注稗史小品体一类的文体，并对此持正面认知的态度。他的这一认知态度与高度评价具有真实性的小说、戏曲、民歌等通俗文学的公安派，尤其是袁宏道的观点是一脉相承的。

关于民歌，袁宏道曾说道：

> 其万一传者，或今闾阎妇人孺子所唱，擘破玉、打草竿之类，犹昱无闻无识。真人所作，故多真声，不效颦于汉魏，不学步于盛唐，任性而发，尚能通于人之喜怒哀乐嗜好情欲。①

袁宏道认为，像《擘破玉》《打草竿》之类包含妇女儿童真情的民谣才具有旺盛的生命力。此外，他还在《觞政》中，把《水浒传》《金瓶梅》列为优秀、传奇的作品，并将这两部作品与六经、《离骚》《史记》等放在一起论述。

李钰也在《墨吐香前叙》中引用了冯梦龙《三言》中的内容："啊，哪个卖油郎肯为我脱掉汗衫？"这是冯梦龙《三言》之一的《醒世恒言》卷3《卖油郎独占花魁》中的语言。此外，李钰在12岁时，于乡村书堂听教书先生讲故事，而后写下了《沈生》，在这篇汉文短篇中他写道："自己听到的故事，感觉又成了新的故事，但读了《情史》，想起了很多与之类似的故事，于是记录下来，作为《情史》的补遗。"② 他所说的《情史》就是冯梦龙编纂的《情

---

① 袁宏道：《叙小修诗》，《袁宏道集笺校》，钱伯城笺校，上海：上海古籍出版社，2018年。

② 李钰：《沈生》，《李钰全集》卷二，实是学舍译注，首尔：昭明出版社，2009年，第299页。

第四章 朝鲜朝后期文人对明清小品文的接受与创作

史类略》，又名《情天宝鉴》，全书共二十四章，计故事八百七十余篇，主要讲述的是男女之情的传奇故事。此外，前面提到李钰曾谈及余怀于康熙三十二（1693）年写的《板桥杂记》，这是一部短篇艳情小说集，具有很高的可读性。全书分为上（"雅游"）、中（"丽品"）、下（"轶事"）三卷，收录了一些优秀的小品文，记述了明朝末年十里秦淮南岸长桥一带旧院名妓的情况，讲述了才子佳人悲欢离合的故事及南京的风俗轶事。这部书还被收录于清朝文人张潮编纂的《昭代丛书》和《虞初新志》以及清朝文人吴震方的《说铃》中，后传入朝鲜半岛，18、19世纪的朝鲜朝文人大都读过它。受该书启发，朝鲜朝后期文人韩在洛（生卒年不详）写了《绿波杂记》，仅看书名就可以知道《绿波杂记》是在《板桥杂记》的影响下写就的。

李尚迪（1804—1865）在《绿波杂记》的序中披露了该书与《板桥杂记》的关系，申纬（1769—1845）也认为两本书有关联并评价道：《绿波杂记》细致描写了太平时代的妓院风俗，比仅仅是回想繁华盛世、沉浸在悲叹之中的《板桥杂记》要好。关于《板桥杂记》，李钰评价如下：

噫！余尝读澹心《板桥杂记》，千载之下，使人骨醉心热，恍惚与雪衣、琴心，流连于迷楼之上，而恨不得同其世矣。彼浪子之蝶翾蜂闹奔走于此者，不幸而生，当时南曲，则不为烟火中饿鬼者罕矣,可以笑,亦可悲也。①

　　上文是李钰读了《板桥杂记》之后有感而作。这里所说的余澹心就是清朝文人余怀,雪衣、琴心是妓女的名字,雪衣是李大娘的字,琴心是顿文的字,由此可以看出她们是当时非常有名的妓女。李钰感叹恨不能与书中的主人公生于同世,共享美好时光。此外,李钰还谈及梁代任昉(460—508)收集的中国神话书《述异记》②,由此可以确认他所关注的领域非常广泛。

　　李钰读了金圣叹的作品后大加称赞,认为金圣叹的作品具有极高的审美价值和感化力,同时对《西厢记》之类的戏曲作品也赞不绝口,采取积极接受的态度并付诸创作实践,其作品《金申夫妇赐婚记》是韩国第一部汉文戏曲,又名《东厢记》,在韩国广为人知。《金申夫妇赐婚记》在形式上非常完备,戏曲该具有的词牌及科白等俱全,在"题辞"中,引用了金圣叹对《西厢记·拷红》篇的回评部分中的"不亦快哉"33则。③

　　李钰对《西厢记》等的认知和接受,使他脱离了之前"文以载道"论的文学观,也使得他有可能具有进步的文学观,那就是认可文学作品的娱乐功能及文学的艺术性、审美性。

---

①　李钰:《游梨院听乐器》,《李钰全集》卷一,实是学舍译注,首尔:昭明出版社,2009年,第236页。
②　李钰:《狐辨》,《李钰全集》卷一,实是学舍译注,首尔:昭明出版社,2009年,第337页。
③　李钰:《金申夫妇赐婚记题辞》,《李钰全集》卷二,实是学舍译注,首尔:昭明出版社,2009年,第321页。

第四章 朝鲜朝后期文人对明清小品文的接受与创作

此外,李钰对中国文人的理解程度可以从《桃花流水馆问答》中得知。在此他让客人登场,通过问答形式,发表了自己对于中国历代词作家的见解。其中他谈及了陈继儒等文人、明代画家文徵明、清代画家罗聘(1733—1799)(罗聘与其老师金农等人并称"扬州八怪")。李钰对这些中国文人进行了详细的评论,由此可见,李钰对中国文化的理解是相当多样且深刻的。

李钰主张"做当代的文学",所谓当代的文学就是与复古主义文学相对立的"今文"和"时文"。其好友金鑢非常了解他,关于李钰,金鑢曾说道:

> 世言李其相不能古文,此其相自道也。其相之意,以为学古而伪者,不若学乎,今之犹可为有用也。耳食者,从而和之,以为其相不能古文。①

李钰生活的时代是朝鲜朝后期,中国拟古派和唐宋派的散文创作理论传入此时的文坛并盛行起来。继徐渭和李贽之后主导明末性灵说的袁宏道、袁宗道、袁中道被称为"公安派",他们的文学观与李贽有着密切的关系。当前后七子的复古诗论风靡文坛之时,袁宏道强力主张文学是随着时代的变化而变化的,这正如季节不同穿着的衣服也不同,也就是诗和文是各自时代的诗文,不认同把盛唐的诗和秦汉的文作为典范的前后七子的诗文观。袁宏道还举例认

---

① 李钰:《李钰全集》卷二,实是学舍译注,首尔:昭明出版社,2009年,第354页。

为,《诗经》《离骚》、六朝的骈俪文及盛、中、晚唐的诗,还有欧阳修、苏轼的诗是各自克服前代文学的弊端而登上文坛的,从而力推"今文"的必要性。李钰也和公安派一样向往"当代"的文学:

> 吾今世人也,吾自为吾诗吾文,何关乎先秦两汉,何系乎魏晋三唐。①

李钰追求的当代文学即"时文","时文"与李钰自己的认识论有很深的渊源,他想推翻当时士大夫通过文章所构筑的世界。传统的士大夫涉及的问题多为国家和政治、宇宙和性命等宏大的话题,所谓文章是传道的工具,载道论即代言了这种文学观。但是,李钰不认可恒定的、规范的道的存在。他认为,天地万物不能合为一个;就算是同一片天空,每天也不可能是相同的天空;就算是同一片大地,也不可能有完全相同的土地。他的这一观点极其明确地表明了对世界的认知:任何空间都是唯一空间,所有的时代都是唯一时代;没有绝对的东西,所有的东西都是相对的,每个个体都有各自存在的意义。李钰的相对论是对性理学绝对的"一理世界观"的否定,他以用自己的文章表达存在于"现在"或"这里"的天地万物为文学使命。描写人时,会关注不被别人留意、被疏远的人;描写世界时,不是关注既成观念的大自然,而是关注具体的事物。

李钰还认为,时代不同,地域相隔,世态变化,风俗相异,

---

① 李钰:《题墨吐香草本卷后》,《李钰全集》卷二,实是学舍译注,首尔:昭明出版社,2009年,第353页。

第四章　朝鲜朝后期文人对明清小品文的接受与创作

在汉阳生活,应该寻找新的文学形式,采用俚言进行创作。这其实是李钰在批判那些借口俚言鄙陋,而避讳用俚言进行创作的士大夫们,主张使用民族语言表达朝鲜人的性情。李钰还批判人们过度沉迷于拟古,他认为,应该超越格式和典范,开拓属于自己的格式,表现自己的个性,并将展现个性的文章称之为真率的文章。

与此同时,李钰从古人的作品世界中找到了自得的境界。他在《百家诗话抄》中写道:

> 世人所以不如古人者,为其胸中书太少,我辈所以不如古人者,为其胸中书太多。蚕食叶而所吐者,丝非叶也;蜂采花而所酿者,蜜非花也。读书如吃饭,善吃者,长精神;不善吃者,生痰瘤。[①]

李钰认为,世人没能追随古人读书的踪迹,所以不能和古人一样进入独到的境界。蚕吃的是叶子,吐出来的是丝不是叶;蜜蜂采的是花,酿出的是蜜而非花;读书如吃饭,会吃的人长精神,不会吃的人,生痰瘤。因此,李钰不是全盘否定古人的成就,而是主张要善于汲取,杜绝蹩脚的模仿,突破古人的格式,形成自己的风格。创作他认为的"今文"和"时文"。

李钰也主张童心的文学。童心的文学是以李贽的童心说为根据的,意为拒绝模仿,接近真实的文学。袁宏道的"独抒性灵"也

[①] 李钰:《百家诗话抄》,《艺林杂佩》,《李钰全集》卷三,实是学舍译注,首尔·昭明出版社,2009年,第217页。

是对童心说的发展。李钰的文学理论与公安派都是立足于"相对主义认识论",强调"自得和独创性"以及把"真文学"加以形象化是其共同点,这也意味着李钰文学理论对公安派文学理论的接受。当然,两者的文学理论不是全然统一的,公安派彻底地强调"创新论",与之相反的是,李钰主张折衷前后七子的拟古与公安派的创新论。换言之,公安派拒绝对典范的模仿,认为创作出别人表达不了的东西才具有意义;而李钰主张摒弃前后七子拟古和公安派过度的创新,吸取他们的长处,在整合、调和的过程中,通过自己的领悟,创造出独特的东西。

  通过李钰和公安派各自主张的折衷论和创新论可以看出,二者所认知的古、今的价值和个性文章的意义也有差异。公安派认为与"古"的价值相比,"今"的价值更重要,主张不立足于古典,强调创作全新的文章,而李钰以"古"为基础,重视与"今"的调和,以古人的文章为基础,在此基础之上,发挥自己独特的个性进行创作。这种创新论和折衷论的差异可以看作是李钰受到公安派极大的影响,批判地接受了公安派的文学理论。

  关于"真情",李钰在其《二难》中有具体的论述,涵盖的意义可谓相当广泛:

> 天地万物之观,莫大于观于人;人之观,莫妙于观于情;情之观,莫真乎,观乎男女之情。[①]

[①] 李钰:《二难》,《李钰全集》卷三,实是学舍译注,首尔:昭明出版社,2009年,第229页。

第四章 朝鲜朝后期文人对明清小品文的接受与创作

金兴奎评价道：天机、天真、真机、天、性情等是理解并且拥戴委巷诗歌时经常出现的概念，李钰所说的"真"是对这一系列概念的继承，礼教主义的"正"要求与一定的客观标准相统一，而李钰的"真"追求的是自身体验的率直性。① 因此，李钰所主张的诗歌的核心就是天地万物以及人们生活中油然而生的情的真实性。

李钰不认同天地万物中人类独占的地位，更不认同咄咄逼人的男性的独占地位。人类和事物、贵和贱、男性和女性都应以"平等眼"将其视为同等的个体并加以尊重，这样的"平等眼"一直牵引着李钰带着进步的观点去理解世界。从这个意义上来说，李钰描写女性生活的作品特别值得称道，因为其中所包含的对人的理解是全新的东西。在朝鲜朝后期文人中，很难找到比李钰更加高频率、更诚挚地描绘女性情感的人。李钰创作了66篇绝句诗"俚谚"，通过设定女性话者的手法，真切地宣泄女子的想法和情感，直观、形象地描绘了18世纪末从闺中女性到娼家女子多彩的都市女性生活。男性作家把自己设定为女性话者，吟唱、抒发女性的情感，这种诗歌是当时的士大夫们所不敢涉足的。这种由男性站在女性的角度创作诗歌的传统由来已久，例如，男性作家将宫女设定为话者，以第一人称的形式吟咏自己受冷落的落寞心情的宫词就属于这种。作为一种惯常用的体裁，这类诗歌描摹的是加工、虚拟的领域，但李钰的创作却与此完全不同，他描写的是自己所生活的18世纪后半叶，从平常人家的女性到娼家女子，抒发的是具体女性切实的情感和

---

① 金兴奎：《朝鲜后期的诗经论及诗意识》，高大民族文化研究所，1982年，第188—190页。

感受。

有人曾批判李钰的创作，责难道：为什么如此执着于描写女性？对此，李钰回答道：

> 天地万物之观，莫大于观乎人；人之观，莫妙于观乎情；情之观，莫真于观乎男女之情。①

天地万物的根源是太极或阴阳，这是中世抽象的思维观念。李钰上面这句话表明他已经从中世抽象的思维观念中挣脱出来，认识到天地万物的中心是人，论及人应先从其情开始，而真情，尤其是男女之情则是最重要的。因此，李钰"俚谚"中所表达的东西不是经过道德训诫的情感，而是当时女性不经修饰的内心世界。在这里如果进行更深层次探讨的话，真情绝不是仅仅局限于个人情感的表达，而是可以成为审视社会和国家的风俗以及治理的手段的。仅凭这一观点或许难以否定乐府以来"观风俗，知厚薄"的诗观，但是，成为李钰作品描写对象的情感，尤其是男女之情则可以作为衡量社会健康性的尺度。由此可以确认，李钰关于真情认知的境界扩大了。不仅如此，李钰的真情论与朝鲜朝后期经济上相对富裕的市井庶民们想要表现自己存在的欲求是相吻合的，与朝鲜朝后期市井经济的兴盛和市井人的生活动向是紧密相关的。出于"真情"的文学观，关注被排除在士大夫诗文之外的市井庶民的生活，并将之作

---

① 李钰：《二难》，《李钰全集》卷三，实是学舍译注，首尔：昭明出版社，2009年，第229页。

第四章　朝鲜朝后期文人对明清小品文的接受与创作

为主要的创作题材是李钰文学最主要的特点。如果说李钰的散文反映了市井的人情世态的话，那么他的诗则形象化地表达了市井百姓的自由情感和欲求。

虽然李钰贵为全州李氏，但家道中落，一生寒微。他没有专门的文集，挚友金鑢将其作品收录在自己的文集《藫庭丛书》中：66首俚谚收录在《鸡林杂佩》中，13首辞赋收录在《绢锦小赋》中，杂文类有《中兴游记》和去南部地区充军路上所写的《南程十篇》及记录三嘉县民俗风情的《凤城文余》及23篇传分别收录在《梅花外史》《桃花流水馆小稿》《文无子文钞》《花石子文钞》中。研究李钰的文学，会发现其文学的特异之处在于小品体散文，而小品体的源流在于袁宏道，这也正如正祖指责关于文风"败坏"时指出的那样："《袁中郎集》为其最矣。"从常识上来看，李钰的文学与公安派袁宏道的文学有着不可分割的关系。例如，李钰在1791年创作的《三游洪宝洞记》，以比较的方式记述了13年内三游洪宝洞的经历，这不由得让人联想到《虎丘记》——袁宏道两年内六次登上虎丘游览后写的游记。李钰在《戏题〈袁中郎诗集〉后》中评价袁宏道不过是"一寻常文人"[1]，"不可以大家称"[2]，是否也是有意隐匿自己与袁宏道的关联呢？

此外，李钰现存的传共有25篇，除《南灵传》和《却老先生

---

[1] "以余观于石公，不过一寻常文人也。非有德立之著也，而其为辞又不肯师古。"出自《李钰全集》。

[2] "只以石公有舌之笔，记录石公有情之语，故一代之变风也，愿又细璅软，不可以大家称。"出自《李钰全集》。

传》是拟人化的假传体外，其他23篇多以盲人、兵器工匠、乞丐、骗子、木炭商人、胥吏等为主人公，他们是朝鲜朝后期颇具代表性的庶民形象。例如，《李泓传》中刻画的李泓是一个典型的骗子，《柳光忆传》的主人公是以替人写科举考试文章为生的"枪手"，《成进士传》则惟妙惟肖地描写了敲诈者的形象。而公安派传记类文学作品中，无论是袁宏道的《徐文长传》《醉叟传》，还是袁中道的《回君传》，作品的主人公均为被不合理的社会所抛弃的不得志者，所以说，李钰的25篇传也或多或少地受到公安派传记文学的影响。

  总而言之，李钰因喜好使用有悖于正祖"文体反正"政策的"稗史小品体"，科举屡试不第，并多次受正祖训斥，不仅步入仕途无望，还受到最为惨烈的"充军"处罚。即便如此，李钰并没有像其他人那样屈服于正祖的"文体反正"政策而改变自己的文学主张，而是始终坚持利用小品体进行独特的文学创作。他以白描入文构文，关注炮手、医生、乞丐、小偷、商人、兵卒、妓女等地位卑下的阶层，捕捉青蛙、昆虫、鱼、凤仙花、蚂蚁、跳蚤、蝴蝶、驴等动物或植物，描写手法或文风犀利，或文字优美，通过对市井生活的渲染与铺陈，很好地诠释了自己所主张的文学，即与复古主义文学相对抗的"今文"或者"时文"，拒绝模仿，超越古人的套路，在作品中率真地表达自己的个性。尤其是李钰注重素材的奇特和细腻感，其小品文真实地反映了18世纪末至19世纪初朝鲜朝社会转换期的诸般社会现象及都会的世态风俗，使朝鲜朝的小品体文学达到了一个高峰。

六、致力于小品文集编撰的金鑢

金鑢是生活在正祖、纯祖年间的文臣、学者。其父金载七才华出众,尤擅功令文,金鑢两兄弟自幼在父亲督导下,秉烛夜读经典,学习辞章,苦练书法,打下了坚实的学问基础。15岁那年,天资聪颖的金鑢进入成均馆学习,在那里充分发挥才能,表现出出众的文学才华。

金鑢自在成均馆读书时起,与李钰、金祖淳、姜彝天交游甚密,有李钰的《戏题剑南诗钞后》为证:

> 岁癸丑春,余意中诸文人,论唐宋诗,次及陆游,诵芬姜子,忽跃席起,戟手厉声曰:"游之诗,何可污口吻,游之诗在家,当焚,否必误后人也。"余与归玄金子,冠缨几绝,笑其太激,而亦未尝不以为旨。①

由此可以确定金鑢和李钰、姜彝天的关系。他们一起阅读明清文集,并热衷于利用稗官小品体进行创作,因金鑢当时已经闻名遐迩,他的这种文体风格曾经被冠名为"金鑢体"。由此可以看出明末清初小品文在当时朝鲜朝文坛流行的程度。金鑢还在《题梅花外史卷后》中写道:

> 余爱李其相诗文,其奇情异思,如蚕丝之吐,如泉窍之

---

① 李钰:《戏题剑南诗钞后》,《李钰全集》卷三,首尔:昭明出版社,2009年,第70页。

涌。……读者病其时或有俚语,然亦才之过耳。①

我喜爱李钰的诗文,他的奇思妙想犹如春蚕吐丝,又如泉水喷涌。读他诗文的人常常诟病他在诗文中使用俚谚,这恰恰是他才气过人之处。在这里,金镶对李钰的才思、文风给予了极高的评价,也说明金镶和李钰对文章的理解及文学取向非常相近。他们平生执着于自己独特的文学理念,主张用俚谚进行创作,在作品中重墨描写乞丐、小偷、商贾、兵卒、猎人、游医、妓女等底层人物,刻画鱼、凤仙花、蜘蛛、跳蚤、青蛙、昆虫、蝴蝶、驴子等,这些都是庶民日常生活中常见的。可以说,他们追求的文学思想及其文学风格是对当时士大夫所追从的正统文学的挑战。

1797年,金镶受"姜彝天事件"牵连,以"结交匪类"②的罪名被流放,到达流放地后,他与当地贫穷的农民、渔民交往密切,对受苦受难的百姓给予深切的同情和关爱,这种思想意识在他以后的文学作品中也占据相当大的比重。金镶还与当地的官妓友好相处,同情她们的处境,为她们作诗而招致"文字狱"。他还非常重视对子女的教育,教导孩子们应该比显赫的官宦家的子弟优秀。显然,这对官宦之家有着明显的批判意味。1799年,因为其文中有这类批判意识再次招来"文字狱",其大部分著书也被付之一炬。1801

---

① 金镶:《蕩庭遗稿》卷十,《题梅花外史卷后》。
② 1797年,发生了"流言蜚语"事件,说是某个岛上将出现神人重建世界,金镶和姜彝天受此事件牵连,被发配至富宁。

第四章　朝鲜朝后期文人对明清小品文的接受与创作

年,又因"辛酉邪狱"①被流放。

1806年,金鑢的儿子替父上诉成功,终被释放,结束了流配生涯。自流放地回来后,金鑢先后作过靖陵参奉、庆基殿令,晚年作过延山县监、咸阳郡守,但最终并未升至更高的官位。虽然金鑢有过长达10年的流配生活经历,但他并没有埋怨年轻时结交的、"毁"了自己前途的朋友,反而在流放生活结束后,积极为友人的文学活动辩护,并把李钰、金祖淳等十余名文人的文章编成《薄庭丛书》,同时还致力于整编朝鲜朝的野史、野谈,从而构筑了自己独具特色的文学世界。

当时的朝鲜朝文坛视笔记、稗说、漫录、野史等为"非正统散文体裁",而金鑢恰恰非常喜欢稗官小品文。他在《题桃花流水馆小稿卷后》中,就李钰的文稿评述道:

> 世或訾李其相之文曰:"非古文也,是小品也。"窃笑之曰:"是奚足语文章哉!"论人之文者,论其古今可也;论其大小可也。若云小品而非古,则此耳食者之言耳。②

世人贬损李钰的文章,说"不是古文,是小品",我窃笑,这些人如何配谈文章?谈论他人文章的人,可以论古今,也可论大小,但若说是小品而非古文,不过是人云亦云而已!

---

① 在重新对姜彝天事件进行的调查中,因与天主教有交情之嫌疑,金鑢再次被流放至镇海。

② 金鑢:《题桃花流水馆小稿卷后》,《薄庭遗稿》卷十,韩国文集丛刊。

金鑢还谈道：

> 世言李其相不能古文，此其相自道也。其相之意，以为学古而伪者，不若学乎，今之犹可为有用也。①

世人说李钰不会写古文，这是李钰自己说的。李钰的本意是，与其模仿古文，写些虚假的文字，不如学"今文"，写些有用的东西。从以上两段引文可以看出金鑢的观点：古文和小品，或者古文和今文，其区别并不重要，重要的是文章的真实性。

金鑢27岁时，在与好友金祖淳阅读了明末清初稗史集《虞初新志》后，模仿创作了《虞初续志》：

> 余于壬子年间，与枫翁收拾所著文字，为《虞初续志》，未几，余北窜南谪，遗亡太半。②
>
> 余少时，与枫皋金相公读虞初新志，甚喜之，相与收拾所著五十余首，为二卷。③

后来，《虞初续志》被收录至其遗稿集《丹良稗史》中。此外，他的流配记《思牖乐府》真实地描写了流配地的风土人情；其《牛海异鱼谱》与丁若铨的《兹山鱼谱》并称为当时朝鲜"鱼谱

---

① 金鑢：《题文无子文抄卷后》，《薄庭遗稿》卷十，韩国文集丛刊。
② 金鑢：《题丹良稗史卷后》，《薄庭遗稿》卷九，韩国文集丛刊。
③ 金鑢：《题古香屋小史卷后》，《薄庭遗稿》卷十，韩国文集丛刊。

第四章　朝鲜朝后期文人对明清小品文的接受与创作

双璧";他还编撰有《寒皋馆外史》《仓可楼外史》《广史》等野史,但大部分已失传。

金鑢的代表作《丹良稗史》收录了《炮手李士龙传》《安黄中传》《琉球王世子外传》《索囊子传》《蒋生传》《贾秀才传》《李安民传》《韩淑媛传》8篇传记。内容大多取材于野谈集,只是进行了再创作。从内容上看,这8篇传大多取材于广为所知的野史,以小人物为描写对象,例如,《炮手李士龙传》记述道:李士龙在1636年的丙子之役中被征为清军,但在与明军的战斗中,由于始终衷心于大明,后被清军处死;《安黄中传》讲述的是中宗时的名医安瓒因"己卯士祸"惨死的故事;《韩淑媛传》讲述的是名叫保香的宫女在仁祖"癸亥反正"时保护光海君的妃子柳氏的故事。而《蒋生传》似乎是模仿了许筠载于《惺所覆瓿稿》中的《蒋生传》,《索囊子传》是以载于洪万宗的《海东异迹》中的《索囊子》为基础再加工而成的,这些故事并不广为所知。此外,《贾秀才传》是从朋友那里听来的故事。从作品的叙述方式和文章构成来看,由序头、本事、论赞三部分构成,这也是朝鲜朝后期野谈的一般叙事方式,但词汇和语句不同于传统的唐宋古文,非常平易和朴实。作者选取的素材决定了文章的文体、主题及用词的不同。从金鑢所选取的素材及其逼真的描写来看,已经远离了"文以载道"的文学观。

综上所述,金鑢不仅积极评价了稗官小品体的意义,并在具体的小品文创作中转换文学视角,关注社会底层百姓,蕴含着在当时社会背景下他对人的理解,极其富有创新意义。金鑢也借此被评价为朝鲜朝后期文学史上重要的小品文作家。

七、"幼而学文章之言"的朴齐家

在中国文学史上，明末清初的文学呈现出不同于以往任何时代的文学思想，那就是独抒性灵，不拘格套，信心而出，信口而发。公安派和竟陵派处在这种文学思潮的中心位置，否定拟古主义是公安派和竟陵派文学主张的共同点。18世纪后半期，金昌翕、李用休、李德懋、朴趾源、朴齐家积极解读公安派的文学理论并加以实践，因此，公安派文学及阳明学理论在文人知识分子之间传播。研究朝鲜朝后期对明清小品文的接受时，朴齐家应该是重点考察的人物之一。

朴齐家，字修其，号楚亭、贞蕤，是朝鲜朝后期著名的思想家、文学家、文人画家和书法家，也是朝鲜朝后期小品体风格的重要散文家之一，与李德懋、柳得恭、李书九一起被并称为朝鲜"诗文四大家"。作为出生于两班家庭的庶子，朴齐家虽接受了传统的儒学教育，但因嫡庶之别的限制，未能步入仕途。他天资聪明，勤学自强，以少年诗人闻名，并先后四次随使团访问清国，三次入奎章阁作检书官，与此同时，对实学北学派很感兴趣。他的一生大致可以分为与白塔文人交流、燕行使者、奎章阁检书官三个时期。这三个时期均与北学派关系密切，故北学派对其文学及文学理论的形成影响很大。

朴齐家在与朴趾源、李德懋等白塔派文人交流的过程中有了更多接受公安派文学理论，接触、阅读明清文集的机会。

第四章 朝鲜朝后期文人对明清小品文的接受与创作

白塔派是由朴趾源、李德懋、朴齐家、柳得恭等组成的文人团体，主要活动于英祖、正祖年间，他们常常聚于汉城的白塔下，讨论诗文及较为先进的思想。从白塔诗派的成员构成来看，除了朴趾源和洪大容之外，均为庶子出身。关于嫡庶差别，许筠曾在载于其文集《惺所覆瓿稿》中的《遗才论》中指出，颇富诗书才华的人却因庶子这一身份的制约，不能为国家所用，而被社会抛弃，这是不合理的社会现象。至朝鲜朝后期，庶子出身的人，因为嫡庶差别，在社会上不仅得不到士族的待遇，连作平民的资格也没有。尽管后来实行了"庶孽通清"政策给了他们出仕的机会，但那也只是一时之策，"庶孽"问题依然是很敏感的社会问题。既不属于士族，也不属于平民，具有这两个阶层之间身份的文人形成了一个团体，这就是白塔诗派。

白塔诗派反对视汉古诗和唐律诗为典范的传统诗风，主张从传统的诗风中解放出来，提倡多样化的诗歌创作。关于这种反拟古的创作论，许筠和金昌协均有论述，其后继李用休、李凤焕之后，李德懋加以继承、发展，李德懋对"白塔诗派"的组建所起的作用最大。白塔诗派文人主要来自汉城、京畿地区，对学术水平和艺术的感悟，以及对从中国和日本输入的先进的知识信息的接触要早于当时其他地区的两班贵族，而且水准也更高，是当时思想文化潮流的引领者。沈鲁崇曾这样记述道：

庶流李德懋、朴齐家有诗名，先君见其所为，叹曰："英祖末有为此一种，一邪诞如李用休、李凤焕之徒也。此辈祖

227

之,遂至于此,可以见风气。此辈无足言,士大夫子弟效之,非世道小忧也。"①

从这段文字可以看出,以正统士大夫文人的视角来看,庶流之辈李德懋、朴齐家虽有写诗的才华,诗风却如李用休、李凤焕一般邪诞,他们脱离了正统的"文以载道"的诗风,败坏了当时的文风,着实堪忧。

然而,对朴齐家来说,与朴趾源、李德懋交往,并结下深厚的友谊,这对他在朝鲜朝后期的思想、学术领域占有一席之地帮助很大。朴齐家与朴趾源的缘分始于1768年至1769年间,那时,朴趾源新迁居至汉城白塔附近,朴齐家去拜访朴趾源,二人结下了管鲍之交。也缘于此,朴趾源为朴齐家的文集《草亭集》《北学议》《贞蕤阁集》写了序,在《北学议》的序中朴趾源写道:

试一开卷,与余日录,无所龃龉。②

朴趾源在读了朴齐家的《北学议》以后,感觉朴齐家的文章与自己在《热河日记》里记录的内容毫无二致,好像出自一人之手。换言之,朴趾源认为朴齐家与自己的学术倾向是完全相同的。

同样,李德懋对朴齐家思想和文学的形成也有很大的影响。朴齐家年少时结识李德懋,后来又一同随使团赴清朝,也一同在奎章

---

① 沈鲁崇:《先父君言行记》,《积善世家》卷五。
② 朴趾源:《北学议序》,《燕岩集》卷之七,韩国文集丛刊。

第四章 朝鲜朝后期文人对明清小品文的接受与创作

阁作检书官,朴齐家尊李德懋为师。源于这样的情分,李德懋在朴齐家的《贞蕤阁集》中留有序和很多诗文,李德懋的《雅亭集》中也有朴齐家的序和不少诗文。李德懋对公安派的文学理论及袁宏道的山水小品有很多论述,显然,他的文学观及小品文创作给朴齐家带来了很大的影响。

朴齐家载于《贞蕤阁集》中的《八子百选策》较好地诠释了他对明代拟古派、唐宋派的认知以及他反对拟古、倡导新文风的态度。正祖曾问道:李梦阳、唐顺之的文章为什么没能入选《唐宋八大家文钞》? 朴齐家回答道:

> 王若曰《唐宋八大家文钞》,茅鹿门所以病后世之伪剿,标先觉之精粹,视千古操觚者之金石关和也。西京尚矣,先儒以蜀之《出师表》,晋之《归来辞》,为文章绝调,则是书之但取唐宋何据欤? 六朝骈俪,着力要变,则唐不收苏颋者,何故? 文敝之余,发明古道则宋不录柳开者,何说欤? 空同名家也。而直诋其剽裂荆川师承也,而不列于批选者,亦有义欤。①

《八子百选》是正祖参照茅坤所编著的《唐宋八大家文钞》编写而成的。如前所述,正祖在位时,明清小品文盛行,正祖认为这是对正统古文的排斥和对抗,为矫正当时的文风,下令实施"文体反正",禁止写小品文,并从韩愈、柳宗元、欧阳修、苏洵、苏

---

① 朴齐家:《八子百选策》,《贞蕤阁集》卷之二,韩国文集丛刊。

轼、苏辙、曾巩、王安石等唐宋古文大家的文章中遴选了100篇作为典范，提倡学者文人按照典范创作古文。"策"是首先抛出问题，然后要求作答的一种文体样式，这篇《八子百选策》是朴齐家对正祖编写《八子百选》标准的思考。朴齐家在这篇文章中客观、冷静地评价了唐宋文学，阐述了自己与正祖带有政治目的选取文章的标准的不同之处。这篇文章集中反映了朴齐家的文学观：文章应由真性情而发，借景抒情，托物言志，追求质朴和超然；创作手法应该是天然无雕饰；相比表达悲观、吐露不满情绪的文章，更喜欢传递积极、向上意义的主题。

朴齐家在奎章阁做检书官时，正祖命令朴齐家、李德懋、柳得恭写自讼文，将他们类似于稗官体的诗风和文风改为醇正的文体，但朴齐家认为用所谓"醇正的文体"写出的诗文没有个性，加以拒绝，表现出较为坚决的态度。关于这一事件的原委，朴齐家的《比屋希音颂引》中有较为详尽的描述。正祖十六年，李东稷上疏说"文风颓败"，正祖看完奏折令朴齐家等写自讼文，朴齐家在呈递给正祖的文中写道：

> 臣于弱冠，微有志向，与一二朋友倡古文于寂寞之滨。其邻之夫未尝过而问焉，及其虚名误擢，白衣登朝，则易又以写书校书为职，亦未尝闻其有能言之目也……（中略）……易曰观乎人文，以化成天下，孔子曰："郁郁乎文者，岂词章之文乎哉？"臣观数十年来，号为能文者，皆功令之雄耳，并与词章而未之闻焉。……（中略）……夫词人之文有时代，志士之

第四章 朝鲜朝后期文人对明清小品文的接受与创作

文无时代，臣固不敢而词人自命，而内若其志则有之。①

朴齐家在文中说，自己数十年观察，所谓"文章写得好"的人，全是采用科举考试的文体——功令文，他还认为，词人的文章有时代之分，而志士的文章则无时代之分。不仅如此，朴齐家还毫不掩饰地袒露了自己的文学志向：

经之为十三，纬之为廿三，错综拟议，元元本本，务归实用者，臣之所愿学也。虽未能至，心向往之矣。至于区别体裁，宗盛唐而称八家，自以为能者，实有所未遑焉。过此以往，剿说纤人之词笃信戏子之本，此又臣之所大耻也。②

以十三经和二十三史为根基写实用的文章是朴齐家的理想。虽然自己能力尚未达到，但心向往之。如果说这段话反映了他拒绝模仿，想从"唐宋经典"中摆脱出来，写实用之文的文学观的话，那么，下文是他这一观点最好的表达：

吾邦之诗，学宋、金、元、明者为上，学唐者次之，学杜者最下。所学弥高，其才弥下者，何也？学杜者知有杜而已，其他则不观而先侮之，故术益拙也。③

---

① 朴齐家：《比屋希音颂》，《贞蕤阁集》卷之一，韩国文集丛刊。
② 同上。
③ 朴齐家：《诗学论》，《贞蕤阁集》卷之一，韩国文集丛刊。

在这里,朴齐家强调,唯有从特定的"典范"中摆脱出来,打开心灵之窗,拓宽视野,抒发真性情,才能写出真正的诗文。

简言之,朴齐家文学论的核心是写什么和如何写,即他关注的是选取什么样的素材和采取什么样的创作方法。他在《雅亭集·序》中写道:

盖尝论之,文有词人之文,有儒者之文。①

"文章分为词人的文和儒者的文",词人的文指的是追求华丽的文章,儒者的文指的是载道之文。把儒学的"道"修正为"利用厚生"的实学,是朴齐家平生的理想,而当时的主流文学与实学是相背离的,开启新的文学之路是他改良社会的思想体系的一部分。朴齐家本人并非不是文人,对"癖"的独到的理解及其"味"理论、"诗画相通论""真诗"论构成了他独特的诗学理论②,但当时的主流文学与实学渐行渐远,朴齐家有着深深的危机感。

朴齐家广泛涉猎中国历代文人的诗文,非常熟知并客观评价中国文人中的名家名篇,除在《八子百选策》中论及苏洵的《名二子说》、王安石的《读孟尝君传》、曾巩的《救灾议》、苏轼的《代张方平谏用兵书》外,还在载于《贞蕤阁集》中的《夏太常墨竹歌》和《再用前韵》中论及明代的归有光,在诗作《次韵李直学

---

① 朴齐家:《雅亭集·序》,《贞蕤阁集》卷之一,韩国文集丛刊。
② 金哲:《朴齐家诗文学与中国文学研究》,北京:民族出版社,2007年。

第四章 朝鲜朝后期文人对明清小品文的接受与创作

见寄十首》中论及李攀龙。当然,他更为熟悉袁宏道和徐渭。朴齐家1747年在苕溪分院逗留期间次韵钱谦益的诗,写过诗句"扁舟只是如蜻蜓,名士元来比鲫鱼",而袁宏道初访绍兴时所赋《初之绍兴》中有诗句"船方尖履小,士比鲫鱼多",可见朴齐家阅读过袁宏道的诗文。再举一例证,朴齐家在其《妙香山小记》中写道:

晨起张灯,读袁中郎《徐文长传》。①

朴齐家虽然身在旅游途中,还是清晨早早起来,点灯阅读袁宏道所著的《徐文长传》。比之于其他文人,徐渭更为朝鲜朝后期文人所熟知,这主要是因为好多文人都读过袁宏道的《徐文长传》。如前所述,金锡胄在其诗集《锦帆集》的序文中也引用过《徐文长传》。朴齐家在阅读自己敬重的人写的文章时,常常表现出非常恭敬的态度,他在李德懋的诗集《炯庵先生诗集》序文中写道:

吾友炯庵先生李懋官诗凡若干首,予手抄讫,薰沐以后读之。②

我摘抄好友炯庵先生李德懋的诗若干,熏沐以后诵读。由此可以看出,朴齐家同样很敬重徐渭和袁宏道。此外,朴齐家还写道:

---

① 朴齐家:《妙香山小记》,《贞蕤阁集》卷之一,韩国文集丛刊。
② 朴齐家:《炯庵先生诗集》,《贞蕤阁集》卷之一,韩国文集丛刊。

> 丹林出竟陵，诗不染钟惺。①

朴齐家认为，丹林（即张祥墀）虽然也是竟陵出身，他作的诗却无钟惺之风。由此可以知道，朴齐家不但熟悉公安派的袁宏道，也很了解竟陵派的钟惺，而且他"反对拟古，主张抒写性灵"的文学观与袁宏道、钟惺是一致的，他的《祭李士敬文》即是明证：

> ……（前略）尊唐黜宋，呵斥严辞。余谓子言，毋尔之为。诗之为物，本无定体，其嗜有偏，虽善犹滞。子谓余言，无惑乎奇，过奇不祥，时运之衰，余谓子言，驷舌莫追，文无本心，如水流行，随地沦漪，孰奇孰平。鸟之嘤嘤，非为音声，虫之趯趯，非为容饰，哀至而哭，宁有宿构，痒至而搔，焉择去就。东人卤莽，有手莫措，委厥神精，仿彼泥塑，诗不屡活，如汞走盘，诗不屡新，如染遇酸。毋固先入，毋畏俗挠，常自惺惺，毋失其妙，哀哉士敬，在昨秋夏，其诗大变，人诮我贺。余谓子言，诗存乎心，是心之灵，无古无今。唐宋元明，过去之簿，山川草木，不字之句②（后略）

这篇文章是哀悼李士敬之死的祭文，记述了朴齐家与李士敬之间曾经就唐诗宋诗进行的交流。但从全篇内容来看，这篇文章与其

---

① 朴齐家：《怀人诗·仿蒋心余》，《贞蕤阁集》卷之三，韩国文集丛刊。

② 朴齐家：《祭李士敬文》，《贞蕤阁集》卷之三，韩国文集丛刊。

第四章 朝鲜朝后期文人对明清小品文的接受与创作

说是祭文,不如说是朴齐家全面阐述了自己所追求的新的文学观,尤其是其中"诗存乎心,是心之灵""唐宋元明,过去之簿""山川草木,不字之句"等很好地印证了朴齐家反对树立典范,从天地万物中寻找素材,尊重天然之性的文学观。换言之,在朴齐家看来,对"唐宋元明"诗文作品的模仿已是"过去之簿",自然界的一山一水、一草一木皆是诗篇,生活中的万物皆可作为创作对象进入诗中。

如果说从朴齐家的诗论及诗作中能够找到他与同时期文人对公安派文学接受的一致性的话,那么他的散文则全景式地体现了他的世界观、审美观及文体风格。下文是他《小传》的一部分:

> 观云烟之异态,聆百鸟之新音与,夫山川日月星辰之远,草木虫鱼霜露之微,所以日变化而莫知然者,森然契于胸中,言语不能悉其情,口舌不足喻其味,自以为独得百人莫知其乐也。①

《小传》是朴齐家27岁时写的自传,用超凡脱俗的文笔,展现了自己不同于常人的生活及文学志向。观赏姿态万千的云雾,侧耳倾听百鸟婉转、神奇的吟唱,仰望山川日月星辰之遥远,俯视草木虫鱼霜露之弱小。这大千世界每日每时都在变化,而人们却木然无知,唯独自己能了然于心,陶醉于其中,只是不能用言语表达个

---

① 李洪植:《楚亭朴齐家的碑志文研究》,《韩国汉文学研究》2009年第43辑,第372页。

中情状，旁人是体会不到其中的乐趣的。因此，朴齐家在自传中描述了一个这样的自己：像接受公安派文学理论的其他小品文作家一样，摒弃理气和空理空谈，醉心于自己的文学世界。

下面再以朴齐家为丈人李观祥写的墓碑文为例：

> 公姓李，讳观祥，字国宾，系出德水，五代祖讳舜臣，壬辰名将忠武公者也。考讳弘朴，妣草溪卞氏。配东莱郑氏，生女及子。子汉柱为兄普祥后，更系族弟吉祥，子汉栋，女适经历尹文渊，侧室子一汉石，女三，一适金致讷，一适朴齐家，一幼。公生丙申，辛酉武科，凡为州守者七，节度使者六，卒于庚寅，葬于温阳雪峨山麓乙坐。公志性磊落，事君与亲，傅有实行，非苟为可传也。①

朴齐家在写这篇墓碑文前曾收到妻舅李梦直的信，妻舅在信中告诫朴齐家要注意自己的写作风格，因为坊间有传言说"朴齐家的诗文和书札追求奇异"。朴齐家给妻舅写了回信《答李梦直哀》，为自己辩解，所谓"喜欢奇异"，无非是自己的诗文和书札与当时其他人的有所不同，并表示要坚持自己的文体风格。朴齐家还在给妻舅的另一封信中写道：自己给丈人写的《魂游石铭并序》和别人的风格不一样，哪怕受到诽谤也不会妥协。②

---

① 朴齐家：《魂游石铭并序》，《楚亭全书》（1–3）卷三。
② 李洪植：《楚亭朴齐家的碑志文研究》，《韩国汉文学研究》2009年第43辑，第373页。

第四章　朝鲜朝后期文人对明清小品文的接受与创作

墓碑文通常由散文体的序和韵文体的铭两部分构成，是如实记录死者生平的仪式性的文章，上文是朴齐家写的序文部分。当时墓碑文的一般格式是在序文中写下先祖的系谱、名字和字号、履行的官职、政绩、寿命、死亡及下葬的日期、子孙、下葬的地方，通过许多故事和事件记录、评价亡者的生活。但朴齐家出于实用的目的，仅仅记述了墓碑文所必需的几个信息，略去了其他文学性的叙述，也即摒弃了序文的叙事功能。这篇墓碑文的序仅用143个字，记述了丈人的姓、名、字、祖籍、与名将李舜臣的关系、丈人父母亲的名字、丈母的娘家和出生地、丈人子女的名字及其婚嫁情况、丈人先后把一个儿子过继给自己的兄弟、丈人与姜所生子女及其婚嫁情况、丈人的及第和升迁、丈人的下葬地、丈人对君主的忠和对父母的孝。在短短的143字中容纳了如此多的信息，这篇墓碑文可谓恰如其分地诠释了朴齐家所主张的实用、独特的文学主张。

《妙香山小记》是朴齐家小品文中首屈一指的作品，也是朝鲜朝后期山水游记的精品，是朴齐家20岁那年随岳父赴任宁边都护府使的途中所作：

> 小叶沈浮，腹紫背黄，凝苔裹石，烨如海带，以足割之，瀑激于爪，以口漱之，雨泻于齿……溯而登之，岩势坦旷，乱水流离，步不可着。诸人在下，为予惧坠，挽之不得，可望而不可攀。壹步回头，招呼之手口可数，五步回头，眉睫犹向我而仰，十步回头，笠头如草，只辨纳纳，百步而顾，洞口之

人，如坐瀑底之人。已不见我矣。①

在上文中，朴齐家首先立体地描写了妙香山的景色，然后用细腻的笔触描写了在瀑布下戏水的情景，尤其是在描写兴致勃发，不顾人们劝阻爬到瀑布上方的场面时，接连用了"壹步回头""五步回头""十步回头""百步而顾"，层层推进，突出攀爬的"高"且"险"，给读者以深刻的印象。同时，这一场景与袁宏道的《开先寺之黄岩寺观瀑记》不无相似之处，袁宏道在这篇游记中描写了与友人登山时所观察到的渐变险峻的山势和悬崖绝壁。

朴齐家曾先后4次随使团出使清朝，于1778年将在清朝的见闻写成《北学议》，书中主要记录了清朝的风俗和制度。除《北学议》外，依据韩国石枕出版社2010年出版的《贞蕤阁集》，朴齐家现存的作品有诗1721首，散文123篇。如果说朴齐家以《北学议》及其北学论奠定了他在朝鲜朝思想史的地位，藉诗论和诗作奠定了他在18世纪汉诗史上的地位，那么，他以独特的文学观所取得的散文成就则是可以与朴趾源、李德懋相比肩的。不仅如此，面对正祖"文体反正"的高压，其他文人纷纷转变创作风格，反省自己的文体，甚至表示自己使用了不该使用的文体，而朴齐家和李钰等则始终矢志不渝坚持小品体散文的创作。

---

① 朴齐家：《妙香山小记》，《贞蕤阁集》卷之一，韩国文集丛刊。

第五章　朝鲜朝后期小品文的文体特征

　　如前所述，朝鲜朝后期小品文大约在明清小品文兴起的百年之后开始兴盛。这一时期小品文兴盛的思想背景主要是实学思想的产生和发展。至17世纪，朝鲜社会一直以朱子学为国家的统治思想和意识形态，但进入17世纪后半期，随着社会的发展，朱子学已无法解决现实问题，时代要求以一种新的思想体系来代替朱子学，于是追求以实证方法探求真理、经世致用、实事求是的实学思想得到了发展。朝鲜朝后期实学家认为实学是可以解决现实问题的实用的学问，在脱离了朱子学一边倒的学风的同时，倡导兼备道、气、体、用的儒学所具有的本来的精神。因此，朝鲜朝后期的实学并不是与理学相矛盾或对立的，而是并行的，相辅相成的。

文体能灵敏地反映时代意识，从这个意义上说，当某种历史秩序走向解体，个人或社会都在经历着新的变革时期，主流文体也自然会发生变化。朝鲜朝前期、中期一直奉行理学的文学观，提倡所谓"古文的文体"，即标榜先秦两汉的经典史书和唐宋古文的二元化。理学最初始是南宋强化王权的治国理念，朝鲜朝在建立初期为了平抑权力斗争也将理学引为治国的政治理念。但至朝鲜朝后期，理学逐渐丧失了在思想领域的统治地位，实学及西学逐渐兴起，这种多元的思想之光折射到文学领域，使得这一时期的文坛呈现出多种文体盛行的局面。

第一节　朝鲜朝后期盛行的文体

一、官僚骈体文及拟古文

朝鲜朝的官僚文人将经学篇章及中国唐宋古文奉为典范，多将四六骈体文用于科举考试和外交文书及公文文书。所谓四六骈体文就是行文要像写律诗一样，字数以四字、六字为主，形成对仗句，注意平仄的相间等。除骈体文外，理学派的文人还热衷于拟古文的创作，即模仿《四书》的创作，这种倾向与中国的文风不无关系。前七子是明弘治、正德年间（1488—1521）的文学流派，该流派的领袖人物为李梦阳、何景明。"从散文发展的角度看，'七子'提倡'文必秦汉'，一时使明代散文离开了明初以来取法唐宋的传统。"[1] 随后,明代开始盛行模仿秦汉古文之风,朝鲜朝也紧随其后,李攀龙、王世贞等拟古派大家开始风靡。但他们只是一味地模仿秦汉的"古格",并未能创造出新的文学。宣祖时的崔岦(1539—1612),非常钦羡拟古派的文学理论,欲模仿秦汉的古文,倡导简洁、古劲的文体,但他的作品难免有险僻古怪之虞,缺乏创造性。这种拟古倾向由尹根寿、申钦、申维汉(1681—1752)等加以发扬光大,一直持续到19世纪末。综观各时代的古文运动,无论标榜的是什么,都没能摆脱模仿的轨辙。

二、经世致用派的六经古文

以丁若镛为首的经世致用派的文人与官僚文人不同,他们反对外交文书、公文文书所使用的骈体文、拟古文,将《诗》《书》《礼》《乐》《易》《春秋》等六经和《论语》《孟子》等古文作为文章之学的本源。

三、利用厚生派的时宜文

利用厚生派也与拟古主义者一样,力推古文。但是他们不是要以六经古文的文体来写文章,而是为了克服拟古文、骈体文的弊端,学习六经古文及唐宋古文的创新精神,提出要进行法古创新。他们所说的法古创新就是不拘泥于古文规范,真实袒露各自的想法,创造出具有时代特色的作品。不仅如此,利用厚生派还主张要

---

[1] 吴承学:《晚明小品研究》,南京:江苏古籍出版社,1998年,第19页。

通过实现传统与变革的调和,进入更加理想的创作境界,写出切合时宜的文章。

四、朴趾源、李钰、金　等的稗史小品体

朝鲜朝后期文坛最大的变化可谓朝鲜朝文人热衷于小品文的创作。这一时期,随着政治体制、经济制度、身份制度的动摇,朝鲜朝社会政治、经济、文化等各个领域都发生了巨大变化。在文学思想领域,将理学作为统治思想,提倡"道本文末、文以载道"的正统文学观受到冲击,实学思想的兴起带动了文学创作领域的发展,涌现出大量能够真实反映现实社会及生活的文学作品,尤其是18世纪中后期明清书籍的大量涌入,在朝鲜朝后期的文坛掀起了小品文创作的高潮。

中国明嘉靖年间,流行传奇小说,如《古今说海》《烟霞小说》《历代小史》《稗史汇编》《顾氏文房小说》等丛书,而且出现了以异人、侠客、童奴等为写作对象的传记,并被收录在个人文集中。张潮编著的《虞初新志》,可谓明末清初小说的集大成。金鑢与金祖淳(1765—832)读了《虞初新志》后,创作了《虞初续志》,足见当时稗史小品体的流行程度。朴趾源、李钰、金鑢等文人利用稗史小品体,专注于创作活动。1792年受"文体反正"影响,独特的"稗史小品体"形成。1797年初正祖称之为"小品体"。盛行于朝鲜朝后期的小品文秉承了实事求是的文风,摆脱了正统古文的约束,形成了其特有的文体特征。

第五章　朝鲜朝后期小品文的文体特征

第二节　朝鲜朝后期小品文的文体特征

在研究小品文的文体特征前，首先要界定其类型有哪些。王思任的《谑庵文饭小品》载有诗、诗余、歌行、乐府等四十余种诗歌类型，陈继儒的《晚香堂小品》载有诗、诗余、书序、集序、类书、诗序、诗文序、贺序、寿序、传、记、祭文、疏、题跋、书和志林等，陆云龙的《皇明十六名家小品》载有袁宏道的序、引、广庄、解、述、记、纪游、传、疏、祭文、志铭、题跋、书、尺牍等，本书主要考察游记、尺牍、序跋、传、记、日记、杂录、墓志铭等。前面第二章对明清小品文的文学特征进行了简单论述，第四章梳理了朝鲜后期文人对中国明代阳明学派、公安派、竟陵派文学理论的认知、解读及对明清文集的阅读、接受。总的来说，朝鲜朝后期文人深受中国明清小品文的影响，创作出来的小品体散文的特点也无外乎心灵的自适及对"情"和"趣"的追求，题材选择的自由，表达内容的哲理性、谐谑性、抒情性等等。由于时空的不同，作家生活的时代背景、社会背景有差异，加之作家个人的感受、体验和视角的不同，朝鲜朝后期的小品文又呈现出一些不同的特点。

一、内容题材自由宽泛

朝鲜朝后期的小品文作家是以认识相对论为哲学基础的，认为没有绝对的真理，注重事物的每一要素。即相对于整体来说，更关注个体所具有的属性，重视个体的个性、个人的主观感情。以往的古文禁止表达个人的感情而重视理性的思考，而小品文作家们则强调小品文要反映主观感情，主张面对世界，也应该包括作者自身的主观感情。小品文作家拒绝陈陈相因，特别是对前代文章的写作方法和陈腐的表现艺术，并且极力避免对已知世界的重复再现。因此，朝鲜朝后期小品文的创作内容非常丰富，小品文的题材不再仅仅局限于古文所关注的创作对象，而是将目光转向古文所未曾涉及的领域，即文章的题材不但有不为古文所关注的蜘蛛、黄鼠狼、喜鹊、雪、霜、蜜橘，还涉及茶香、弹琴、饮酒、焚香等日常生活中琐碎的小事，甚至脸部的感觉或者闭眼时微妙的感觉都可以成为小品文作家的创作题材。比如，李德懋的《雪夜文会诗序》：

乐琴书于暇日，只自喜乎茶熟香清，视轩冕于浮云，亦奚恤乎钟鸣漏尽于时也。①

这篇小品文描写的是在弥漫着茶香的氛围中，一边轻轻抚弄琴弦，一边读书的生活场景。虽然抚琴、读书有别于日常生活，但这看似高雅的兴致，却分明是18世纪京华士族日常生活的一部分。

在朝鲜朝后期的小品文中，山水游记占了相当大的比重，内容多为描写印象深刻的风景，也有一部分是触景生情，表达或喜悦，或感伤，或奔放的情怀。下文是朝鲜朝后期文臣任天常（1754—？）

---

① 李德懋：《青庄馆全书》第一卷，首尔：松出版社，1997年，第232页。

第五章 朝鲜朝后期小品文的文体特征

的小品体游记：

> 会雨霁，当夜月明，习水者皆言水自此当杀，乃相与释忧，觅两壶醪，泛舟出里间。夹街店舍，俱垫于水，往往守舍者语水中。既出南湖，水底有犬嗥声，梢工急回舟，逐之不能迹，为之一笑。纵棹至中流，月色虚明，水天茫洋，东南遥山缭绕，若莎堤柳堰。西北望木觅道峰，皆似海门岛屿，回视坡上人居，尽浮家泛宅也。积雨余，令人心目俱豁。①

这篇文章属于游览江水或海景的游记，描写了划着船在因洪水水位上涨的汉江上游览的过程。雨后天晴，夜晚来临月亮出来了。熟悉洪水的人们说，水要退了，这才放心。于是，带了两瓶酒，划着船离开了村子。道两旁的店铺全都浸泡在水中，守护宅舍的人在水中说着什么。一般游记都是描写白天游览时所看到的壮观景象，而任天常在这里描写的是夜晚的景色，视角、素材都比较奇特。

除山水游记外，尺牍也是朝鲜朝后期小品文中颇为引人瞩目的部分。明代的尺牍文学最早由许筠介绍到朝鲜朝②，至18世纪末受明代尺牍类小品文的影响，朝鲜朝文人之间开始流行尺牍创作，朴趾源和南公辙在编写自己的尺牍集时，特意将传统、冗长的信函

---

① 任天常：《坡上泛涨，附游记》，《穷悟集》卷之二，韩国文集丛刊。
② 安大会：《朝鲜朝后期小品文的实质》，首尔：太学社，2003年，第241页。

类"书"与简短、感性的尺牍区分开来。此外,当时甚至还出版了很多尺牍集单行本,如赵熙龙(1789—1866)的《寿镜斋海外尺牍》,收录了60篇尺牍,《乂峰尺牍》收录了51篇尺牍。① 这类尺牍包含议论、叙事、抒情三要素,既是文学作品,又兼具书信的实用性。

> 朝起,绿树荫庭,时鸟鸣嘤,举扇拍案胡叫曰,是吾飞去飞来之字,相鸣相和之书,五采之谓文章,则文章莫过于此。②

清晨起来,来到绿树庇荫的庭院里,不时传来鸟儿们欢快的鸣叫声,举扇拍案叫道:这不就是我飞来飞去的文字,彼此和鸣、互答组成的五彩华章嘛!文章也不过如此。朴趾源在这篇尺牍中记录自己看到鸟飞、听到鸟叫后的感悟:文字的表现力是有限的,难以如实地传达事物的本质和真相。既然文字的表现力都有局限性,那么被视为典范的古文的局限性就自不必说了。这一感悟也可以看作是朴趾源对古文价值的间接否定。

由于朝鲜朝后期商品货币经济的发展及实学思想的兴盛,该时期小品文所涉及的题材除山水景物、人物、掌故、时令风俗、书画艺术、市井杂谈、家庭琐事、亲朋故友、个人情怀之外,还有描写大都会人情世态以及燕行、实学等素材。

---

① 李愚一:《公安派与北学派的尺牍小品文比较》,《培花论丛》2009年第22辑。
② 朴趾源:《答京之(之二)》,《燕岩集》卷之五,韩国文集丛刊。

第五章　朝鲜朝后期小品文的文体特征

把繁华都市汉阳城及市井百姓的生活作为描写对象进行文学创作，始于正祖时期，以李钰、姜彝天、柳得恭、赵秀三等一批文人为代表，其中尤以李钰的小品文最具特色。他的《俚谚引》如下：

> 今也，此且不然，彼且不然。问其时也，则烟花太平，熙熙攘攘之好世界也；问其地也，则锦绣长安，纷纷扰扰之大都会也；问其人也，则笔墨多年，涔涔闷闷之闲生涯也。昼而出游乎街坊，则所逢者，非男则女也；夜而归对乎书床，则所展者，唯图书数卷也。其心焉，痒痒焉，如千百虱之遍走乎肝叶也。吾亦不得不倾倒肠胃，出此虱而后已矣。①

在这里，李钰描写了一个比较清闲的文人去京城闹市闲逛，晚上把白天观察到的仔细记录了下来，在文章中用幽默的文字表达了自己为文的冲动：我现在既不属于这里，也不属于那里。若问我身处哪个时代，我生活在烟花太平盛世，尽享繁华热闹。若问我身在何方，我在富饶繁华之都长安。若问我是谁，我多年读书习文，痛苦烦闷，无所事事。白天去街市闲逛，遇到的人非男即女，夜晚回到寓所面对书桌打开的只是几卷书而已。我的心奇痒无比，犹如有千百只虱虫在肝脏上蠕爬，我只能倾倒五脏六腑吐之而后快。这样纪实的描写正是李钰主张的"真实的文学"的具体体现。再看一下他的《柳光亿传》：

---

① 安大会：《李钰小品文所描写的汉阳都会百姓的生活和世态》，《汉文学研究》2018年第69辑。

> 天下攘攘，利来利往，世之尚利，久矣。（中略）京师，工贾之所萃也。凡可售之物，廛肆星罗而棋布。有为人赁手指者，有卖其肩与背者，有淘圊者，有鼓刀血牛者，有华其面嫁者，天下之买卖，极乎此矣。外史氏曰：裸壤，无丝锦市，搏生之世，无鬵甑，有需之者，货之者生。大冶之门，不以钳锤炫，力农之家，负米者过而无声。无诸己，而后求诸人。[①]

李钰生活的时代是汉阳城向商业都市发展的时期，上文是《柳光忆传》的导入部分，描写了汉阳城的市场面貌、人们对利益的追求及买卖关系：天下熙熙皆为利来，天下攘攘皆为利往。世人崇尚利益由来已久，为追逐利益到处来往奔波。京城汉阳是匠人和商人汇聚之地，商铺星罗棋布，各种买卖应有尽有，有卖手艺的，有出赁肩和背的，有淘粪的，有宰牛的，有浓妆卖笑的，天下的买卖在这里达到了极致。外史氏说：在裸身之国没有卖丝锦的市场，吃生食的地方没有卖锅碗的，有需求货物的人才会有卖家的产生。没有人在大工匠家门前炫耀刀和锤，也没有人在富农家门前负米叫卖。这是因为人只有在自己缺什么的情况下才会向他人购买。李钰的这篇传作品辛辣地批判了柳光忆靠卖科考文章为生的行为无异于出卖心灵，揭露当时科举制度的腐败。

李钰的作品是描写18世纪末、19世纪初汉阳都市生活的写实性作品，而朴趾源、朴齐家、李德懋的燕行文则反映了他们的实学思

---

① 李钰：《梅花外史·柳光忆传》，《藫庭丛书》卷十一。

想，这类燕行文可以说是朝鲜朝后期小品文的一抹亮色。下文是李德懋的《入燕记》：

  大定江，博川嘉山之境也。海潮往来，舟楫辐辏，人居富庶，鱼腥逆鼻。船制，立短樯于船头，而船腰立船樯，下碇则偃为蓬梁，船上皆覆板，穹然龟背。虽遇风，无缺漏之患。帆绳，绞人发，鸱柄外插。①

  这是一篇游记类小品体散文，它描写的重点不在景致，而是着重描写了当时中国比较先进的造船技术和工艺流程，文中细致地描述了船头、船腰和锚缆。这种撰文方法即源于实学家李德懋利用厚生的思想。

  朴趾源也在《北学议序》中写道：

  盖在先先余入燕者也。自农蚕、畜牧、城郭、宫室、舟车，以至瓦、簟、笔、尺之制，莫不目数而心较。目有所未至，则必问焉，心有所未谛，则必学焉。②

  朴趾源在给朴齐家的《北学议》写的这篇序中，称赞朴齐家先于自己写燕行见闻录，称赞朴齐家关于农蚕、畜牧、城郭、宫殿、船和车、瓦、竹席、笔和尺子的记述才是真正的学问。

---

① 李德懋：《入燕记》，《青庄馆全书》卷六十六，四月初四日条。
② 朴趾源：《北学议序》，《燕岩集》卷七，别集，韩国文集丛刊。

除此之外，朝鲜朝后期的小品文还有许多以与实际生活直接相关的衣食器皿为素材，采用考证的方法写成的。比如，实学家洪万选（1643—1715）的文集《山林经济》中记录了山林生活所必需的实用知识。他在引用明清言集的时候也主要选取有助于实际生活应用的内容。如此，在朝鲜朝后期实学思想兴盛的主流中，文人不仅对清朝先进的文物制度表现出浓厚的兴趣，也高度关注经由清国传入的西学。他们渴望学习、研究西欧先进的自然科学，于是大量阅读与之相关的中国书籍，这个关注、学习、接受的过程也为小品文的兴盛提供了丰厚的土壤。

二、以小见大，升华主旨

所谓以小见大，就是能从细小之事、微小之物中挖掘出其不同寻常的内涵。朝鲜朝后期的小品文作家多取材于日常生活中的琐事或者从《世说新语》《水经注》等名著中寻找小细节、小故事，以揭示大的主题，抑或阐明深刻的哲理，为后世留下了许多优秀的作品。下文是与金鑢、姜彝天等小品文作家有交游关系的文人沈鲁崇的代表作《泪原》：

> 泪在眼乎？在心乎？谓在乎眼，则有如水之在科乎？谓在乎心，则亦如血之从脉乎？谓不在乎眼，则泪之出，无关乎他体，唯眼独司之，可谓之不在眼乎？谓不在乎心，则未有心之不动，眼独泪者，又可谓之不在心乎？若又谓之自心而眼，如溲溺之自小肠而肾，则彼皆水类也，不失润下之性，而独泪不

第五章 朝鲜朝后期小品文的文体特征

然？心在下也，眼在上也，岂有水而自下而上之理乎！尝试思之，心比则地也，眼比则云也，泪于其间，比则雨也。雨未尝在云，亦未尝在地，然而谓雨生于云而地不与，则天上常有雨乎？生于地而云不与，则雨何以自天绛乎？是不过曰，气之感而已，则泪之自心而眼，亦如是矣。①（后略）

眼泪在眼睛里？还是在心里？这篇文章选取日常生活中最细小的素材——眼泪，在开头先抛出这一含有哲学思考的话题，然后以问答形式展开论述：如果说眼泪在眼睛里的话，那么是不是就像水积在水洼里？如果说眼泪在心里的话，那么是不是就像血液顺着脉管在流淌？如果说眼泪不在眼睛里的话，那么是不是流眼泪与身体的其他部位无关，只是由眼睛主管泪水，所以说不在眼睛里？如果说眼泪不在心里的话，那么是不是因为心没有感动，眼泪不会自己流出来，所以说眼泪不在心里？假如说眼泪是自心里流到眼里，就像尿液是从小肠流到肾里，那么眼泪和尿液同为液体，都应自上而下流，为何只有眼泪不遵循这一规则？心在下，眼在上，为何作为液体的眼泪会自下而上流？如果打比喻的话，心是大地，眼是云，眼泪在大地与云中间，可以比作雨。雨不在云里，也不在大地上，但是如果说雨产生于云气中，与大地无关，那么天上为什么常常下雨呢？这不过是气的感应而已，眼泪自心中流出，又自眼中涌出，与此同。沈鲁崇妻子去世，他在去墓地的路上，时而放声痛哭却没

---

① 金荣镇：《眼泪是什么》，首尔：太学社，2001年。

一滴眼泪,时而默不出声却泪如泉涌,他结合自己的亲身经历,思考"眼泪来自哪里",以眼泪为描写对象,把心比作大地,把眼睛比作云,把眼泪比作雨,虽然雨不在云里,也不在大地上,但是正如大地与云气相互感应,通过云形成了雨一样,由于心的感应,通过眼睛流出了泪水,得出了这样蕴含着深刻哲理的结论。

李钰作为朝鲜朝后期小品体散文的代表作家,他创作的赋、书、序、跋、记、论、说、解、辩、策、文余、传等都具有很强的小品文体的特征。比如,他的很多篇赋把昆虫、动物、花草作为素材,并以此讽喻当时的社会现实,堪称"以小见大"的佳作。下文是李钰的《鱼赋》:

> 水者一国也,龙者其国之君也。鱼之大而若鲸若鲲若海鳅者,其君之内外诸臣也。其次而为鳡鲤鲔鲨之类,又其胥史吏隶之论也。外此而大不能盈此者,既水国之万民也。其上下相次大小相统者,又何异乎人也,是故龙之为其国也,旱而涸则必雨以继之。虑人之渔而尽,则鼓层浪以弊之,其于鱼也,非不惠也。然而慈鱼者一龙也,虐鱼者众大鱼也,鲸鲵顺潮而吸,以小鱼为诗书;鲛鳄奔波而吞啮,以小鱼为蓄畜。鲨鳜鳝鲤之属,乘间抵隙而发之,以小鱼为银镂琼琚。强者弱吞,高者下渔。苟其不厌,鱼必无余。噫!无小鱼,龙谁与为君,彼大鱼者,亦安得自大也.然则为龙之道,与其施区区之恩,曷若先祛其为害者乎?吁乎!人只知鱼之有大鱼,不知人之亦有大

第五章 朝鲜朝后期小品文的文体特征

鱼,则又安知鱼之悲人,不亦如人之悲鱼者欤哉?①

在这篇《鱼赋》里,李钰把水比作一个王国,龙即指君王,鱼类中各种不足一尺长的小鱼指百姓,鲸、鲲、海鳅等大鱼则指内外群臣。在"水"这个王国中,只有大鱼、小鱼上下尊卑皆有序,龙才能得以统治这个王国。如果大鱼吃小鱼,弱肉强食,鱼将不复存在,国也将不国,龙自然也就做不了王了。《鱼赋》就是如此鲜明地阐明了治国之道,告诫君王和诸大臣一定要惠泽、善待百姓。

下面再看一下李德懋的《原闲》:

通衢大道之中,亦有闲。心苟能闲,何必江湖为,山林为。余舍傍于市,日出,里之人市而闹,日入,里之犬群而吠,独余读书安安也。时而出门,走者汗,骑者驰,车与马旁牛而错。独余行步徐徐,曾不以扰失余闲,以吾心闲也。彼方寸不扰扰者,鲜矣,其心各有营为。商贾者(缺)锱铢,仕宦者争荣辱,田农者(缺)耕锄营营焉,日有所思,如此之人,虽真诸零陵之南,潇沅之闲,必叉手坐睡,而梦其所思,奚闲为。余故曰:心闲身自闲。②

"在通衢大道的正中央,也是有空闲之地的。人的内心若真有

---

① 李钰:《鱼赋》,《李钰全集》第三卷,实是学舍译注,首尔:昭明出版社,2009年,第41页。
② 李德懋,《原闲》,《青庄馆全书》卷之四,韩国文集丛刊。

空闲,不一定非得去江湖,也不一定非得进山林。我的家位于闹市旁,日出时分,人们聚在一起,人声鼎沸;日落时分,村子里的群狗聚在一起狂吠,唯有我在安静地读书。偶尔出门,看到奔跑的人大汗淋漓,骑马的人疾驰而过,牛在车马旁行走。我独自慢慢行走,不曾因晨间的喧闹而失了内心的空闲,因为我的心原本很闲适。闹市里的人鲜有内心不烦乱者,那是因为他们的内心各有所思。商贾之人慕金钱,官宦之家争荣辱,种田的人惦记着耕地除草,林林总总,不得安宁。像这些为钱财、生计煞费苦心的人,即便把他们放到零陵之南,潇水、沅水之间,恐怕他们也会叉手坐着打盹,在梦里想着发财,如何能得闲适呢?所以,我说:内心恬淡,身体才闲适。"

李德懋的这篇小品文在文章开头,先由通衢大道正中央的空闲之地引入"闲"这一概念,中间部分以对闹市人群生活的素描作铺垫,最后导出结论,唯有摒弃心中的杂念,身与心才能获得真正的闲适。这一结论近乎道家的玄学,李德懋用这篇仅160余字的生活小品文,阐释了道家的"闲"这一概念,颇富哲理,读来令人回味无穷。

三、结构短小精悍,说理含蓄

朝鲜朝后期的小品文继承了明清小品文篇幅短小的特点,字数通常在二三百字,甚至有一些文章不足百字。这类小品文省略了传统古文惯用的、多余的华丽辞藻,提倡率真地描写事物、直白地咏物状景的文风,没有叙述时的波澜和曲折,但文笔精悍,真正达到了短而隽。

一般来说,传统的经典古文在文章的开头,总是以委婉、曲

第五章 朝鲜朝后期小品文的文体特征

折的叙述作为铺垫,逐步进入正文、高潮,随后再重新以平缓的行文给文章结尾,而小品文的行文没有过多的、不必要的波澜曲折,在文章一开始就切入正题,以强有力的语气使文章达到高潮,而后在简单的叙述之后便结尾。简短的篇幅使小品文也因此显得更为紧凑,含蓄隽永。与松散、冗长的描写相比,小品文简短的篇幅明确地突出了文章的主题,因此,省略了起承转结式的叙述、不甚明确的表达以及过多的婉辞丽句,结构短小、精悍、含蓄成为小品文脱离传统古文文体形式的突出特点。但是论辩事理时,因需要缜密的逻辑,也有不得已篇幅较长的情况。然而,对于以传达感情和描写对象为主的小品文而言,简短的篇幅、率真的表达则能表达出更好的效果,朝鲜朝后期文人创作的小品文也很好地体现了这些特点。

下文是朴齐家所著的《百花谱·序》:

> 人无癖焉,弃人也已。夫癖之为字,从疾从辟,病之偏也。虽然具独往之神,习专门之艺者,往往为癖者能之。方金君之径造花园也,目注于花,终日不瞬,兀兀乎寝卧其下,客主不交一语,观之者必以为非狂则痴,嗤点笑骂之不休矣。然而笑之者笑声未绝,而生意已尽。金君则心师万物,技足千古,所画百花谱,足以册勋瓶史,配食香国,癖之功,信不诬矣。呜呼!彼伈伈泄泄误天下大事,自以为无病之偏者,观此帖,可以警矣。①

---

① 转引自安大会:《朝鲜朝后期小品文的实质》,首尔:太学社,2003年,第129页。

如果说一个人无"癖",那么此人不过是一废人。大体上"癖"这个字来自于"疾"或"癖",所以已经近乎"病"。尽管埋头于研习某种技艺,往往是有癖者才能做得很好。金君径直奔向花圃,一天到晚盯着花,眼睛都不眨一下,甚至寝卧于花下观察,即便是客人来了也不言不语,看到此情此景的人都以为他要么疯了,要么傻了,不停地指指点点笑骂他。但是嘲笑他的人还没笑完就会呆住的。金君用心尊万物为师,其绘画技艺举世无双,其作品《百花谱》完全可以载入《瓶史》,祭祀"香气之国","癖"之功可真没白费。啊!那些浑浑噩噩误天下之大事还自以为没病的人,看到我这帖子当引以为戒。这篇《百花谱·序》虽然不足二百字,关于"癖"进行了深刻的剖析,形象地介绍了画家金德亨创作《百花谱》时,认真、专注地观察花卉,到了痴和狂的程度。唯其如此,才画出了举世无双的作品。朴齐家在这篇序文中,通过对《百花谱》的评论,高度赞赏了画家金德亨的"癖",看到了这种"癖"的积极意义,并在序文的最后点了题:为官者,不作为,误天下事,那才是真正的"病",并告诫身居要职的人要引以为戒。这篇序文包含了作为序所应该具备的基本要素,最后以犀利的文笔点题,读来令人震撼。

小品文简短的文体不仅仅局限于序文,游记等的篇幅也以简短居多。

盘石介于两寺之间,而距奉国寺差近。水淙淙可听,花簌簌尤盛。命释幻坐上流泛花。花片着水,回恋不下,忽翔然而

第五章 朝鲜朝后期小品文的文体特征

达于下涡。又垒聚不下,以松枝捞水乃下。叫奇欢甚。忽有掬腐叶污沙来者,问其故,欲塞流。决作急流声。吾叱之曰:"谁教而作此没韵事耶?"命拓水底滞沙以赎辜。于是花流甚捷。①

上文是朝鲜朝后期文臣权常慎(1759—1824)所著的《贞陵游记》,该文描写的大致内容是:僧侣们将树叶置于水上,使其顺流而下,而一男子却欲用树叶和沙石堵塞水道从而制造出激流的声音,该男子因此举动遭到指责,并命其疏通淤滞的泥沙。这篇小品文虽仅有百余字,但叙述得有情境、有情节、有转折,还有"花流甚捷"这一结果。

下面再以李家焕(1724—1801)为卢兢所写的墓志铭为例:

要之,聪明透悟似桑民怿,贯穿荟丛似陈明卿,奇才高义,傲兀欹崎,身陌名播似徐文长。昔袁中郎评徐文长曰:"其胸中有一段不可磨灭之气,英雄失路,托足无门之悲,故其为诗,如嗔如笑,如水鸣峡,如种出土,如寡妇之夜哭,羁人之寒起。"识者谓之徐氏之桓谭,惜乎今世无卢氏之桓谭也。②

卢兢聪明透悟像桑民怿(1447—1513),饱读诗书如陈明卿

---

① 转引自郑珉:《18世纪朝鲜知识分子的发现》,首尔:人文主义出版集团,2007年,第167页。
② 李愚一:《朝鲜后期袁宏道小品文的受容样相》,《培花论丛》2009年第28辑,第41-70页。

（1581—1636），才奇义高，多灾多难似徐文长。前面第四章已讲到卢兢怀才不遇，命运多舛，历经蒙冤入狱、丧妻、丧女之痛，一生穷困潦倒。李家焕在为其所撰写的墓志铭中，用寥寥数语勾勒出非常有才气却无处施展，而且历经磨难的潦倒文人像，紧接着又引用了袁宏道的《徐文长传》中的内容①。朝鲜朝后期的很多文人因为读过《徐文长传》，非常熟悉袁宏道笔下的徐文长：才能奇异、性情奇怪、遭遇奇特，最后悲愤而卒。李家焕在此引用，将卢兢比作徐文长，起到了烘托的效果，读来让人不禁为卢兢的命运扼腕叹息。

四、条目化的叙述方式

朝鲜朝后期的小品文中主要是部分山水游记采用了条目化的记叙方法。所谓"条目化的叙述方式"是指将同一主题的内容分为几个小的单位进行叙述的方式。即在一个大的题目下，按照1、2、3、4……的顺序编号，并且为每一个内容加上小标题。一般来说，只有公文文书才以这种方式对要报告的内容进行叙述，但是朝鲜朝文人却将这样的叙述方式引入小品文的创作中。②

公安派代表人物袁宏道创作的小品文《瓶史》和《觞政》中就已经使用了条目化的叙述方式，李德懋受公安派的影响，是朝鲜朝

---

① "晚年愤益深，佯狂益甚，显者至门，或拒不纳。时携钱至酒肆，呼下隶与饮。或自持斧击破其头，血流被面，头骨皆折，揉之有声。或以利锥锥其两耳，深入寸余，竟不得死。"出自袁宏道《徐文长传》。

② 权政媛：《李德懋初期散文的公安派接受研究》，釜山大学，2006年，第119页。

第五章　朝鲜朝后期小品文的文体特征

后期文坛第一个用"词"的形式进行小品文创作的文人。继李德懋之后，李钰和权常慎等文人先后也受到影响，在他们所创作的游记类小品文中多次使用了条目化的文体形式。

李德懋于1762年9月在北汉山游览三天两夜后写下了《记游北汉》，该作品以洗剑亭、小林庵、文殊寺、普光寺、龙岩寺等14个风景地为小题目——地进行了描写。

李钰将其回家探亲途中的所见所闻著成了《南程十篇》，具体分为叙文、路问、寺观、烟经、方言、水喻、屋辨、石叹、岭惑、古绩绵功10个小题目。其中主要讲述了第一次听到的庆尚道方言，以及与松光寺僧侣们开玩笑，彼此间的对话带有启发性，具有议论文的特点。此外，李钰把1793年在北汉山重兴寺游览4天的经历写成《重兴游记》：

留山中二日，登山映楼三。昼而登，夕又登，其翌日朝，又过而登。昼而夕晴，其翌朝暄，山色之晦明，水气之阴晴，今之行而集其成。见暮山如媚，枫叶齐醉；朝山如寐，蔼乎滴翠。暮水甚驶，砂石不寔；朝水有气，岩壑雨渍，此朝暮山水之异，而楼之可记也。①

上文是《重兴游记》中的一则《亭榭》，正如看到的这则《亭榭》一样，《重兴游记》很明显地采用了条目化的记述形式，将观

---

① 李钰：《重兴游记》，《李钰全集》卷三，实是学舍译注，首尔：昭明出版社，2009年。

览对象分为15条,即时间、伴侣、行李、约定、谯堞、亭榭、官廨、寮刹、佛像、淄髡、泉石、草木、眠食、杯觞、总论,各条下又各赋以小题目,各条目又分好几篇简短的记事加以叙述。

权常慎1784年创作的《南皋春约》是一篇逸趣横生的山水游记,分条目进行记述是该作品最大的特点。《南皋春约》共分为4条,通过第一条"赏花"、第二条"琴书投壶"以及第三条"做表"详细描述了赏花的规则,并在最后根据规则详细地附上了第四条"罚科"的规则[①],举例如下:

第一条第一则

饭前议定某处看花。议若有岐,三人言从,二人言耻,议不立不乐携随者,从罚如左

第一条第三则

行或并袂,亦或连武。有时乎,二二三三,参参差差,必各自相顾,同作一团。若健步先之,不应后者,懒步后之,不呼先者,至于乖散者,从罚如左

第二条第一则

饭后若不修花事,必从事于琴书投壶,舍三者而进杂具者,从罚如左

---

① 安大会:《朝鲜后期小品文的创作与明清小品文》,《中国文学》2007年第53辑。

第五章　朝鲜朝后期小品文的文体特征

正如在上文中所看到的，在登山前先把规矩和禁忌提出来，为了确保玩得尽兴，又"约法三章"。这篇游记不同于以往按时间记述的游记体，而是按观赏的景物分门别类叙述，而且本来记述的是朋友间的游兴，又模仿法律文书拟写了惩罚条款。

与之前的游记通过描写山水陶冶性情不同，小品文游记则是把山水本身作为审美的对象，对于风景的客观描述和评价成为文章叙述的主要内容，因此，与按照日期进行描述相比较，按照游览名胜的轨迹顺序进行描写，这种手法更适于进行细致的描述。①

五、寓言逸话表现手法的使用

寓言常用的表现手法有比喻、拟人、夸张等，目的无非是形象、透彻地说明某种哲理、教训或表达讽刺之意，行文中插入逸话、传说等有助于表达主题。朝鲜朝后期的小品文作家中，有很多人喜欢采用寓言式的表现手法，如朴趾源的《热河日记》《虎叱》《绿鹦鹉经序》，李德懋的《书心溪子长牍序》《雀巢上梁文》，还有李钰的《蝉告》《镜问》《瓜语》《劾猫》《蒡悟》等小品文中，均有明显的寓言式的表现手法。他们在小品文中使用寓言式的表现手法，或说明一定的哲理，或表达自己利用厚生的实学思想，或揭露、批判不合理的社会现实，有着浓郁的谐谑性，而这种寓言式的手法和谐谑的风格却是追求典雅和庄重文风的古文所极度禁忌的。

---

① 权政媛：《李德懋初期散文的公安派接受研究》，釜山大学，2006年，第124页。

柳得恭是"燕岩派"的重要人物，关于朴趾源的《热河日记》，他写道：

著日记二十卷，嬉笑怒骂，杂以寓言。①

朴趾源的《热河日记》以及他所写的序跋、书牍中使用了一些寓言式的表现手法，这些作品之所以具有恒久不变的价值，是因为他拒绝模仿秦汉和唐宋，意欲写出包含朝鲜本土的风俗和语言的文章。尤其是其汉文短篇小说《虎叱》采用传统的庄子式寓言创作结构，运用拟人的手法，借老虎之口酣畅淋漓地斥责了与寡妇私通的儒学者道貌岸然的伪善面目。朴趾源为李书久（1754—1825）的《绿鹦鹉经》写的序文大致内容如下：

洛瑞（李书九，字洛瑞）得到一只绿鹦鹉，想让它说话，它不说，说了也听不懂。于是，洛瑞哭着跟鹦鹉说："你不说话，和乌鸦、鹅有什么不同呢。如果听不懂你的话，我就是外夷。"就在此时，洛瑞和鹦鹉突然言语就通了，于是，洛瑞写了《绿鹦鹉经》，让我作序。我很早就梦见过白鹦鹉，就去找博士解梦。我说："我一辈子都在做梦，我梦见自己怎么吃也吃不饱，怎么喝也喝不醉，梦见臭味也不觉得臭，梦见香味也不觉得香，使劲也不觉得有力气，在梦里喊也发不出声音。或

---

① 柳得恭：《热河日记》条，《古芸堂笔记》卷三，韩国文集丛刊。

第五章　朝鲜朝后期小品文的文体特征

飞龙在天上，或凤凰、麒麟、鬼神、怪兽在追逐。四只眼睛的神，嘴长在背上，牙齿咬着大刀，手上又长着眼睛，眼睛耳朵很小，嘴和鼻子很大。波涛汹涌的大海，着火的青山，或日月星辰缠在身上，或被晴天霹雳惊吓出一身冷汗，有时腾云飞到天上，有时爬到楼台上，有时透过玻璃窗能看到女人的微笑。"

接下来，朴趾源通过与博士的问答对话，否定了"为了来世的幸福享乐就要忍受现世的苦行"，也点透了长生不老是没有意义的，梦是一种超越了逻辑或道德判断的超现实的个人体验，并且是不能与任何人共享的。

"我的梦仅是我做的梦，别人没有和我做同样的梦，谁又会相信我的梦呢？"①一个人的梦与其说是与万人相通的普遍真理，不如说是每个个体所固有的相对的真实。

这样的序文给人以新奇感，可以说文章最后一句点明了朴趾源真正想表达的相对主义的认识论。

李德懋的《书心溪子长牍序》与《〈绿鹦鹉经〉序》的写作方法是一致的，在序文中描写了梦境，不过，李德懋借用了关于战国楚襄王的逸话：

幽鬼啸雨，砭人骨髓，非巫山神娥悠泛高唐之霏云，婷

---

① 金声振：《朝鲜朝后期小品体散文研究》，釜山大学博士论文，1991年。

婷婷娉于楚大王梦中耶。余于古幅，看楚梦图。襄王凭玉几而睡，有白气宛宛如香烟，插于顶，袅娜半天，有女明妆，稳踏气端，其明眸烨烨，直透大王之顶也。宋玉之徒，拱手立于旁，但知王之睡于玉几，而不知梦境圆回迷茫浩渺楚国五千里，逢巫娥而和悦，其话言呢呢剌剌也。夫梦，虚影也，可独悟而不可与人并观矣。况梦可画乎哉？况楚国大王梦巫山娥，可书乎哉？然一白气宛宛者，梦于是了然矣。白气其梦耶，梦其神娥耶，神娥其画耶，画其梦耶，其了然者何也。吾已忘之矣，心溪之文，其梦之画耶否耶？[①]

关于"巫山云雨"的由来有很多讹传，在楚国神话传说中"巫山神女兴云降雨"故事的主角是楚之先王，楚襄王只是从宋玉那里听到该传说的听者。所以，李德懋在这篇序文中对这一传说的引用不一定完全准确，但至少在此文中使用了引用中国神话传说的手法：

"幽鬼在雨中哭泣，令人不寒而栗。巫山神女踩着云霞，袅袅婷婷出现于楚大王的梦中。我曾经看过名为《楚梦图》的古画，楚襄王倚靠着玉榻打盹，一股白烟裹着香气缭绕在大王的额头，一浓妆美女踏着馨香的云烟飘然而来。她明亮的眸子直视着大王。宋玉之辈，拱手立于大王身边，他们只知大王倚靠着玉榻在打盹，却不知大王已在梦中穿越了楚国浩远的江山与巫山神女相遇，相谈甚

[①] 李德懋：《书心溪子长牍序》，《青庄馆全书》卷之四，《婴处文稿》二，韩国文集丛刊。

第五章 朝鲜朝后期小品文的文体特征

欢。大抵梦是虚幻的影子，只能独自感觉而不能与人共览，更别说画出来了，楚国大王会巫山仙女就更画不出来了。那股白烟分明是梦境，白烟是梦吗？梦是神女吗？神女是画吗？画是梦吗？那么，清晰的是什么呢？我已然忘记了，不知心溪的文章描绘的是不是梦境。"

除这篇《书心溪子长牍序》以外，李德懋的《雀巢上梁文》通过喜鹊筑巢的故事影射了人的行为，李钰的《蝉告》是听了蝉的鸣叫声，假托蝉的话表达自己欲归隐的想法。《镜问》是通过反复的自问，让被拟人化的镜子安慰日益瘦削、寒酸的自己。《瓜语》是假托黄瓜奉劝统治者在录用人才时要好好挑选时期及胜任的地方，同时还提醒莫要为了摘所需黄瓜而踩踏黄瓜秧，从而破坏了根本。《劾猫》是通过狗的话揭露猫的奸邪，同时又与狗的忠诚作比较，含沙射影指摘人的狡黠心理。《莠悟》将莠草的多面性比作历史上的小人，把谷物比作君子，阐释了保护君子、打击小人的方法。

此外，还有一些假传作品，也采用了寓言式的写作手法，如李钰的《南灵传》和《却老先生传》分别是将烟、小镊子拟人化的假传。李德懋的《管子虚传》是将竹子拟人化的假传，而其《看书痴传》则是寓言式的传记：

> 木觅山下，有痴人，口讷不善言，性懒拙，不识时务，弈棋尤不知也。人辱之不辨，誉之不矜，惟看书为乐。寒暑饥病，殊不知，自涂鸦之年，至二十一岁，手未尝一日释古书，其室甚小，然有东窗、有南窗、有西窗焉，随其日之东西，受

明看书。见未见书，辄喜而笑。家人见其笑，知其得奇书也。尤喜子美五言律，沉吟如痛疴，得其深奥，喜甚，起而周旋，其音如鸦叫。或寂然无响，瞠然熟视，或自语如梦寐。人目之为看书痴，亦喜而受之。无人作其传，仍奋笔书其事，为看书痴传，不记其名姓焉。①

李德懋在此描写了一个"读书痴"的形象，但这个读书痴不是逃避现实的痴人，而是一个准确把握现实的、聪明的读书人。《看书痴传》的篇名与袁宏道的《醉叟传》命名方法相似，文中采用了谐谑与反语的修辞手法，这两种修辞手法也是明末清初小品文的文体特征之一。

六、俚谚白话文对话体的使用

晚明小品文作家主张在语言表达方面重视"今时"，在文章中使用俗语，即在创作中使用典故和经文中不常使用的浅显易懂的字句，提倡使用方言、俚语和口语。这样的主张对朝鲜朝后期文坛的影响非常之深远。朝鲜朝后期的小品体散文作家所说的"今时"就是他们所生活的当下，"俗语"即谚语和日常用语，朴趾源曾用"字其方言""韵其民谣""自然成章""真机发现"等词语来形容使用浅显易懂的字句所创作的文章，主张"朝鲜风"，李钰也在其《三难》中谈道：

---

① 李德懋：《看书痴传》，《青庄馆全书》卷之四，《婴处文稿》二，韩国文集丛刊。

第五章　朝鲜朝后期小品文的文体特征

　　国人之于服食器皿斤干之物也，以其所呼之名而名之，则三岁小儿犹然有余，而及其操笔临纸欲作数字件记，则已左右视而问旁人，不知某物之当某名矣。岂有是哉！噫！①

　　李钰认为，国人对于衣服、饮食、器皿等日常物件，若直呼其名，即便是三岁的小孩也能听得懂，而及至拿着笔在纸上涂画，只能顾左右问该如何写。针对这种现象，李钰还在《三难》中以"油"的故事为例，进行了进一步的说明。某太守让衙役去买祭祀所需物品，衙役按照记在账簿上的物品，悉数全都买了回来，但唯独不知道"法油"为何物，而没能买回，卖油商也明明知道有"灯油"可售，但因不知道那衙役所说的"法油"就是灯油，也没能卖出去。太守让衙役去买油，但他没有用衙役或商贩所使用的语言，而是用了自己所属的那个阶层使用的语言，彼此没搞清楚，结果那天的受害者是没能成功祭祀的太守本人。李钰认为，之所以出现这样的后果，原因不在衙役或卖油商那里，而在太守那里。同样，当时的朝鲜朝社会很多没能接受汉字教育的平民读者根本读不了汉诗，所以，李钰不用汉字进行创作，即使被人说创作手法拙劣，其诗作被文人士大夫讽刺为"谚文诗"，他也宣称要用日常使用的口语进行创作。而实际上李钰实际运用的语言不是"谚文"②，是俚

---

① 李钰：《三难》，《李钰全集》第三卷，实是学舍译注，首尔：昭明出版社，2009年，第232页。

② 15世纪中叶世宗大王召集学者创制、颁布了"训民正音"，即韩国现在的文字韩文。韩文创制之前一直借用汉文，谚文是以汉文为参照物对韩文的俗称。

谚。如果说汉字或谚文是文字的话，那么俚谚是口语。他用汉字去表达"现在朝鲜人用的俚语"，这也是"谚文之诗"的第一步。

前面在论述朝鲜朝后期多种文体盛行时谈及过丁若镛，以他为首的实学派诗人作诗时，大多采用汉字记录朝鲜语的方法，如，高鸟风（높새바람）、麦岑（보리고개）等可以说是他们的尝试。如果说实学派诗人所用语言是朝鲜语的汉译的话，那么李钰则不经翻译，直接用汉字表达，如异凝（이응）、阿哥氏（아가씨）、似罗海（사나이）、加里麻（가리마）、赋诗（붓）、照意（종이）等，在创作时使用了很多这样的表达方法。

李钰开创了用俚谚创作汉诗的新的形式，即借用汉字的音记录朝鲜语，他尝试着用这种方法进行创作，如实反映当代朝鲜人的生活。

传统古文是不允许使用白话文的，朝鲜朝后期对于白话文的认识可以从《朱子语类》中了解到。《朱子语类》记录了朱子和其弟子的对话，书中多次出现白话文。[①] 朴趾源的《热河日记》是小品文的代表作，其中多次以白话文的形式记载了与中国人对话的场面。《还燕道中录》中有这样的记载：

> 春宅，又一拳打翻骂曰："吾们的老爷，奏闻万岁爷，你这贼脑剐也赖不得，这庙堂荡荡的净做了平地！"……"吾们的老爷去奏万岁爷时，你虽不怕吾老爷，还不怕万岁爷么？"

[①] 任明浩：《朝鲜后期汉文学的雅俗论研究》，釜山大学博士论文，2010年，第142—143页。

第五章　朝鲜朝后期小品文的文体特征

其僧气益死，不复敢回话。①

这是朴趾源在燕行途中记录的一段谈话内容。称对方为"你"，对于年纪大的人称"老爷"等，这些称谓均为对话体中指代对方的白话文。疑问句中出现的"么"，根据当时的具体情况表达出了疑问的意义，使句子的表达不再显得单调。这一类可以具体表现当时情形的词还有白话"的"（可以替换"之"）等，都很适当地表达出了询问的意义。

不只是朴趾源在创作小品文时使用白话体，其他朝鲜朝后期文人也使用白话体创作了很多小品文。例如，俞晚柱所著的《钦英》中所载的"失了品格之人，不可与论事"中的"了"字表示动作的结束，"失了"在此句话中更加强调丢了品格的意思。又如"所谓两班之意，与是贪·嗔·痴什么事！"中的"什么事"以逼真的语调再现了当时真实的情形。②还有在前面的章节已经谈到卢兢在其小品文《想解》中使用了"不看些儿人情""筋斗云"等白话语体。

此外，朝鲜朝后期文人受中国文人的影响，在小品文创作中多使用俗语和口语。由于传统古文禁止使用俗语和口语，而要求使用抽象化的文言，使得与普通民众的距离越来越远，因此，俗语和口语的大量使用也成为朝鲜朝后期小品文盛行的一个重要原因。

"对话体不是赋的主要叙述方法之一，而且，在论辩类散文中

---

① 任明浩：《朝鲜后期汉文学的雅俗论研究》，釜山大学博士论文，2010年，第142—143页。

② 同上文，第144页。

多通过类似'问答'或者'说'的句式，或者是主客间的问答来展开论辩。"① 对话体的使用也是小品文文体的一个显著特征，记录旅行见闻的游记类小品渐渐地开始使用对话形式。除此之外，对话体还被引入原本忌讳使用叙述形式的序、记等类型的小品文中。

李德懋的各类小品文中都有对话体的出现，在他所创作的小品文中，序、记、传、论、祭文、游记、笔记等几乎所有类型的小品文都使用了对话体形式。李德懋使用对话体形式的小品文有②：

序类：《婴处稿·序》，《纪年儿览序》，《碧玉栏诗稿序》，《楚亭诗稿序》，《郑耳玉诗稿序》

记类：《八分堂记》，《记福建人黄森问答》，《觉非庵记》

传类：《银爱传》，《金申夫妇传》，《李氏三世忠孝传》，《大朗慧传》

论类：《奕棊论》

祭文类：《广陵散人哀辞》

游记类：《西海旅言》（8日，9日，12日，15日，21日）

笔记类：《耳目口心书》中，《观读日记》（7日，8日，11日）

---

① 金声振：《朝鲜朝后期小品体散文研究》，釜山大学博士论文，1991年，第127页。

② 权政媛：《李德懋初期散文的公安派接受研究》，釜山大学，2006年，第158页。

第五章　朝鲜朝后期小品文的文体特征

其他：《天涯知己书》中的《笔谈》，《山海经补》

与李德懋不同，李钰多将动植物拟人化，再以对话的形式创作小品文。《花石子文钞》中所载的"镜问"和"劾猫"两篇文章是其代表作。"镜问"以花石子和镜子的问答为主要叙事线索，"劾猫"是狗对于作者所提出的关于猫的功过是非问题的回答。除此之外，"七切"及"桃花流水馆问答"从头至尾以花石子和客人之间的问答为主要叙事方式。李钰的《南程十篇》因为是游记类小品文，所以更多地使用了对话体。

朴趾源的《热河日记》中有不少与中国人对话的场面，以下文《渡江录》为例：

有大筏乘涨而下，时大遥呼曰："位"。盖呼声也。位者，尊称也。有一人起立应声曰："尔们的不时节，缘何朝贡入大国，暑天里长途辛苦？"时大又问："尔们的那地人民往何处砍木？"答曰："俺等俱凤城居住，往长白山砍来。"说犹未了，筏已杳然去矣。①

朴齐家也在其《炯庵先生诗集·序》中写道：

———

① 任明浩：《朝鲜后期汉文学的雅俗论研究》，釜山大学博士论文，2010年，第131页。

客曰:"然则诗何师?"曰:"盈天地之间者皆诗也。四时之变化,万籁之鸣呼!其能色与音节自在也,愚者不察,智者由之。故彼仰唇吻于他人,拾影响于陈编,其于离本也亦远矣。"①

朴齐家这篇诗序不同于其他概括诗集要旨的序文形式,让假想的人物"客"登场,朴齐家与"客"质疑对答,坦陈自己对文学的理解。"客"问道:诗是什么?那么这篇序文就是对这一问题的回答:天地万物皆为诗的素材,愚者是不懂得这一点的,智者却是能明察的。不要背诵抄袭他人陈腐的文章,应上溯根本,当找到本心时,才算找到了天地的真正的"原声"。朴齐家观点的核心即万物皆为诗,诗越生动越好,诗越新越好。

由此可见,对话体的使用能使文章更加生动地表现当时的场景,更加直观地表达出作者的内心世界,展示出自然本色的审美特征。

---

① 朴齐家:《炯庵先生诗集·序》,《贞蕤阁集》卷之一,韩国文集丛刊。

第六章　朝鲜朝后期小品文的生态思想及美学意蕴

朝鲜朝后期的特殊社会文化背景及明清小品文的涌入，使得小品文体呈兴起之势，这一时期以李用休、朴趾源、李德懋、朴齐家和李钰等为代表的小品文作家不是被动地接受和简单地模仿明清小品文，而是具有创造性地吸收借鉴，形成了软叛逆式的针砭时弊、追求品性、崇尚心灵自适的文风，创作了大量透着静默雅趣，蕴含着人本思想和生态思想的作品，丰富和发展了小品文文体的文学理论和文学创作。

传统的古文观重视理性思考，禁止表达个人感情，朝鲜朝后期的小品文创作者则基于相对主义的认识论，敢于质疑"载道之文"的文学观，相对于整体来说，更关注个体所具有的属性，重视个体以及个人的主观感情。不仅如此，小品文篇幅简短，没有具体的文体格式限制，适于作者直抒胸臆。因而，这一时期的小品文从形式到素材、题材均呈现出一改传统文学的、清新隽秀的文风。

第一节 简短却具叙事性的形式之美

朝鲜朝后期小品文的基本特征是篇幅短小，行文文体上不拘一格，自由扬逸。尽管文短，却小中寓大，省略了多余的华丽辞藻，可以率真地直抒胸臆。

李用休在朝鲜朝后期散文史上也是可与朴趾源比肩的文人。在前面的章节已有叙述，在诗文创作上李用休反对模仿，追求"真声""真色""真味"，其小品文清新脱俗，充满奇趣，在当时文坛上占据重要地位。其《送洪大夫使燕序》可谓"送序"中的上乘之作——尽管该小品文不过区区145字，却颇具叙事特征：

> 洪大夫将行，请余赠言。余谓"大夫既奉命，则凭君灵矣，自无途路虞矣。且大夫素有侨札风，今行不惟不失辞，定为国重。设令大夫不作行人。其间不过自某曹移某曹，某司迁某司，课日赴衙，剖几讼，押几牒，或朋友过从报谢，身不出汉京，而何计其蹄辙之迹，则亦且数白千里矣。曷若入燕都，从观万国执壤而来，环其诡特，若古王会图，壮人心目也哉！"大夫曰："然。"进车乘之而去。①

---

① 李用休：《送洪大夫使燕序》，《惠寰杂著》卷七。

第六章 朝鲜朝后期小品文的生态思想及美学意蕴

"序"是文章的体裁之一,旧时流行"送序"以表达对远行的亲人、好友的惜别之情,同时还可表达赞美、激励、叮嘱之意。该文是李用休送给出使燕京的洪大夫的序。能出使燕京,对国家来说是很重要的大事,对个人来说,是很荣耀的事情,出使前通常会给出使的人"送序",以表达对出使人能力的称赞、担负国家重任的叮嘱。传统古文在文章开头往往以委婉的叙述作铺垫,历经波澜和曲折,最后再以平缓的行文为文章结尾。而这篇序文直接在开头叙事部分就写到"洪大夫将行,请余赠言",结尾部分以"进车乘之而去"结束全文。这两部分加起来不过15个字,而中间部分仅用寥寥61个字勾勒出:如果不作为使臣出使中国,可以想象洪大夫的日常应该是从一个官衙调至另一个官衙,官职不断变动,每天数着日子上班,判官司、处理文书、会会好友,在京城内井底之蛙似地转悠,其全部路程不过数百里,而此次出使燕京能见到好多个国家的人们,既愉悦身心,又增长见识。洪大夫闻言后说道:"说的是啊。"领悟了李用休此番话语用意的洪大夫大声喊道:"快备车!"遂踏上出使燕京之路。

全文就这样仅用145个字完成了完整的叙事结构,行文没有什么波澜曲折,在文章开头就以简洁的语句点明主旨,简单地叙述之后便结了尾。如此简短的篇幅使全文显得更为紧凑,突出了文章的主题,表达更好的效果。

朝鲜朝后期的小品体游记比之于理念更注重感性,比之于冗长更注重简洁,而且多冠之以"小记"的题目,如南有容(1698—1773)的《东游小记》、吴瑗(1700—1740)的《金城小记》、沈鲁崇的《海岳小记》、金昌翕的《东游小记》、鱼有凤（1672—1744）的《舟游东湖小记》、朴齐家的《妙香山小记》，等等。这类小品体游记避开了传统古文游记冗长的描述，以简短的篇幅记述了旅游途中印象深刻的情境，简短却不乏叙事性。下文是南鹤鸣（1654—？）的《游三清洞小记》：

  三月三日，士元来见，因请并往三清洞。遂携手缓步，谈笑未讫，足迹已到洞里。相与坐松树下，发一笑，见士安兄骑马来自树荫中，相呼，往西涧边，呼韵赋绝句，题石壁上。坐溪边磐石上，发柳箪疗饥，乘月还家。①

这篇游记不过79个字，没有对这次旅行做冗长的说明和描述，因为极其简洁，似乎是难以抒发旅游的兴致。但文中有与好友相约、执手同游、松树下峡谷边笑谈、笑谈中另一好友骑马而来、三人于树荫下溪谷畔赋诗并刻在岩石上、在溪畔岩石上拿出自带餐食，小聚后踏月而归。此番与好友游览三清洞的过程情节跃然纸上。

  李德懋天资聪慧，通读经史，而且熟读并通晓古今奇文异书，可谓博学多识，留下的作品也很多。

  有超世先生，万峰中雪屋灯明，研朱点易，古炉香烟，袅

---

① 南鹤鸣：《游三清洞小记》，《晦隐集》，韩国文集丛刊。

第六章 朝鲜朝后期小品文的生态思想及美学意蕴

袅青立,空中结彩球状,静玩一二刻,悟妙忽发笑,右看梅花齐绽萼,左闻茶沸响,作松风桧雨,澎湃潇湾。①

这是李德懋文集《蝉橘堂浓笑》的开篇之作。有一超脱尘世的先生,在深山中的一间被雪覆盖的屋子里,点灯研墨,手捧《周易》诵读。古色古香的炉中飘出袅袅青烟,在空中形成绚烂的五色球,静静观赏之,一两个时辰过后,会心地笑了。他好像顿悟了其中玄妙的道理。右手窗外的梅花傲雪怒放,左手近处煮的茶水已沸腾,茶沸声似松风柏雨,澎湃激越。在朱子学理念风靡的朝鲜朝时期,悄然而至的小品文如此还原了"隐士"空灵禅静的修行形象。白雪、深山、小屋、旧炉、紫烟、梅花、松风、柏雨构成了一幅山水画。不难看出,李德懋的这篇小品文不同于注重论辩的传统古文,不拘泥于古文的固有格式,仅用61个字的篇幅叙述了读书人的日常生活,简洁地表达了自己安于淡泊的心境。

第二节 静雅奇趣浓烈抒情的内容之美

深受"士林文化"浸润的朝鲜朝后期文人,对小品文情有独钟,这一独特的文体,宛如一面镜子,折射出他们各自不同的心态。虽然从内容题材上可以将其分类为清新隽永、追求真趣的山水小品,淡泊从容、闲情雅趣的闲适小品等,但无一例外,这一时期

---

① 李德懋:《蝉橘堂浓笑》,《青庄馆全书》卷六十三,韩国文集丛刊。

的小品文作家均表现为主张"性灵",注重对各种抒写对象的品评,强调文章的理趣。

比之于统治者所倡导的朱子学古文,李德懋更钟情于追求人的真性情的小品文。关于"天真",他曾借用婴幼儿的天真与少女的羞涩论述道:

> 娱之至者,莫若乎婴儿,故其弄也,蔼然天然也。羞之至者,莫入乎处女,故其藏也,纯然真也。人之嗜文章,至娱弄至羞藏者亦莫如乎余,故其藁曰婴与处。①

婴儿玩耍得最快乐,没有谁能比得上,因为婴儿心中无邪,纯净天真。少女害羞到极致会躲闪、掩饰,也无人能比。少女掩饰的是纯粹的天真。我本人酷爱做诗文,如婴儿玩耍、少女藏羞,也没有人能比得上我,所以将诗稿命名为《婴处稿》。

关于"真情",他如是说:

> 真情之发,如古铁活跃池,春笋怒出土;假情之饰,如墨涂平滑石,油泛清澈水。七情之中,哀尤直发难欺者也,哀之甚至于哭,则其至诚不可遏,是故真哭骨中透,假哭毛上浮,

---

① 李德懋:《婴处稿》(一)《婴处稿·序》,《青庄馆全书》卷之三,韩国文集丛刊。

第六章 朝鲜朝后期小品文的生态思想及美学意蕴

万事之真假,可类推也。①

李德懋认为,真情的流露,是自然而发的,真情的力量能让古剑淬火重生,能让春笋爆发活力破土而出。而假饰之情如墨涂于平滑的石板之上,油漂浮在水面。七情之中,唯有"哀"最容易直接表露,难以伪装、控制,哀至极必然会哭,悲哀之情难以遏制。因为发乎真情的哭源自骨髓,装腔作势的哭浮于皮毛,世间万事之真假可以此类推。

若得一知己,我当十年种桑,一年饲蚕,手染五丝。十日成一色,五十日成五色,晒之以阳春之煦。使弱妻,持百炼金针,绣我知己面,装以异锦,轴以古玉。高山峨峨,流水洋洋,张于其间,相对无言,薄暮怀而归也。②

三月青溪,时雨新晴,日色怡熙,桃花红浪,潋滟齐岸。五色小鲫鱼,不能猛鼓其鬐,游泳荇藻间,或倒立或横翻,或吻出于浪,细呷粼粼,真机之至,猜快恬然,暖沙洁净,鸂鶒鸂鶒辈二二四四,或垂锦石,或喋芳芷,或刷翎,或浴沙,或照影自爱。天态穆穆,无非唐天虞日之气象,笑中之刀,攒心之万箭,胸中之三斗棘,扫除之快,不留一纤翳,常以吾意

---

① 李德懋:《耳目口心书》(二),《青庄馆全书》卷之四十九,韩国文集丛刊。
② 李德懋:《蝉橘堂浓笑》,《青庄馆全书》卷六十三,韩国文集丛刊。

思，为三月桃花浪，则鱼鸟之活泼，自然助吾顺适之心。①

上面两篇小品文皆选自被称为"清言小品集"的《蝉橘堂浓笑》。"蝉橘堂"是李德懋的别号，蝉即是知了，只吃露水，橘子则香甜馥郁，给自己的文集冠以这样的名称，表明李德懋无欲无求，即便不为人所知，也会坚持自己独有风格的文学创作，追求空灵、禅静、怡然自得的生活。从这两篇短文中也可看出李德懋清新的语言风格，屏息细度，仿佛能感觉到某种虚静，躁动的心灵会因这种虚静而平复，获得心灵的自适。

李钰因为喜好小品文文体，数次参加科举考试都未能及第，甚至受正祖"文体反正"牵连，被发配至边关。因此，从他的许多作品中可以看出犀利的文风及对社会的批判意识，但他也留下很多文字细腻优美的佳作，不乏对人间真情的刻画描写。

湖上友人李尚中家，曾有桃花小园，每春欲暮，绿碧粉红，乱袭人衣，垂柳鞟，绿丝窣地，余甚爱之，不见又十一年矣，未知能免为李十郎家老梅耶。②

这是李钰写的一篇游记小品文，大意如下：湖上友人李尚中家有一小桃花园，每年暮春时节桃花盛开，红花绿叶，花香袭人，依

---

① 李德懋：《蝉橘堂浓笑》，《青庄馆全书》卷六十三，韩国文集丛刊。
② 李钰：《三游红宝洞记》，《李钰全集》卷二，实是学舍译注，首尔：昭明出版社，2009年，第28页。

第六章 朝鲜朝后期小品文的生态思想及美学意蕴

依垂柳,随风摇曳。我很喜欢这一景致,但已有11年未见,不知是否已经像李十郎家的梅花那般老了?

文中的李十郎指的是晚明清初的戏剧家李渔。朝鲜朝后期文人广泛阅读三袁、钟惺、谭元春等为代表的小品文名家的游记,触景感怀、因事寓意是这类游记小品的特点之一。曾经尝试过戏曲创作的李钰在此又想起、提及自己崇拜的李渔,不无感叹自己的文学志向之意。

李用休非常关注自然界的个体存在,认为因为每个事物所包含的深奥的道理各不相同,不能用同一眼光去观察事物,要用能捕捉个体属性的特殊的眼光去考察万物。通过下面这篇小品文,可以看出他将自己的情感寄托于自然万物,借物咏怀,通过对万物的细致观察表达自己独特的观点,从自然界寻找生活的乐趣,感知做学问的妙趣。

> 上种紫草数本,其茎叶,皆作深绿色,夏间开花,小而白。又牡丹芍药,始生时,其茎叶,红者花白,绿者花红,理未可晓也。①

在石阶上种下紫草,其茎叶皆为深绿色,夏日开小小的白花。牡丹和芍药初生长时,茎叶若是红的就开白花,茎叶若是绿的就开红花,不知是什么道理。

---

① 李用休:《记紫草》,《惠寰杂著》卷六。

　　　　庭前萱草石竹蜀，一时开花。萱草来蝶之翅黄金碧者，及作虎纹斑者。石竹来蝶之粉白色者，蜀葵则蝶皆过而不顾，盖花之香不同，而蝶之性，各有所宜也。泛言蝶恋花者，未审之辞也。①

　　萱草、石竹、蜀葵于庭前竞相开放，斑缘豆粉蝶、蓝蝴蝶、金凤蝶喜欢围着萱草飞，白粉蝶喜欢围着石竹飞来飞去，所有的蝴蝶都对蜀葵不感兴趣，视而不见。大概是花的香气各有不同，蝴蝶的喜好也不同吧。或许可以说"蝴蝶恋花"这句话失之偏颇。

　　上面这两篇短文是关于紫草和蝴蝶的小品文。通常人们看到美丽的牡丹或芍药都会赞叹其美丽及色彩的斑斓，并尽情观赏。而李用休观察发现牡丹和芍药初生长时，如果茎叶是红色的就会开白花，茎叶如果是绿的则开红花，他想搞清楚为什么会这样。再者就是一般人都认为，只要是花，蝴蝶都会喜欢，而且喜欢在花丛中飞来飞去，而李用休却发现蝴蝶对不同香型的花是有所选择的，可见其观察之细微、描写之细腻。

　　如果说前面所列举的李德懋、李钰、李用休的几篇清新小品文描写了朝鲜朝后期文人追求心灵的自适的话，那么，李德懋的《婴处稿》中收录的大部分小品文以及李钰的《白凤仙赋》《七夕赋》《北关妓夜哭论》等则饱含着极为丰富的情感。② 18—19世

---

① 李用休：《记花蝶》，《惠寰杂著》卷六。
② 安大会：《朝鲜朝后期小品文的实质》，首尔：太学社，2003年，第39—40页。

第六章　朝鲜朝后期小品文的生态思想及美学意蕴

纪，小品文的创作达到了高潮，李凤焕、成大中（1732—1809）、李德懋、俞晚柱、张混（1759—1828）、赵熙龙等都是朝鲜朝后期小品文的代表作家，他们创作的小品文大多描写了具有浓厚抒情性的赏心乐事，抑或是蕴含着智慧的箴言。其中李凤焕的《札记》，李德懋的《耳目口心书》《蝉橘堂浓笑》，俞万柱的《钦英》，赵熙龙的《画鸥盦谰墨》等为小品文的代表作。从李德懋《蝉橘堂浓笑》中收录的简短的小品文可以管窥当时小品文所表达出的丰富的情感。

> 值会心时节，逢会心友生，作会心言语，读会心诗文，此至乐而何其至稀也，一生凡几许番。①

在这篇小品文里，李德懋写道：在想见的时候，见到了想见的朋友。用真挚的语言，写就真情的诗文。人生这样的至乐能有几回呢？原文寥寥35个字，真切地表达了与知友相会时的欣喜，真情实感扑面而来。

目前在韩国学界关于小品文的研究，首屈一指的学者当数成均馆大学的安大会教授。他在《朝鲜朝后期小品文的实质》一书中谈道，沈鲁崇的小品文可谓表现个人深厚情感的上乘之作，在其文集《枕上集》和《眉眼记》中，收录了为悼念亡妻而写的23篇文章，迄今为止在韩国文学史上尚未发现能与这两部文集相媲美的作品。

---

① 李德懋：《蝉橘堂浓笑》，《青庄馆全书》卷六十三，韩国文集丛刊。

沈鲁崇于1792年5月经历了丧女、亡妻之痛后，写了《丧葬记》《亡室言行记》《告祭文》等，编辑成《枕上集》，《眉眼记》是后来写的悼亡诗文集，收录其中的《新山种树记》和《泪原》可谓名篇佳作。关于《泪原》，已在本书第五章举例说明。在《新山种树记》中沈鲁崇写道，自己直到死都会把山坡上的花和绿草当作亡妻的化身，死后自己要化作山的一部分，永远与妻子相伴。事实上，朝鲜朝时期忌讳甚至禁止文人过多表露自己的情感，仅仅是在一定程度上允许在诗中表现较为浓厚的情感，在散文中却是绝对不允许的。以沈鲁崇的《枕上集》《眉眼记》为代表的18—19世纪的小品文文体打破了以往文体的固定格式，以极其细腻的笔触描写浓厚的情感，与传统古文相比具有更加浓郁的抒情性。

第三节　强调人格平等的人本思想

　　传统的载道之文谈论的是国家和政治，宇宙和性命这样的大问题，而朝鲜朝后期文人创作的小品文则少了道学之气，多了真性情之味。尤其是随着中人阶层要求提高身份地位的"通清运动"的开展，文人的个性获得了一次比较大的解放，文学创作的主张发生了显著变化，倡导人格平等的人本思潮兴起。

　　朴趾源的《热河日记》以多彩的表达方法和独特的小品文体，而成为当时颇有争议的"话题作"。朴趾源的文学思想中最重要的就是摒弃模仿，他主张废除嫡庶差别的人本思想也始终贯穿于其文学创作中。

第六章　朝鲜朝后期小品文的生态思想及美学意蕴

云云天之降才，非尔殊也。故殿蘖骈枝均沾雨露，朽株粪土蒸出菌芝。圣人致治，士无贵贱……国朝废锢庶孽三百余年矣，为大敝政无过于此。稽之往古而无其法，考诸礼律而无所据，则此不过国初宵小之臣，乘机售憾，遽成大防，而后来当途之人，讬论名高，袭谬成俗，年代浸远，因循不革矣……噫嘻等威（缺）殊而无益于国体，区限太刻而少恩于家庭。……①

朴趾源认为，天降人才本无差别，正如骈枝一样雨露均沾，圣人政治中人才无贵贱之分。庶子不能出仕已有三百多年，而详考历史，从来没有这样的先例和律法，查无根据，这真是非常严重的问题。嫡庶差别于国政于家庭都是有百害无一利的。

李德懋也认为，人与动植物最本质的区别在于人为万物之灵，是最尊贵的存在。此外，他不仅反对封建礼教及不合理的规章制度，而且还主张男女平等、夫妻平等，因为人在人格上是平等的，每个人都有自由发表意见的权利。他还认为，人与人之间只有平等、尊重、友爱才能解决现实生活中的矛盾。李德懋的这些主张认识到了人的价值，使得人在实际生活中可以得到更多的人文关怀。

李用休写了好多饯行序送给赴地方任职的官吏，其中很多文章散发着人性的光辉，叮嘱不要干涉百姓，让百姓做自己想做的事情，其民本思想也一览无余。

---

① 朴趾源：《拟请疏通疏》，《燕岩集》卷之三，韩国文集丛刊。

惠寰居士曰，我与民对，独属有间，非自有也，盍反其本？民本善，勿激之，使自善。民本乐，勿苦之，使自乐。民本信，勿欺之，使自信。民本富，勿夺之，使自富。民本寿，勿病之，使自寿。①

李用休在文章中强调，正如我们的自由是很珍贵的一样，百姓的自由也弥足珍贵。百姓原本很善良，别让他们生气，要让他们开心。百姓原本诚信，别欺骗他们，让他们自觉守信。百姓原本不贫困，别搜刮他们，让他们安居乐业，颐养天年。

我对人，我亲而人疏。我对物，我贵而物贱。世反以亲者听于疏者，贵者役于贱者何？欲蔽其明，习汨其真也.于是有好恶喜怒，行止俯仰，皆有所随而不能自主者.甚或言笑面貌，以供彼之玩戏，而精神意思，毛孔骨节，无一属我者，可耻也已。……处士又取材于园，结一小庵颜之曰我，示人之日用事为皆由己也。彼一切荣华势利富贵功名，以较我之天伦团欢，勠力本业外之。不啻外也，处士知所择矣。他日我访处士，共坐庵前老树之下，当更讲人我平等，万物一体之旨矣。②

关于"我"与"他"这一命题是认识论的非常重要的问题，李用休强调的是，人们不停地寻找自我，如果只是在外部寻找，结果

---

① 李用休：《送申使君善用之任高兴序》，《惠寰杂著》卷七。
② 李用休：《我庵记》，《惠寰杂著》卷六。

第六章 朝鲜朝后期小品文的生态思想及美学意蕴

就是与"我"的距离越来越远,"我"也变得像"他"一样陌生。李用休主张人要成为生活的主人,要建自家的房子过自己的生活,为达到此目的,自我觉醒非常有必要。文章最后讲道:"他"与"我"是平等的,万物是一体的。

在朝鲜朝后期文人创作的小品文中,反映人格平等的人本思想的作品占很大比重,这绝非偶然。作为对当时日益腐败堕落的社会现实的软叛逆,文人利用小品文这一文学形式,既表达闲适之情,又针砭时弊,在抚慰因抱负不得施展而郁闷的心灵的同时,也使作品散发着纯粹的人性的光辉。

第四节 物我一体、人物性同的生态观

所谓生态是指自然与人的相互和谐与共存,生态视角的本质是包括人在内的自然的平等性与相互有机融合。作为儒学的生态伦理之一的"物我一体,人物性同"的"性"是指万物来自上天禀赋的本然之性。朝鲜朝后期实学家洪大容肯定物的道德价值,认为传统的"人贵物贱"的观点不过是站在人的立场上看待而已。从物的立场来看,则是"物贵人贱";从天这一绝对存在来看,人与物则是平等的。基于朝鲜朝后期特殊的社会文化背景兴盛的小品文自然也蕴含着"物我一体,人物性同"的生态意识。

研读朴趾源的《燕岩集》《热河日记》,李德懋的《耳目口心书》《蝉橘堂浓笑》,李钰的《李钰全集》中的《白云笔》,李

用休的《惠寰杂著》，不难发现这一时期的小品文作家虽然文学主张各有不同，但生态观念这一点是一致的。他们在进行小品文创作时，追求自然美，关注自然界内在的法理。通过对生命与事物的深刻省察，在作品中表达了万物在本源上是一体的，即万物本质平等的生态观念。

朴趾源秉持"万物平等"的思想，主张应该用"虚心""冥心""相生"观来解决当时社会存在的问题。首先接纳自然万物的"虚心"是前提，这样才能达到"冥心"，即到达我与自然万物合为一体（物我一体）的境界，然后人与自然界万物就能相生相长。从其作品《虎叱》中可以看出"万物平等"的思想。朴趾源认为，老虎也好，人也好，都是万物中的一员，如果说天和地哺育了万物，那么也同时养育了老虎、蝗虫、蚂蚁和蚕等，因此，所有生灵是平等的，要有仁爱之心，欺凌弱者与强盗无异。

> 夫非其有而取之谓之盗，残生而害物者谓之贼。汝之所以日夜遑遑，扬臂努目，挐攫而不耻，甚者呼钱为兄，求将杀妻，则不可复论于伦常之道矣。乃复攫食于蝗，夺衣于蚕，御蜂而剽甘，甚者醢蚁之子以羞其祖考，其残忍薄行孰甚于汝乎？汝谈理论性，动辄称天，自天所命而视之，则虎与人乃物之一也；自天地生物之仁而论之，则虎与蝗蚕、蜂蚁与人，并畜而不可相悖也；自其善恶而辨之，则公行剽刦于蜂蚁之室者，独不为天地之巨盗乎？[①]

---

① 朴趾源：《虎叱》，《燕岩集》卷十二，韩国文集丛刊。

第六章 朝鲜朝后期小品文的生态思想及美学意蕴

李用休也主张人人平等、对自然万物有着浓重的亲和思想,他在很多作品中都反映了"物我一体"的生态观念,比如,在前面举例的《我庵记》中的结尾:"他日我访处士,共坐庵前老树之下,当更讲人我平等,万物一体之旨矣。"① 又比如,他在《九曲幽居记》一文中写道:

> 余尝起一想,不必深山绝峡,都城中选一僻静处,构屋数楹,中置琴书樽奕,因石壁为垣,开地若干,亦植嘉木,以来好鸟,余为圃种蔬,摘以佐酒。又为豆棚葡萄架以纳凉。檐前列花石,花不求难得者,求四时陈新相继,石不取难致者,取小而瘦露怪奇者。与同志一人为邻,而其所经营位置,略相当。缚竹为门,以通往来,立栏边相呼,声未竟,履已及阶。虽甚风雨,无间。如是优以老。②

在这篇小品文中,李用休表达了自己的愿望:"在都城一僻静处,建几间房屋,摆上琴、书、酒、围棋,用石头砌成墙,开几块地,种上树木招来几只漂亮的鸟,在余下的地上种上菜好做下酒菜,再搭一个豆棚和葡萄架好纳凉,在屋檐下摆上花和石头,花不求珍贵稀缺的,四季接连开花的最好,石头不必找难觅的,小、瘦、奇即可,再有一挚友为邻,房屋的大小与位置和我的相似即可,捆竹为门以便往来,在栏杆边一喊,话音未落鞋子已踩在石板

---

① 李用休:《我庵记》,《惠寰杂著》卷六。
② 李用休:《九曲幽居记》,《惠寰杂著》卷六。

道上,即使风雨交加也无妨,如此悠悠,终老即可。"这是一幅多么完美的与他人共存、与自然相生的图画!

李钰认为,"物我一体"是从自然万物与人合为一体出发,从而达到自然与人融为一体的境界。要想实现这一境界,就要把握好"万物本质平等","人与万物本性相同"。

> 天下之兽,莫大于象,亦莫小于鼠,故象畏鼠甚,见穴则不敢进牙,闻鼠则壂。噫,以至小而能害至大,故君子不以大忽小,小人不以小畏大。①

在兽类中,没有比大象更大的,也没有比老鼠更小的。尽管老鼠很小,也是上天所生,与大它千倍的大象地位是平等的。老鼠可以伤害大象,大象也会畏惧老鼠,所以不能因对方比自己小就忽视。这篇小品文说明了李钰的观点:不仅人与物,物与物之间也是平等的。李钰还在《谈虫》中谈道:

> 吾又何可以其小而易之也?吾与彼,皆虫也。②

李钰认为,如何能因为虫子小而轻视它,自己和那小虫子一样

---

① 李钰:《谈兽》,《李钰全集》卷四,实是学舍译注,首尔:昭明出版社,2009年,第351页。
② 李钰:《白云笔》,《谈虫》,《李钰全集》卷五,实是学舍译注,首尔:昭明出版社,2009年,第370页。

第六章　朝鲜朝后期小品文的生态思想及美学意蕴

都是虫子，所有的生命体都有享受上天所赋予的享受生命的权利，一个小小的虫子不能因为微不足道，就可以被人类轻视或被随意踩死。

　　朝鲜朝后期小品文的兴盛在韩国散文发展史上具有里程碑的意义。这一时期的小品文作家在平行借鉴、融合了儒家的人本思想及传统自然生态观念的同时，以自然山水、花石草虫及生活中的一些细小事物为创作对象，简短的文章，条目式的文章构成形式，使用俗语、对话形式，或娓娓道来，有着与世隔绝的空旷与静谧；或铿锵激越，有着关注民生的悲悯和义愤。或许可以说，朝鲜朝后期小品文所呈现出的生态美学意蕴既是文人追求品性、自适、与万物平等在文学上的体现，也奠定了小品文在韩国文学史上生态文学的地位。

第七章　朝鲜朝后期小品文的文学史意义

虽然朝鲜朝前期的文学在文学倾向方面表现出了个体差异，但依然是以唐宋古文为典范，强调兼具"道"与"典雅"的治世之文和载道之文。即"道"的根本是儒家经传，没有"载道"的文章不能算作真正的文章，能否把具备"辞"与"理"作为理想的目标，以及与经术相符的程度如何是评价文章的标准。因此，道文一致的文学至18世纪依然是文学的标杆，而且这种文学风格一直是文学的主流。可以说，在这种背景之下传入朝鲜朝的明清小品文是一股革新的清流，并且对一直占据朝鲜朝文学主流的"文以载道"文学观形成了冲击和叛逆。

汉文学领域中所说的小品是指明清时期由公安派主导的篇幅短

第七章 朝鲜朝后期小品文的文学史意义

小的抒情性散文,该名称虽源自佛教用语,至晚明时期却成为一个文学分支的名称。明清小品文大体是模仿苏东坡的文风,其代表文人为陈继儒、"三袁兄弟"和李渔等。该文体颇有道家与佛家的气息,如果追根溯源的话,可以上溯至魏末晋初,与"竹林七贤"的文风一致。

朝鲜朝后期文学领域的小品文所包含的内容多样纷繁、类型也各种各样,因此,给小品文这一概念下定义并非易事,举具体的例证更是难上加难。但是,细致揣摩以南公辙为首的当时评论家们的评论①及李德懋、李用休、金鑢等文人所创作的小品体散文可以看出,朴趾源、李德懋等新锐文人所倡导的是反对模仿、用真情描写人情物态的新的文风。朝鲜朝后期关于小品体散文的相关评述主要集中在英祖、正祖年间留下的资料中,从中反映出的对于小品文的认识大体上与清代《四库全书》编修官的评述基本相同,小品这一用语既是一个包括小说、杂录、丛书类的上位概念,又不无对晚明出现的短小文体的贬低之意。

《四库全书总目提要》收录的几乎是清一色的批判小品与晚明文集的文章,随着《四库全书总目提要》及批判小品的思潮在朝鲜半岛的流布,被视为晚明小品分支的小品体散文在朝鲜朝受到排斥和打击。小品体散文作为晚明文体的歧流侧枝在"文体反正"中成为议论的焦点并遭受排斥、打击。依据现存资料可以确信,明清小品文成为问题文体的原因,当数该文体所表现出的与经学和"文

---

① 论者以为自懋官出。俗学虽废,而文风亦一变。出自南公辙:刊本《雅亭遗稿》,卷首序。

章"的对立。换言之,小品体文学欲摆脱"以文载道"的正统文章的轨道,以追求自身独特的文学价值。"文体反正"就是要将这种离经叛道的新文风"扳正",让其回归到忠实于经传的、纯正的文风轨道上。但"文体反正"所倡导的经传史书的菽粟之文,却被新锐文人视为无用之文并遭到排斥,这一事实也恰恰说明了朝鲜朝的汉文学正在摆脱以"载道之文"及"思无邪"为中轴的道德论的文学观,尽管正祖将这一新的文风责骂为"非圣""反经""篾伦""悖义",但也正是因为新的文风已然从"圣"和"经","伦"和"义"的羁绊中摆脱出来才招致了这些责骂。

《四库全书总目提要》中使用"噍杀轻薄""织靡浮薄""噍杀尖薄""噍杀促急""轻巧破碎"等语汇来批评晚明小品文的抒情性与细腻的景物描写,然而朝鲜朝以正祖为首的正统文学的维护者完全照搬这些语汇,尤其是"噍杀"一词在文体反正中出现频度最高,俨然代言了保守派文人对小品体散文的批评之声。用于批评明清小品文使用的"织靡""尖薄""促急""破碎"等词汇与"噍杀"是同义语。由此来看,对明清小品文批评的焦点集中在"多表达凄婉、哀怨"上。即小品文浓郁的抒情性是该文体成为问题的根本所在,对封建体制持批判态度的孤臣孽子所主导的悲苦愁悒的文章令统治阶层不安。其次,仅次于"噍杀","文体反正"中批评小品体散文更多地使用频率较高的词汇是"奇诡"或"奇幻",这主要是指小品体散文所采用的寓言式的表达及其谐谑性。此外,还有"轻薄"与"浮薄"一类的评语。随着从文学创作中寻求自我存在价值和安慰的"戏作之文"的流行,文风逐渐趋于谐

第七章　朝鲜朝后期小品文的文学史意义

谑，这种谐谑性被评价为奇幻、奇诡、轻薄、浮薄。追求正统、典雅文学的保守派文人认为，寓言式的表达方式也好，谐谑性的语言使用也好，犹如演员故意卖弄演技，目的无非是藉奇幻或奇诡博得世人欢心。正祖曾批评道，朴齐家和李德懋的文体纯粹是来自不登大雅之堂的稗官小品，南公辙也转而应和正祖批评道，小品体散文家以让世界变得混乱嘈杂为乐。在"文体反正"运动中，站在批判小品体散文前列的南公辙和李相璜，都是在此之前因喜好该文体而遭到正祖训诫的文人，姜彝天也如此。当时虽然有不少文人顺应正祖"文体反正"政策的要求，不得已对自己喜好的小品体散文进行了批判，但批判的观点、角度都大同小异。然而，恰恰因为这些批评加深了对小品文抒情性、谐谑性、写实性等特点的认识，在某种程度上扩大了小品文体的影响，从而使得明清小品文在朝鲜朝后期得以广泛传播，促进了朝鲜朝小品体散文的兴起，也奠定了小品体散文在朝鲜文学史上的划时代意义。

　　明清小品文传入朝鲜朝以后，有积极接受的，但更多的人持反对态度。从现存资料来看，在朝鲜文学史上，"小品"一词最早出现于朴趾源的《燕岩集》中，但该概念真正被接受使用却是在正祖实施"文体反正"之后。正如晚明时期"独抒性灵"的小品体被"疏外文人"所喜爱，怀才不遇的文人成为创作小品文的主体一样，明清小品文传入朝鲜朝之后，因为身份制度不能出仕的文人成为接受、传播的主体，最初正祖没把这一现象视为多么严重的问题，但是因为《四库全书总目提要》的传入，以正祖为首的统治者及保守派文人开始将朝鲜朝文坛盛行的小品体散文与晚明小品联想到一起，认为小品文是使社会不安定的文学形式，如果任其泛滥，必将给社会、文化带来巨大的冲击，甚至会动摇其统治基础，于是实施了"文体反正"政策。"文体反正"是一场超越了文学范畴的政治运动，统治者及保守派文人对小品文所持的坚决的反对态度，可以从这场运动中窥见一斑。

"文体反正"政策实施前后，反对小品体散文的代表人物有正祖、成大中、朴胤源、李东稷、南公辙、丁若镛、李相璜等，他们有的是以正祖为首的当时的权力阶层，有的是受正祖宠爱的文人。因为正祖最先罗列了小品体散文的危害，并用激烈的言辞对其提出了批判，之后下令实施"文体反正"政策，于是保守派文人、受到正祖训斥的部分文人也跟着附和。正祖对小品体散文的批评散见在《承政院日记》《朝鲜王朝实录》以及《弘斋全书》《日得录》中。在"文体反正"政策实施的过程中，对小品体散文所进行的批判，大多是基于朝鲜朝前期朱子学"文以载道"及"治世之用"的效用论文学观。持这种文学观的保守派文人批判重视自我体验及感受的，追求具有独特价值和艺术性的小品体散文，保守派文人对小品文极端的排斥，反证且凸显了小品体散文的文学价值及意义。

正祖视西学、稗官杂记、明末清初的文集为"邪"。就西学问题，正祖指出：欲禁止西学应先从禁止稗官杂记开始，欲禁止稗官杂记应先从禁止明末清初文集开始。为了排斥打击小品文，达到恢复纯正的古文文风的目的，1792年，正祖采取了一系列与文体相关的措施。

1792年，正祖命赴清使臣朴宗岳购买选编朱子语录的《朱子选统》，不允许购买稗官小记及其他中国书籍，同时又提出要出刊选编唐宋八大家经典古文的《八子百选》等，并将其树为古文的典范。在此基础上，又钦定黄景源、李福源、成大中的文章为最规范的古文，朴趾源的《热河日记》则为不纯正文体的代表。由于正祖的这种观念及其实施的政策，很多文人受到牵连，其中李钰受害最深。正祖指责李钰参加科考的文章有稗官体之气，李钰不但没能及第，而且因使用了小品文体而被流放。当然，当朝的文臣也不例外，如果发现谁文体不纯正将不得举荐其为官。之后又命令南公辙、李相璜、金祖淳、沈象奎等上交自讼文，并以此为戒。

即便处于这样的高压政策之下，以李用休、朴趾源、李德懋、朴齐家、李钰、金鑢、卢兢等为代表的小品体散文作家，仍然创作了大量的具有较高文学价值的优秀作品。由于他们要么是没落贵族，要么是中人层怀才不遇的文人，特殊的身份使得他们不能把作文章当作经过科举考试进入仕途的手段，再则他们也不愿受经学和传统伦理道德等正统思想观念的束缚，因此，相对来说比较容易接受公安派倡导的"独抒性灵""不拘格套"的文学观念，在接受公安派文学理论的基础上，形成了重视"今时"和"朝鲜本土文化"的独特的文学观。他们的主要观点有：文章要随时代的变化而变化，故要摒弃贵古贱今的观念；因为地域不同，风俗习惯、语言表达也不同，为了使文学获得"真机"，作家应该将目光投向本土的风俗和语言；因为斗转星移、时空瞬变，作家的身份地位和兴趣爱好也有差异，所以差异性是万物的本质属性，文学创作要体现这种差异性。总而言之，一个时代有一个时代的文学，因为时代不同，

"真机"会随之变化，所以没有必要视秦汉或唐宋古文为一成不变的准绳。另一方面，空间不同，山川风气也不同，所以没有必要一味地模仿师古。

朝鲜朝后期的小品体散文作家的这种文学观，批判了当时标榜拟古与模仿的拟古之风，反映了朝鲜朝后期的社会文化思潮在向多元化发展，同时也意味着小品体散文出现以后，文学论争的焦点由"载道的有无"或"思之正邪"转向"情之真伪"。以朴趾源、李德懋、李钰等为首的作家认为，没必要像拟古派文人那样借用先秦两汉的文句装饰文章，也不用像古文家那样硬要效法经典以使文章显得庄重、威严。最重要的是要把眼之所见、心之所想、情之所发如实地写在文章中。即文章的功能不是"载道"，而是"写意"，把意境如实地描写出来是根本，是文章的真正意义之所在。这些主张与传统的"载道之文"迥然不同，因此，即便把小品体散文批评为不入流登大雅之堂的"高文大册"，而仅仅是单纯地记录花鸟器皿或身边琐事的"小文杂记"，但因为它用朴实的语言生动真实地记录了所看、所听、所感的事物事件，所以它是"今时"的、"朝鲜风"的文学。关于"今时"的、"朝鲜风"的文学观，以下几位作家的论述比较具有代表性。

金昌协提出，古人毕竟是古人，今人毕竟是今人，彼此生活的时代相差千年，若想让古人与今人声音、气韵完全一致是万万做不到的。

朴趾源认为，只有使用朝鲜本土的语言，借用民谣的韵律，才能真正表达出"真机"；描写事物时，只要有"真趣"，则无须

第七章 朝鲜朝后期小品文的文学史意义

从古文中撷取词句,拟古并不能写出真实的文章。再则,若描写的不是所见所闻,表达的也不是自己的真情实感,只是一味模仿古文,无论多么逼真,仍旧像镜花水月,只是一种虚像,因此,文章的风格和内容都应该追求"真"。他还指出,"俗"不仅仅是指普通百姓日常聊天及童谣、俚言中的俗语俗字,而是一个包括民间歌谣、民间传说故事等在内的广义的概念,民间"俗"文学与士大夫"雅"文学是相对的,作家更应该看重民间"俗"文学的价值。他在《婴处稿·序》中写道:朝鲜虽穷蔽,却也有千乘;虽险恶,却也有很多美风良俗。用文字记录方言,以民谣为韵律,文章自然天成,就会发现"真机"。朴趾源试图通过对朝鲜朝民俗及民间故事的挖掘来阐释所谓的"朝鲜风"。

李钰的文学观与朴趾源的文学观有相同之处。李钰在谈到作家的作用时说:"作之者天地万物之一象胥也。"[①]即作家是天地万物的"翻译官",文章是天地万物向作者托的一个梦。把自己的所想真实地描写出来,犹如用乐器来抒发自己的感情。李钰反对把文章看作是"载道之器"或"治世之用",他认为,对人来说,没有比"情"更美妙的,所以在创作时,比之于道或理,更应注重真实的"情"的表达。

李德懋将"婴处心"作为自己文学创作的方向。他认为,"载道之器"或"治世之用"不是其文学价值取向,主张创作要怀着一颗童心,创作的目的是写自己、为了自身的愉悦。通过文字把不能

---

① 李钰:《二难》,《李钰全集》卷三,第228页。

随意宣泄的感情整理并形成文章，或吟诵，或讽喻，以追求"真机"和"婴处心"。李德懋的"婴处心"文学观与曾影响、引领公安派的李贽的"童心说"是一脉相承的。由此可以证明，注重小品文抒情性的朝鲜朝后期文人的文学观深受公安派的影响。

朴齐家也主张文章的真机问题应该从文字与语音的相关性两方面来把握。虽然不乏从语言方面来考察古今差异的论著，但朴齐家的观点是基于文章应该生动地描写感情这一理念的。他指出，随着时代的变化，礼乐刑政之器遭到破坏，鸟兽草木之名也已湮灭，因此即便是《诗经》中的语句，也只是昔日的经典，蹈袭得再完美也毫无生趣，并且也不能与天地之理融为一体。每个国家风俗和语言各不相同，无视这些差异而无条件地模仿别国的风俗和语言，必然会南辕北辙，没有实际意义。这样做的结果只能是：虽然引经据典堆砌而成的文章显得虚心假意，索然无味，但仍然不得不装腔作势，昧心地说自己的文章是真《关雎》、真《雅颂》。因此，比之于缺乏情趣的士大夫的文章，巫师绘声绘色的辞令及街头艺人用市井俗语、有感而发的唱词更具有古诗的韵味。朴齐家的这一文学观有力地驳斥了执拗于模仿的古文家的拟古文学观，他的观点与朴趾源的文学观有异曲同工之妙。

基于上述文学思想，小品体散文作家在具体的创作实践中，借鉴明末清初小品文作家的创作手法，以独特的抒情性和清新的语言，创作了大量优秀的小品文，为朝鲜朝后期文坛注入了新的文风，包括委巷文人在内的新锐文人追随这股清新的文风，掀起了小品文创作的高潮，并借此形成了具有朝鲜特色的国风文学。正如赵

第七章　朝鲜朝后期小品文的文学史意义

熙龙在《兼山堂咏物近体序》中所写的那样：

> 至于里巷之人，虽有读书操觚，兴于右文之化者，抑何与于馆阁之高文大册也？要不过从月露风云一路，沾沾自喜，聊抒性灵而已。①

比之于传统、经典的高文大册，里巷之人更喜欢追逐风月，直抒性灵的文章。同样，比之于表、奏、策、诏令一类的馆阁朝堂之文，小品文作家更喜爱创作游记、尺牍、序跋、随想杂录、日记之类的小品文，这种创作趋向的结果是序跋类中出现了很多短小的题跋，书牍类中分立出篇幅更短的尺牍。

与道学者文人所不同的是，朝鲜朝后期小品文作家在"今时"与"朝鲜风"中寻求"真机"或"真情"，运用自由文体、抒情的语言，巧妙恰当地在典雅庄重与淳朴真实间腾挪。这种跨越雅俗界限的文学观，受到了以袁宏道为代表的公安派所提出的"独抒性灵，不拘格套"的文学观的影响。正祖曾批评道，明末清初文集中问题最严重的就是袁中郎的文章，最主要的原因是袁宏道的"存真去伪，抒写性灵"的文学观已超越了雅俗的界限，是对"文必秦汉，诗必盛唐"的反叛。朝鲜朝后期的小品文作家继承并发扬了这种文学观，他们意识到为文需要真实地描述作家内心的感受和真实的情感体验，即防止"真机"的丧失，必须"言文一致"，力主在

---

① 赵熙龙：《兼山堂咏物近体序》，《赵熙龙全集》卷五，首尔：韩路艺术出版社，1999年。

文章中使用俚言俗语。当朝的统治者及保守派文人指责他们的文章"文字奇僻，鄙俚俗气"，就是针对他们使用俗语、俚谚而言的。小品文作家试图冲破雅俗的界限，通过大量使用俗语、俚谚使自己的作品能直抒性情，达到"真机"。无论是在当时的中国，还是在当时的朝鲜朝，传统汉诗的创作都非常忌讳使用俗语、俚语，尤其是朝鲜朝文人连地名都避免使用朝鲜朝本土的名称。朝鲜朝诗人崔庆昌（1539—1583）曾感叹道："我们的地名因为不如中国的雅，在作诗的时候都无法写地名"，这便是最好的例证。从民间吸纳淳朴的风俗文化，更多地使用俚言俗语、谚语，重视自己的体验和感悟，通过创作实践发现自我与周围事物存在的意义，比之于高谈阔论抽象的仁义道德和腐朽的礼仪规范更加真实、深刻，并具有生命力。从这个意义上来说，朝鲜朝后期小品文作家这种文学观及实践创新具有极高的文学审美价值和现实意义。

不仅如此，他们的很多作品采用寓言式的表现手法，文中充满了谐谑美，小品文被称作"戏作之文"大抵源于此。若结合寓言式的表达手法来考察朝鲜朝后期文人的作品，不难发现作品中所体现出的谐谑美是其另外一个特点。当然，不能因为某一作品采用了寓言式的表达手法，就说所有的作品都是谐谑的，但从量上来看，没有凭借寓言式的创作手法，仅通过语调的变化、词汇的创造、奇特的构思来表达谐谑美的作品也不在少数。因此，与其说寓言式的表现手法是小品文的一大特征，不如说谐谑美是小品文最明显的特质，甚至有不少文人以"戏""谐"或"谑"为自己的作品命名，足见他们对谐谑的钟爱。

第七章　朝鲜朝后期小品文的文学史意义

从序跋或楼亭记到尺牍，对话体形式，即问答法被广泛采用也是小品体散文颇为引人注目的一大特征。除游记类作品以外，其他类型作品中的话者大体上由主客构成，通过主客问答来展开话题，而且作品中的话者要么是戏剧化的人物，要么是拟人化的动植物，甚或是一般物品。

此外，为尽力表达人情物态，看似过度使用的反复法等修辞手法的运用，也在某种程度上彰显了小品体散文的清新和隽永。

与上述创作手法相比，反对模仿和剽窃、致力于创新的小品体散文作家更加积极地寻找小品文的素材。他们对《世说新语》中名士的言行、轶事以及《水经注》中的历史遗迹、人物掌故、神话故事等都很感兴趣，并引用到作品中，这也意味着朝鲜朝后期的小品文作家在另辟蹊径，努力扩展文学创作视野。从创作内容来看，不仅仅游记、序跋、楼亭记等自然地植入了民间风俗及传说故事，甚至连尺牍也有所涉及，而这也正是正统文学所禁止的。序、记、书是主流、正统的散文体裁，在其中插入民间故事以及寓言式的表现手法及谚语、俗语的使用，在后来成为小品体散文作家受到严厉批判的原因之一，但也是传统文学中所不曾使用的新的素材。从这个意义上来说，这些创新和尝试也是奠定小品体散文文学史地位的最主要的因素。

总而言之，无论是作家的创作倾向，抑或是题材的选定、语言的应用，乃至表现手法，朝鲜朝后期的小品体散文几乎在所有方面都出现了世俗化趋势，而且已跨越了雅俗的界限。正统散文中世俗化趋势的发展，应该是以正祖为首的保守派文人针对小品体散文的兴起，实施"文体反正"政策的主要原因。从某种意义上来说，以排斥打压小品体散文为主要目标的"文体反正"政策的实施，在一定程度上反证了小品体散文在韩国文学史中的价值和地位。撇开"文体反正"的政治意图，仅从文学的视角来看，"文体反正"是一场守旧的、复古的文学运动。因为当时的文学试图摆脱治世、道德、修身、经学等非文学因素的束缚，"文体反正"的目的是要压制这种摆脱束缚的抗争。重新考察"文体反正"运动中对小品体散文的批评，不难发现，朝鲜朝后期小品文抒情性的增强、俚俗语的使用、文章与经传的分立、对口头传承文学的吸纳等，是其"问题"之所在，也是小品文的生命力之所在。

综上所述，朝鲜朝后期文人创作的大量作品，其文学价值和审美情趣不亚于汉诗、汉文小说及随笔式散文。朝鲜朝后期的散文文学因受到了明清小品文的滋养而获得了创新的动力。朝鲜朝后期小品文的产生和兴盛给当时的文坛带来了新的活力，使沉闷的文坛焕发出勃勃生机。朝鲜朝后期文人在接受与传播明清小品文的过程中，不仅留下了大量优秀的小品文作品，而且在其作品中反映了当时变化着的社会现实及文人灵动的思考。可以说，朝鲜朝后期文人创作的小品文既具有较高的艺术散文价值，又反映了朝鲜朝后期文人所追求的"今时""真情""真实"的文学精神，在韩国文学史上留下了浓墨重彩的一笔，具有非常重要的文学史价值。

第八章 结 语

  正如明清小品文的勃兴是基于明代中期以后社会经济的发展及意识形态的变化一样，朝鲜朝后期商品货币经济的发展、思想领域实学思想的抬头、文化领域消费阶层的形成，成为小品体散文产生与发展的重要契机。朝鲜朝使臣们大量购入从中国带回的、代表清代新文学主流的文集中，有很多迥异于传统文学的小品文，在这种大环境下传入朝鲜朝的小品文，自然而然地被朝鲜朝新锐文人、学者所接受，因为他们早已厌倦了逐渐走上保守之路的唐宋学派。因此，明清小品文在朝鲜朝得以接受并广泛传播，对朝鲜后期"朝鲜风"文学产生了深远影响。

  明清小品文作家摆脱了推崇"文以载道"的传统道德论的文学观，为了除却当时文风中的道学之气，他们举起了反对拟古的大旗。明清小品文作家主张文学创作应不拘泥于格式，不压抑个性，努力刻画丰富的内心世界，自由畅快地抒发胸臆、直达性灵。明清小品文具有很高的艺术性，具有文学反映时代的独特价值，可以说是中国文学史上一个辉煌的标志。

明清小品文在朝鲜朝后期传入朝鲜，随着明清小品文的流布，朝鲜朝后期文人积极汲取明清小品文中的营养，能动创新。他们以本土的风俗人情、民间故事为素材，使用本土语言中的俚言、谚语，创造出了迥异于传统文学的、新的文学形式——用短小的篇幅、清新的文体记录身边琐事，率真地表达内心世界的随笔式散文。这种随笔式散文具有重视"今时"和"朝鲜风"的特点，是朝鲜式的小品体散文。小品体散文的产生与兴起，反映了朝鲜朝英祖、正祖时期两班贵族走向衰败、身份制度的动摇、思想出现多元化等社会变革期的现实。这在某种程度上奠定了小品体散文在韩国文学史上的地位。

朝鲜朝英祖、正祖时期西学急速扩散，统治阶层对西学的戒备心理日益增强，小品体散文一度被认为是传播西学的媒介。虽然明清小品体散文的流布在当时的朝鲜社会反应并不特别明显，但是在文学领域内部，如许筠、金昌协、李宜显等都接受了反对拟古的文学观，并受公安派"独抒性灵""不拘格套"的文学思想影响较大，进而他们反拟古的文学观影响到后辈文人，出现了一大批有影响力的小品体散文作家，如李用休、朴趾源、李德懋、朴齐家、李钰、卢兢，等等。这些作家要么是没落的两班贵族，要么是中人层"疏外文人"。

小品体散文运用得较多的是寓言式的表达方法，这使得小品文更具谐谑之美,这一美学特征的形成与小品体散文作家身份的特殊性密切相关。对于出仕无望的他们来说,注定不能把写文章当作科考及第、出仕的出路,在思想上也不必受经学及仁义道德等因素的制约。因此,相较而言,他们比较容易接受公安派"独抒性灵,不拘格套"的文学思想,在这种思潮的影响下,他们在文学创作中追求自由、感性,渴望通过创作表达自由的情感,反对一味模仿先秦两汉的文章,并且致力于摆脱"道文一致"的朱子理学的束缚。他们以描写当时人间社会的疏离感与袒露自己的心机为主题,创作出的小品体散文情感真挚,语言清新隽永,具有超然的抒情性。同时,他们的作品重视"今时"与"朝鲜风",他们的文学观和文学世界为朝鲜朝后期文坛注入了新的活力。这种新的文风和文学观形成了这个时代文学创作的潮流。

小品体散文是英祖、正祖时期汉文学的主流,然而与此形成鲜明对照的是,目前学界对该时期汉文学的先行研究主要集中于汉诗和汉文小说,对以小品体散文为主体的汉文随笔文学的研究一直忽视和冷落。为了正确把握朝鲜朝后期汉文学的发展状况,应该把汉文随笔文学的研究放在与汉诗、汉文小说同等重要的位置,这也是本书把小品体散文作为研究对象进行考察的目的之一。

从朝鲜朝后期文人对明清小品文的接受与传播过程来看,17世纪初的许筠最早接触到袁宏道的文集,小品体散文作为一种新的文体被广大新锐文人用来进行创作始于英祖、正祖时期,但是,与之相类似的短文小记式的抒情散文却早就存在,如高丽末期、朝鲜前期的文人李奎报、李詹、李达衷、李谷、姜希孟等都留下了很多抒情散文。与这些文人相比，无论在质上，还是在量上，最早接触公安派文学的许筠的作品最接近朝鲜朝后期小品体散文的风格。尽管许筠在创作中反对拟古论，主张重视自我，强调使用常用语，但是许筠在创作中没能摆脱"载道之文"的思想，语言使用上也没能达到使用俗语和谚语的程度。虽然有如此不足，比之于囿于传统礼教思想的文学，许筠的作品将男女之情放在首位，开创了小品体散文"文章与经学的分立"、注重"抒情"之先河。

17世纪末，由于追求秦汉古文的复古势力的强大，小品体散文并没有在朝鲜朝文坛上得到广泛流传，但随着朝鲜朝与清朝交流的展开，金锡胄、金昌协、金昌翕、任埅、李夏坤、申靖夏等文人开始接受小品文。他们从阅读与认知明清小品文开始，并逐步尝试进行创作，逐渐在朝鲜朝文坛上形成了一股风潮。这一时期朝鲜朝文人阅读的小品文以游记居多。进入18世纪中叶，随着对明清小品文批评的增多，对明清小品文的理解也不断深入。京畿地区的文人，如李用休、朴趾源、李德懋、朴齐家、卢兢等开始积极接受并创作小品体散文，至18世纪末19世纪初，对小品文的接受和创作达到了高峰。

从朝鲜朝后期文人在体裁、内容上对明清小品文接受的情况来看，游记类小品文影响最大，尺牍和传记类次之。在游记类中，明朝何镗辑录、清朝张缙彦等补充编纂的《名山胜概记》和袁宏道的《袁中郎游记》等文集对朝鲜后期文坛影响最大。金昌协、金昌翕、赵龟命、金履万、任埅、李夏坤、申靖夏等文人均在自己作品中引用了其中的内容，甚至有的文人还挑选其中自己喜欢的文章

第八章　结　语

编辑成新文集，如金锡胄选编有《锦帆集》、任埅选编有《石公尺牍》，等等。除此之外，袁宏道的《袁小修集》、谭元春的《谭元春集》、周亮工的《因树屋书影》、宋荦的《筠廊偶笔》、屠隆的《娑罗馆清言》等被文人竞相传阅。在传记类中，袁宏道的《徐文长传》对朝鲜朝后期文人的传文学影响很大，金锡胄、李家焕、朴齐家等在作品中均有引用。当然，除上述清言小品和小品文以外，《世说新语》《剪灯新话》《板桥杂记》《情史类略》《牡丹亭》《西厢记》《水浒传》《金瓶梅》等在文体风格、表现手法及题材内容上都给朝鲜朝后期小品文的创作带来了极大影响。基于此，在小品文创作方面，李德懋、朴齐家等创作的山水游记、申靖夏等创作的尺牍、李钰的传记等均特色鲜明，并且具有很高的文学价值。

勃兴于晚明的小品文体给朝鲜后期文坛带来了巨大的冲击。在从朝鲜朝后期文人的作品中清晰可见明清小品文的痕迹，不过由于时空的差异，朝鲜朝后期的小品文作家在接受明清小品文、借鉴公安派文学的过程中，融入了自己的思考和情感。因此，与明清小品文相比，朝鲜朝后期文人创作的小品文，无论是题材、内容，还是创作手法都有着自己的特点。

其一，从题材、内容上看，其特点是作品的抒情性及对"真机"的追求。文章内容是否具有道德价值，抑或是否具有逻辑上的合理性，这些并不是朝鲜朝后期小品文作家所关注的重点，他们更多地关注的是文章所表达的感情是否真实。他们接受公安派倡导的"独抒性灵，不拘格套"的文学思想，认为时代的变化必定带来语言及文体风格的变化，为了使诗文具有"真机"，应该承认这种差异性，并且应反映在文章之中。较之以前的散文，小品体散文中个性化和抒情性得到了张扬，民间风俗、朋友之情、男女之爱及市井人情物态等成为其描写的主要题材，而这样的内容在传统文学中是被忽视，甚而是被禁止的。不仅如此，朝鲜朝后期的小品体散文大部分出自中人层文人之手，因为当时身份制度阻隔了他们步入仕途，他们通过创作小品文，或表达改变社会现实的理想，或宣泄对不合理社会制度的不满，或寻求自适，聊以自慰。他们最初主要创作山水游记，也创作了不少描写闲适生活的清言小品，后来随着实学的兴盛又创作了很多反映实学思想的、具有实用性的作品，其中不乏表达忧患意识的佳作：李用休的很多作品反映了爱民思想；朴趾源、李德懋、朴齐家在作品中记述了燕行的见闻、感想，表达了改良社会的愿望；李钰的作品则真实地记录了18世纪末至19世纪初，朝鲜朝社会转换期的诸般社会现象及都会市井的世态风俗。

其二，从创作手法上看，小品体散文作家认识到书写语言和口头语言的不一致给创作带来的不便，切实感受到了创作中"言文一致"的必要性。于是，仅在创作实践中主动借用了本土语言中的俚语、谚语。当然，他们对"言文一致"必要性的认识尚未达到要用本民族语进行创作的高度，只是意识到在创作中最好使用本民族语言中的俚语、谚语。"言文一致"的创作观不是某个个人的思想，而是一个群体的共识。朴趾源、李德懋、朴齐家等是小品体散文的代表作家，他们通过燕行见闻拓宽了视野，在认识上发生了转变，意识到创作中"言文一致"的必要性，这种认知作为一种重要的文学观念，在他们的小品体散文创作中得以确立。

第八章 结 语

其三，突破雅俗界限，采用寓言式、主客问答式展开议论，创新了小品文的叙事方法。朝鲜朝后期的小品体散文作家在创作中突破了雅俗的界限，采用寓言式、主客问答式手法展开叙事，创作的作品有游记、序跋、楼亭记、尺牍等多种文学类型。小品体散文作家反对模仿和剽窃，致力于创新，他们在创作实践中尽量回避使用典故，即便使用，也不援引经典，更多的是从稗官杂记中选取。总之，在创作取向、题材选取、语言使用和表达手法等诸多方面，小品体散文作家全方位超越了雅俗界限，作品的世俗化、本土化风格逐步凸显。

朝鲜朝后期小品体散文体现的上述特点与正统散文相比具有质的不同，这也正是以正祖为首的统治阶级实施"文体反正"政策的主要原因。然而，以排斥、打击小品体散文为目标的"文体反正"运动恰恰反证了小品体散文所具有的文学价值和意义。从文学发展自身来看，文学若要独立于治世、道德、修身、经学等非文学要素之外，势必要进行革新，而"文体反正"却是一场要阻碍这种革新的复古运动。综观"文体反正"运动中对小品文的批判，实施排斥和打压小品体散文政策的起因与《四库全书总目提要》一书关系密切。仔细分析"文体反正"运动中批判小品体散文的观点及所用语汇，不难发现其论调与《四库全书总目提要》中批判晚明小品的论调基本一致，换言之，小品体散文之所以成为"问题文体"，主要是因为其抒情性的强化、俗语的使用、文章从经传中的分立、口头传承文学要素的接受，等等。

综上所述，朝鲜朝后期的文人们创作了大量小品体散文，其文学的、艺术的价值不亚于汉诗、汉文小说。本书以至今被学界忽视的小品体散文为研究对象，通过梳理朝鲜朝后期文人对中国明清小品文的接受与传播过程，阐明了小品体散文的文学价值及其在韩国文学史上的地位，并从而提出应该重视对这一文体进行深入研究的理由和依据。从以上研究可以看出，"文体反正"运动中被当作反正对象的"稗官小品"不仅仅是指一般研究中所说的小说或汉文短篇，更确切地说是指小品体散文。不仅如此，本书研究成果表明，"文体反正"运动中反对、批判小品文的文人势力多受《四库全书总目提要》的影响，该研究成果或许有助于正确理解"文体反正"。朝鲜朝后期的小品体散文是如何将以小品体散文为代表的古典随笔与现代随笔衔接在一起的，这个问题有待于今后作进一步研究。

参考文献

一、中国文献

专著

1. 鲍鹏山：《中国文学史品读》，上海：复旦大学出版社，2007年。
2. 毕宝魁：《中国古代文学史话》，沈阳：沈阳出版社，2006年。
3. 蔡美花：《高丽文学美意识研究》，延边：延边人民出版社，1994年。
4. 蔡钟翔、黄保真、成复旺：《中国文学理论史》，北京：北京出版社，1987年。
5. 陈志良、加润国等：《中国儒家》，北京：宗教文化出版社，1996年。
6. 葛兆光：《道教与中国文化》，上海：上海人民出版社，1987年。
7. 郭英德、过常宝：《中国古代文学史》，成都：四川人民出版社，2003年。
8. 何建华：《古代抒情赋精华》，北京：人民文学出版社，1992年。
9. 黄卓越：《闲雅小品集观》，南昌：百花洲文艺出版社，1995年。

10. 洪万宗：《诗话丛林校注》，刘畅、赵季校注，北京：人民文学出版社，2015年。
11. 胡经之、王岳川：《文艺学美学方法论》，北京：北京大学出版社，1994年。
12. 黄瑞云：《历代抒情小赋选》，郑州：中州古籍出版社，2024年。
13. 朴真奭、姜孟山等：《朝鲜简史》，延吉：延边教育出版社，1986年。
14. 金哲：《朴齐家诗文学与中国文学研究》，北京：民族出版社，2007年。
15. 金泽荣：《沧江稿》，通州：翰墨林书局，1912年。
16. 陆玉林等：《中国道家》，北京：宗教文化出版社，1996年。
17. 李贽：《焚书》，呼和浩特：远方出版社，2012年。
18. 李学堂：《朝鲜朝后期文学批评研究》，北京：民族出版社，2006年。
19. 刘介民：《比较文学方法论》，天津：天津人民出版社，1993年。
20. 刘明今：《中国古代文学理论体系：方法论》，上海：复旦大学出版社，2000年。
21. 陆云龙等选评：《明人小品十六家》，杭州：浙江古籍出版社，1996年。
22. 马积高、黄钧：《中国古代文学史》，长沙：湖南文艺出版社，1996年。
23. 敏泽：《中国文学理论批评史》，北京：人民文学出版社，1981年。
24. 钱谦益：《列朝诗集小传》，上海：上海古籍出版社，2008年。
25. 任访秋：《中国古典文学论文集》，开封：河南大学出版社，1990年。
26. 陶德臻：《东方文学简史》，北京：北京出版社，1985年。
27. 韦旭升：《朝鲜文学史》，北京：北京大学出版社，1986年。
28. 吴承学：《晚明小品研究》，南京：江苏古籍出版社，1998年。
39. 徐渭：《徐渭集》，北京：中华书局，1983年。
30. 徐东日：《李德懋文学研究》，哈尔滨：黑龙江朝鲜民族出版社，2003年。
31. 叶树发、杜华平：《诗词曲赋鉴赏》，武汉：武汉大学出版社，2006年。
32. 尹恭弘：《小品高潮与晚明文化》，北京：华文出版社，2001年。
33. 袁宏道：《袁宏道集笺校》，钱伯城笺校，上海：上海古籍出版社，

2018年。

34. 袁中道：《珂雪斋集》，钱伯城点校，上海：上海古籍出版社，1989年。

35. 袁宗道：《白苏斋类集》，钱伯城标点，上海：上海古籍出版社，1989年。

36. 赵润济：《韩国文学史》，张琏瑰译，北京：社会科学文献出版社，1998年。

37. 钟惺、谭元春：《诗归》，武汉：湖北人民出版社，1985年。

38. 周伟民：《明清诗歌史论》，长春：吉林教育出版社，1995年。

论文

1. 曹春茹：《朝鲜文人论袁宏道》，《南京理工大学学报》2009年第4期。

2. 郭美善：《许筠与明代文人的书籍交流考论》，《延边大学学报》2008第2期。

3. 金英今：《试论佛教对古代朝鲜文学的影响》，《解放军外国语学院学报》1998第6期。

4. 任晓丽：《明清小品文对朝鲜朝后期文风之影响》，《解放军外国语学院学报》2012年第1期。

5. 吴莲姬：《明清时期中韩文化交流概况》，《当代韩国》2002第3期。

6. 许辉勋：《道教的东渐与朝鲜古典文学之三种流向》，《延边大学学报》1994第3期。

二、韩国文献

专著

1. 安大会：《朝鲜朝后期小品文的实质》，首尔：太学社，2003年。

2. 安大会：《朝鲜后期诗话史研究》，首尔：（韩国）国学资料院，1995年。

3. 不咸文化社：《朝鲜汉文学论文选集》，韩国京畿道高阳市：不咸文化社，2002年。

4. 丁若镛：《与犹堂全书》，韩国文集丛刊，首尔：景仁文化社，1996年。
5. 高莲姬：《朝鲜后期山水纪行艺术研究》，首尔：一志社，2001年。
6. 韩百谦：《久庵遗稿》，韩国文集丛刊，首尔：景仁文化社，1996年。
7. 韩国国史编纂委员会：《承政院日记》，首尔：延世大学影印本，1961年。
8. 洪龙汉：《长洲集》，首尔：延世大学图书馆藏本。
9. 洪启禧等：《承政院日记》，首尔：首尔大学奎章阁影印本，1999年。
10. 洪慎猷等：《白华子集·李朝后期间巷文学丛书》（6），首尔：骊江出版社，1991年。
11. 洪万宗：《诗评补遗》，首尔：韩国国立中央图书馆藏本。
12. 洪万宗：《旬五志》，全圭泰译，首尔：泛友社，1979年。
13. 姜彝天：《重庵稿》，首尔：奎章阁藏本。
14. 金鑢：《薄庭丛书》，首尔：学资苑，2014年。
15. 金鑢：《薄庭遗稿》，首尔：启明文化社，1993年。
16. 金昌翕：《何山集序》，《三渊集》卷之二十三，韩国文集丛刊，首尔：景仁文化社，1996年。
17. 金昌协：《农岩集》，韩国文集丛刊，首尔：景仁文化社，1996年。
18. 金俊荣：《国文学概论》，首尔：萤雪出版社，1982年。
19. 金履万：《鹤皋先生文集》，韩国文集丛刊，首尔：景仁文化社，1999年。
20. 金荣镇：《眼泪是什么》，首尔：太学社，2001年。
21. 金荣镇：《朝鲜后期小品文的多姿多彩》，首尔：昭明出版社，2001年。
22. 金台俊：《韩国汉文学史》，首尔：以会文化社，1989年。
23. 金锡河：《韩国文学史》，首尔：新雅社，1975年。
24. 金锡胄：《息庵遗稿》（第145辑），韩国文集丛刊，首尔：景仁文化社，1995年。
25. 金相善：《近代韩国文学概说》，首尔：中央出版社，1981年。
26. 金忠清：《荀全先生文集》，首尔：景仁文化社，1997年。
27. 具教贤：《晚明与朝鲜后期的小品文创作背景研究》，《中国语文学研究会中国语文学论集》（第39号），首尔：延世大学出版社，2006年。

28. 李钰：《李钰全集》，实是学舍译注，首尔：昭明出版社，2009年。
29. 李丙畴等：《韩国汉文学史》，首尔：半岛出版社，1991年。
30. 李德懋：《青庄馆全书》，韩国文集丛刊，首尔：景仁文化社，1988—2005年。
31. 李凤焕：《雨念斋诗文钞》，首尔：韩国国立中央图书馆，1990年。
32. 李家源：《韩国汉文学史》，首尔：民众书馆，1973年。
33. 李景奭：《白轩集》（第96辑），韩国文集丛刊，首尔：景仁文化社，1992年。
34. 李睟光：《芝峰集》，首尔：成均馆大学大东文化研究院，1964年。
35. 李夏坤：《头陀草》，韩国文集丛刊，首尔：景仁文化社，1997年。
36. 李用休：《松穆馆集·序》，韩国文集丛刊，首尔：景仁文化社，1996年。
37. 李佑成、林萤泽：《朝鲜朝汉文短篇集》，首尔：一潮阁，1978年。
38. （韩国）历史学会：《实学研究入门》，首尔：一潮阁，1986年。
39. 刘若愚：《中国的文学理论》，首尔：同和出版公社，1984年。
40. 刘若愚：《中国诗学》，首尔：同和出版公社，1984年。
41. 卢兢：《汉源集抄略》，大邱：启明大学图书馆藏。
42. 南公辙：《金陵集》，韩国文集丛刊，首尔：景仁文化社，1990年。
43. 南鹤鸣：《晦隐集》，韩国文集丛刊，首尔：景仁文化社，1996年。
44. 南克宽：《梦呓集》（第209辑），韩国文集丛刊，首尔：景仁文化社，1996年。
45. 朴圭洪：《时调文学研究》，首尔：萤雪出版社，1984年。
46. 朴惠淑：《韩国古典文学作家论》，首尔：昭明出版社，1998年。
47. 朴齐家：《贞蕤阁集》，首尔：韩国国立中央图书馆，1977年。
48. 朴齐家：《楚亭全书》（1—3），首尔：亚细亚文化社，1992年。
49. 朴趾源：《燕岩集》，韩国文集丛刊，首尔：景仁文化社，1979年。
50. 琴东贤：《朝鲜后期文学理论研究》，首尔：宝库社，2003年。

51. 任埅：《水村集》，韩国文集丛刊，首尔：景仁文化社，1990年。

52. 任天常：《穷悟集》，韩国文集丛刊，首尔：景仁文化社，1990年。

53. 檀国大学东方学研究院：《热河日记》（渊民文库版，卷11），首尔：文艺苑，2012年。

54. 申靖夏：《恕庵集》（第197辑），韩国文集丛刊，首尔：景仁文化社，1997年。

55. 文永午：《国文学研究论考》，首尔：太学社，1987年。

56. 许筠：《惺所覆瓿稿》，韩国文集丛刊，首尔：景仁文化社，1996年。

57. 许筠：《许筠全书》，首尔：亚细亚文化社，1980年。

58. 许筠：《乙丙朝天录》，首尔：韩国国立中央图书馆，2005年。

59. 许敬振：《韩国的汉诗·文无子李钰诗集》，首尔：平民社，1997年。

60. 俞晚柱：《钦英》，首尔：首尔大学奎章阁影印本，1997年。

61. 具本爀等：《韩国文学新讲》，首尔：开文社，1994年。

62. 张维：《溪谷漫笔》，金喆熙译，首尔：乙酉文化社，1974年。

63. 张维：《溪谷先生集》，韩国文集丛刊，首尔：景仁文化社，1982年。

64. 赵东一：《韩国文学思想史试论》，首尔：知识产业社，1978年。

65. 赵东一：《韩国文学通史》，首尔：知识产业社，1994年。

66. 赵龟命：《东溪集》（第215辑），韩国文集丛刊，首尔：景仁文化社，1998年。

67. 赵熙龙：《赵熙龙全集》，首尔：韩路艺术出版社，1999年。

68. 赵秀三：《秋斋集》，首尔：民族文化社，1980年。

69. 英祖：《英祖实录（四）》，朝鲜王朝实录（44），韩国京畿道果川市：韩国国史编纂委员会，1958年。

70. 正祖：《正祖实录（一）》，朝鲜王朝实录（44），韩国京畿道果川市：韩国国史编纂委员会，1958年。

71. 郑珉：《18世纪朝鲜知识分子的发现》，首尔：人文主义出版集团，2007年。

72. 郑大林：《韩国古典批评的理解》，首尔：太学社，1991年。

73. 郑尧一：《汉文学批评论》，仁川：仁荷大学出版部，1990年。

74. 郑玉子：《朝鲜后期文化运动史》，首尔：一潮阁，1988年。

75. 郑玉子：《朝鲜后期文学思想史》，首尔：首尔大学出版部，1997年。

论文

1. 安大会：《李钰小品文所描写的汉阳都会百姓的生活和世态》，《汉文学研究》2018年第69辑。

2. 安大会：《卢兢小品文考》，《汉文学报》2002年第6辑。

3. 安大会：《朝鲜后期小品文的创作与明清小品文》，《中国文学》2007年第53辑。

4. 安那美：《17世纪初公安派文人与朝鲜文人的交游》，《汉文学报》2009年第20辑。

5. 成范重：《对李钰的传的结构特征及叙事性研究》，蔚山大学，2001年。

6. 韩梅：《李钰对金圣叹文学评点的学习与借鉴》，《韩中人文学研究》2003第11期。

7. 洪龙姬：《李钰传的特点及沈生传考》，诚信女子大学，1988年。

8. 姜东烨：《18世纪前后朝鲜朝文学作品中的文明意识》，《渊民学会》1994年第2辑。

9. 姜慧仙：《朝鲜后期尺牍文学的样相》，《敦岩语文学》2009年第22辑。

10. 姜明官：《许筠与明代文学》，《民族文学史研究》1998年第13卷。

11. 金光淳：《对李钰文学作家意识变化和意义的研究》，庆北大学，1994年。

12. 金均泰：《李钰的汉诗论考》，《先清语文》1978年第9辑。

13. 金均泰：《李钰的文学理论与作品世界的研究》，首尔大学，1985年。

14. 金均泰：《李钰的文学思想研究》，《现象与认识》1977年第1卷。

15. 金荣镇：《李钰文学与明清小品》，《古典文学研究》2003年第23辑。

16. 金荣镇：《朝鲜后期明清小品的接受及小品文的展开样相》，高丽大学博士论文，2003年。

17. 金声振：《朝鲜朝后期小品体散文研究》，釜山大学博士论文，1991年。
18. 金声振：《正祖年间科考文章的文体变化与文体反正》，《韩国汉文学研究》1993年第6号。
19. 金相烈：《李钰的传文学研究》，成均馆大学，1986年。
20. 金文基：《李钰的"俚谚"反映的女性风俗》，《国语教育学会》2001年第33卷。
21. 金兴奎：《朝鲜后期的诗经论及诗意识》，高大民族文化研究所，1982年。
22. 金镇均：《李钰的作家姿态与脱离规范的写作》，《汉文学报》2002年第6辑。
23. 金志映：《朝鲜后期传的评论方式研究》，西江大学，1999年。
24. 金忠福：《李钰小说研究》，庆北大学教育研究生院，1982年。
25. 具教贤：《晚明与朝鲜后期小品文创作背景研究》，《中国语文研究会中国语文学论集》2006年第39号。
26. 李东欢：《朝鲜后期汉诗中民谣趣向的抬头》，《韩国汉文学研究》1978年第3辑。
27. 李恩爱：《李钰的"俚谚"研究》，成均馆大学，1990年。
28. 李弘雨：《李钰的"传"文学研究》，启明大学，1992年。
29. 李洪植：《楚亭朴齐家的碑志文研究》，《韩国汉文学研究》2009年第43辑。
30. 李相德：《李钰"传"的形式的改变小考》，高丽大学，1987年。
31. 李信馥：《"传"所反映的社会问题》，《汉文学论集》1992年第10辑。
32. 李铉佑：《李钰文学中的真情问题》，《韩国汉文学研究》1996年第19辑。
33. 李愚一：《朝鲜后期袁宏道小品文的受容样相》，《培花论丛》2009年第28辑。
34. 李知洋：《李钰文学中的男女真情与节烈问题》，《韩国汉文学研究》2006年第29辑。

35. 朴成勋：《李钰"传"所表现的讽刺研究》，《汉文学论集》1984年第2辑。
36. 朴英闵：《"俚谚"的话者与构造研究》，《民族文化研究》2000年第33卷。
37. 权政媛：《李德懋初期散文的公安派接受研究》，釜山大学，2006年。
38. 任明浩：《朝鲜后期汉文学的雅俗论研究》，釜山大学博士论文，2010年。
39. 任侑炅：《英正朝四家的文学论研究》，梨花女子大学，1991年。
40. 许南维：《朝鲜后期文学思想研究》，诚信女子大学博士论文，1995年。
41. 许南郁：《对朝鲜后期表现论的研究》，《汉文教育研究》1994年第8辑。
42. 尹基鸿：《李钰的文学论与文体研究》，《韩国汉文学研究》1990年第13卷。
43. 张元哲：《燕岩的碑传文字研究》，《韩国汉文学研究》1990年第13期。
44. 郑恩善：《李钰的诗文学研究》，檀国大学，1992年。
45. 郑美淑：《蔡济恭与李钰的女性传研究》，釜山大学，1980年。